MONSTERS
A Collection of Literary Sighting

モンスターズ
現代アメリカ傑作短篇集

B・J・ホラーズ編
古屋美登里訳

白水社

MONSTERS
A Collection of Literary Sighting

モンスターズ
現代アメリカ傑作短篇集

B・J・ホラーズ編
古屋美登里 訳

白水社

モンスターズ　現代アメリカ傑作短篇集○目次

序として
あなたが書くと音をたてる不思議な怪物——文学作品に描かれたモンスターたち

B・J・ホラーズ

ぼくは一度だけビッグフット（アメリカ合衆国とカナダに生息しているといわれる二、三メートルもある全身毛むくじゃらの猿人）を見たことがある。二〇〇八年の秋、大統領選と金融破綻のせいでビッグフットはぼくたちの意識のかなり奥のほうに押しやられていた。ビッグフットは、どうしてもその姿を見たいという存在ではなかったし、破綻しかけた財政への打開策を打ち出してくれるわけでもなかった（とはいえ、「破綻できないほど大きい（存在を消せないほど大きい）」ものがあるとすれば、それは彼のことだった）。だからアメリカ国民には（新たに失業した人たちを除いて）、ビッグフットを冗談話の中に留まらせておくのではなく、策を弄して科学的証明の光のもとに引っ張り出してくるような時間と体力が残されていなかった。

幸いにも、ぼくはまだ大学院生だった。

深夜に「ハリーとヘンダスン一家」（ビッグフットをめぐるコメディ映画。ジョン・リスゴー主演）を見て、ビッグフットを探し出して愛国的義務を果たそうと思いたった。国際舞台でのアメリカの重要性を主張できるものといえば、二メートル四十センチのヒト科の生き物しかいないだろう、と冷静に判断した結果だった。確かに、アメリカは住宅危機を抱え込んでいるかもしれない。だが、少なくともアメリカにはビッグフットが住んでいる。

ぼくはウッド・パネルのステーションワゴンでビッグフットをはねる――映画でジョン・リスゴーはそうやって捕獲した――なんてことは期待せず、航空券を買ってペンシルベニア州ピッツバーグへ飛んだ。そしてその近くのジャネットまで車で行き、「東海岸ビッグフット会議」の面々に温かく迎えられたのである。

「初めてかい?」ベルトにビッグフットのバックルをつけた男が言った。

(ありきたりなバックルからぼくの正体を見破ったにちがいない)

「いやいや、気にするなって」とその男はジーンズを引っ張り上げてバックルを見せびらかすようにした。「おれたちだってビッグフット初心者《ヴァージン》だったときがあるんだからよ」

会議は九月下旬の二日間だけの予定で開かれ、会議場はピザパーラーの上にある飛行機の格納庫のように広々としたところだった。ビッグフット・ヴァージンは、東海岸のビッグフット狂たち全員と握手を交わした。

いや、全員ではなかった。

ひとりだけ、ブリーフケースから決して手を離そうとしない男がいて、ぼくのような新参者と挨拶するのはごめんだね、という態度だった。

その週末のあいだずっと、ブリーフケースの男は怪しげな態度をとり続けていた。口ひげを生やして猜疑心丸出しの目つきをしたその男は、パルメザンチーズのシェイカーのそばから離れなかった。

とはいえ、ぼくが到着してから数時間も経たないうちに、ピザパーラー（というか会場）にいる全員に、彼のブリーフケースにはビッグフットが存在する紛うことなき証拠が入っている、という噂が広まっていたのである。

記憶が正しければ（そしてえてして記憶はあてにならないが）、ブリーフケースの男は文字通り自分の手首とケースとを手錠でしっかり繋いでいた。これは安全を考慮してというより、効果を狙ってやっているのだ、とぼくは思った。そのメッセージの意味ははっきりしていた。つまり、おれはみんなが喉から手が出るほど欲しがっている証拠を持っているぜ、というものだ。

ぼくはソーダファウンテンのあたりで何時間もぶらぶらしてから、ようやく勇気をかき集めてその男に近づいていった。

ぼくは自己紹介をし（「B・J・ホラーズ、ビッグフット・ヴァージンです」）、ここに来た目的を話した（「ビッグフットの存在を証明してアメリカを救うためです！」）。ぼくがビッグフット初心者であることを知っても、ブリーフケースの男はいわゆる証拠ってやつをちらりと見せてくれた。

彼は人目を気にするように自分の背後をちらちらとうかがってから、サイドテーブルを手で示した。それからおもむろにブリーフケースの鍵をパチンと開けて二本の指を慎重に中に入れた。そして一枚の写真を引っ張り出すと、赤と白の市松模様のテーブルクロスの上にそれをそっと置いたのである。

そこには、はっきりしないものが写っていた。

ぼんやりした何かの塊。

彼は、ぼくにというより写真に向かって笑いかけた。「みごとなもんだろ？　え？　この子は」

ぼくはその姿をなんとか理解しようとしたが、できなかった。

「で……この子とは、なんなんです？」

「何に見える？」

影だ、とぼくは思った。無造作にカメラのフレームの前に突き出した親指の影。目をもっと近づけても新しい手がかりが見つからなかったので、彼に見えているものが自分に見えないことを詫びた。

彼はブリーフケースをパタンと閉め、そそくさとぼくから離れて行きながら、「こいつはおれが持ってる決定的な証拠を判断できるような器じゃないな」とかなんとか呟いていた。

その後ろ姿を見送りながらぼくはこう思っていた。どういういきさつからひとりの男が樅の木を毛皮だと、ただの影をビッグフットだと思い込むようになるのだろう、と。その写真にはなにも写っていないのが明らかだったが、ブリーフケースの男は証拠がないじゃないかといわれるときに備えて、証拠をでっちあげ、自分に必要な物語をなんとかこしらえたのだ。そのために必要なのがブリーフケース、写真、そして素直な心だった。

そしてぼくにはその三つともが欠けていた。

まわりにいる人々は、大げさな身振りを交えて同じような物語を語っていた。足跡の大きさや毛皮の感触、完璧ともいえる一瞬をとらえた時間帯のことなどをこと細かく述べていた。森で耳にした木の音を再現するためにテーブルをコツコツと叩き、紙ナプキンにビッグフットの似顔絵をスケッチした。ある男はビッグフットの歩幅を再現しようとして、両腕を思いきり大きく広げたものだから、ピザが何枚か四方に飛び散った。

会議場のいたるところで、ビッグフットの同好の志たちはデジタルカメラを素早く取りだし、画面に現われた写真を指で示していた。

ここをよく見てくれよ、この輪郭がわかるだろう……。

想像してみろよ、これがよじ登っていく姿を……。

だれもかれもが――ぼくも含めて――何かを信じたくて仕方がないというふうだった。ただぼくにはその「何か」がジャネットのピザパーラーで見つかるとはとても思えなかったのだが。


躍起になって人を怖がらせていない（あるいは、人が会議に参加せざるを得ない状況を作っていない）とき、モンスターたちはぼくらに笑いをもたらしてくれる。あるいは、涙を。もしくは、肺がつぶれるまで続く悲鳴を。モンスターがやれないことには、ぼくらは関心を持たない。モンスターはぼくらと違っているからこそ、たとえば注目を浴びずにバスに乗ったりバスケットボールをしたりできないからこそ、モンスターなのだ。人間と違っている――確立した人間の世界のルールを回避する力がある――からこそ、ぼくらは彼らを愛すると同時に恐れるのだ。別の言い方をすれば、ぼくらがモンスターに魅了されるのは、彼らが人間ではないからであり、彼らの魅惑の領域がぼくらの無味乾燥の領域と交わることがごく稀に起きるからなのだ。

そしてぼくらは、彼らに備わっているふたつの性質を前にすると呆然となったりもする。モンスターには人を恐怖に陥れると同時に、人に安心感を抱かせるというふたつの性質がある。残忍で血に飢え、人を殺す吸血鬼もいれば、血を好むが実はとても英雄的な吸血鬼もいる。同じように、ネス湖の怪物は人の脚を食いちぎる恐るべき大蛇ではあるけれど、スコットランドの素晴らしい救世主でもある。それに、モンスターには決まりきったタイプがいないのも人間とよく似ている。彼らはぼくらの守護者であり、お笑い芸人であり、ときには友人であったりする。モンスターのおかげで、ぼくらは笑いたいときに笑い、恐れたいときに恐怖に戦《おのの》く。経済の行き先が不安定な時代に、モンスターがわがアメリカのもっとも価値ある天然資源――尽きることのない現実逃避の供給源――になり得ることに気づかないでいるのは、大きな損失である。

心からの笑いや真の恐怖やよく出来た昔話で損をする人がいるだろうか？　住宅ローンの返済ができないからといって、想像力を羽ばたかしてはいけないなどと言われるいわれはない。それにもし、モンスターたちがカメラに撮られるのを極端に嫌っているのなら、物語という形で描いたって罰は当たらないだろう？

本書にはモンスターにまつわる物語が十六篇収められている。アメリカの優れた作家たちが、モンスターに対するぼくらの愛と恐怖に命を吹き込んでくれた結果だ。気味が悪かったり、ばかげていたり、不吉だったりして、ぼくらの心を大きく揺さぶる作品もある。皮肉にも、これらの物語はひどく人間的でもある。外面は違って見えるかもしれないが内面は同じであることをぼくらに思い出させてくれるかのように。

文学作品に描かれたモンスターたちを探し出すのは、とらえどころのない怪物の足跡を追いかけるのに似て、極めて困難なことだった。しかし、こちらを誘い込むように半ば身を隠しているモンスターを、ぼくは一匹一匹探し出していった。文芸誌の中に隠れていることもあったし、モンスター検知能力に秀でた読者がその手がかりを摑んで導いてくれるだろうと思い、いそいそとついて行ったこともあった。そして最後に、文学作品に登場するモンスターの伝統をさらに強固なものにするために、オリジナルの作品を書いてくださいと数人の作家の方に依頼した。あなた方の記憶を掘り起こし、その極めつきの恐怖をぜひ読ませてくださいと頼み込んだのだ。

その成果が本書である。ゴリラ・ガールの幻想譚に、血に飢えて逆上したゾンビやゴジラの手ひどい失恋の世界に、みなさんをお迎えできたことをぼくは誇りに思う。泥人間《マッドマン》や蛾男《モスマン》、ミイラ、吸血鬼、さらにはもっと恐ろしいモノが登場する、おもらししそうなほど怖い話を楽しんで読んでいただきたい。それから、人の形をした亡霊のようなモノも登場する。自然に反するひどい罪を犯したために、邪悪な存在になってしまった、もはや人とは言えないモノが。

こうした物語を初めて読んだとき、ぼくが東海岸のビッグフット会議で何も発見できなかったのは失敗なんかではなく、恐怖の松明《たいまつ》を操るという作家の役割を再確認するために必要なことだったと思うようになった。つまるところ、ブリーフケースの男は作り事を信じているだけではなかったのだ。この世界には今ぼくらが目にしているものよりはるかに多くのものが存在する、という可能性を信じる勇気を持った人だったのだ。ぼくらは忘れがちだが、ビッグフットは実際に存在していることを科学がすでに証明している（その名前はギガントピテクスといって、最後に森を歩き回っていたときから三十万年が経っている）。ネス湖の怪獣もかつては湖を闊歩していたのだ（科学では、「怪獣」ではなく「首長竜」ということになっている）。

こうしたことからぼくは、単純だけれど驚くべき結論を引き出した。ブリーフケースの男とぼくはとてもよく似ている、と。未知の存在を信じる度合に違いはあるにしても、ふたりともが信じることの素晴らしさを理解している点は同じなのだから。

子どものころぼくと弟は金曜日に裏庭の森の中に隠れて、ビッグフットを見つけられるのではないかと思いながら幾夜過ごしたことだろう。そして、ビッグフット探索が不首尾に終わったときには幾度物語をこしらえたことだろう。

「おい、見たか？」ぼくは木の陰から再三、弟に囁きかけた。いつもぼくに忠実な弟は、うん、見たよ、と応えた。

しかし弟は見てはいなかったのだ。本当には。なぜなら、ビッグフット探索家のブリーフケースにあった写真と同じで、そこにはなにもいなかったのだから。ビッグフットは裏庭になど住んでいなかった（ピザパーラーにだって住んでいなかった）。実を言えば、ぼくが会ったことのある唯一のモンスターはぼくの頭の中で動き回っているものだったのだ。

少なくとも、そこならモンスターは幸せでいられる、とぼくは思っていた。少なくとも、モンスターの身が安全であることがぼくにはわかる、と。

兄としての並々ならぬ義務感から、ぼくにはわかっていた。現実の世界で弟をひどく怖がらせられないのなら、空想の世界でそれをすべきであるということを。それで、裏庭に恐ろしい想像の世界を出現させ、ひどく怖がっているふりをして、かさかさ鳴る枝を涎《よだれ》を垂らしたビッグフットに、ピチピチ鳴く鳥を謎の吸血動物チュパカブラに変えてみせた。自分の鼓動が耳にどんなふうに聞こえるか、指が震えるとはどういう感じなのかを弟に教えることこそ兄の務めだと思っていた。恐怖を体験させること、現実世界の恐怖を味わうための予行練習こそが大事だ、とぼくは信じていた。

いまでも、あの少年時代の素晴らしい時間、懐中電灯の光が消えてしまうまでベッドのシーツの下に隠れていた時間を鮮明に覚えている。そして廊下の軋む音や得体の知れない影、落ち着いていく家の気配（とはいえ、ぼくだけは落ち着かずにいたけれど）が、いまでも記憶の奥深くにしまわれている。

どうかみなさん、ご自分でその瞬間を取り戻してください。モンスターを冬眠から誘い出すことを願いながら、おかしな音を立てる壁に耳を押し当ててください。モンスターたちは腹を空かせているけれど、あなたの注意を引きたいだけなんですから（いや、もしかしたらあなたの脳味噌をちょっと齧りたいのかもしれませんが）。

だから懐中電灯をつけ、ブラインドをしっかりと閉ざし、月に向かって長く吠える声に耳をすます準備をしてください。ブリーフケースもぼんやりした写真もいりません。大事なのは素直な開かれた心。進んで作り事を、その向こうにあるものを見ようとする意志。必要なのはそれだけです。そうすれば、モンスターを取り戻し、生き返らせることができるでしょう。

夢みるモンスター

クリーチャー・フィーチャー

ジョン・マクナリー

一九七一年の四月、パパとママはぼくをダイニングルームのテーブルに着かせると、恐ろしい宣告をした。おまえは一人っ子じゃなくなるんだよ、と。

ぼくはなにも言わなかった。雨粒が窓ガラスを叩き、部屋の明かりがついたり消えたりした。近くの木に雷が落ちたとき、ぼくは椅子から優に三センチは飛び上がった。その年初めての、凄まじい嵐だった。

ママは一方的にしゃべりまくった。ママによれば、赤ちゃんは四カ月だという。いつもなら一方的に話すパパが、このときはナプキン・ホールダーからナプキンを引き抜いて、上唇の上に光る汗を押さえるように拭いていた。そして天井のあっちの隅からこっちの隅へと視線を移した。いまにも雨漏りがしそうだとでもいうように。父は屋根職人だった。雨漏りを直せた。

「それでね、ティミー」とママが言った。「どう思う?」

「はあ!」ぼくは八歳だった。興味があるのはモンスターだけだった。厳密にいえば、映画のモンスターだ。相手がモンスターについて言いたいことがないのであれば、ぼくは口を利かなかった。最初の数秒でモンスターという言葉が会話に出なければ、人の話を聞くのをやめた。モンスターこそ唯一受け入れられる話題だった。というか、頭にあるのはモンスターだけだった。パパが保健所からシユナウザー犬をもらってきたとき、ぼくはジキル博士という名をつけた。かごに入ったインコをもらってきたときには、カジモドという名をつけた。隣に住むミセス・Vがわが家の玄関をノックするときは必ず、ぼくは扉をそっと開けてから、とびきりの東欧訛りで「ようこそいらっしゃいました」と言った。そこで、週末になると、パパに連れられて埃っぽいツイン・ドライブ・インのフリーマーケットに行った。『フランケンシュタインの城』とか『マッド・モンスター』とか『映画のモンスターたち』といった古い雑誌の入った箱をあさっては何時間も過ごした。五セントで買える雑誌を探していたのだ。そのころのぼくが買えるのは雑誌だけだった。

ママが話しているのはモンスターのことではなかったから、そんな話に耳を貸す義務はないと思った。

「どう？　この知らせを聞いて、ものすごくうれしいでしょ」とママは言った。

ぼくは頷《うなず》いた。笑みを浮かべた。ぼくが心に思い描いていたのは、ママの首に嚙みついて、コウモリに変身し、キッチンの窓から飛んでいくことだった。

ぼくの一家はシカゴの2LDKのアパートメントに住んでいた。夜になるとたいていぼくは、テレビをつけっぱなしにしてソファで眠りに就いた。貨物列車が一日中轟音をたてて、アパートの裏手を突っ走っていたし、スティーヴンソン高速道路が三階のわが家の窓の上を走っていた。パパとママはその騒音のことで愚痴をこぼしていたけれど、ぼくはまったく気にならなかった。シカゴには谷がひとつもなかったけれど、谷間に住んでいるみたいだと思っていた。あるのは高架道路と高架下。ぼくたちの住まいは高架の下だった。高速道路のところまで登って手を振れば、セミトレイラーの運転手たちがクラクションを鳴らして応えてくれ、真下を走る鉄道の線路脇に立って車掌に手を振れば、チョークを投げてくれた。どうして車掌がチョークを持っているのかわからなかったけれど、ときには大きなチョークがぼくめがけて飛んできた。それでそういう日の午後は、近所中のゴミ容器にピースサインを描いて過ごした。これ以上何を求める?

でも、一週間のうちでいちばん幸せな時間といえば、チャンネル9で夜の十時半から放映される『クリーチャー・フィーチャー』を見ているときだった。『クリーチャー・フィーチャー』は、他のテレビ局でやっている深夜映画と似たようなものだけれど、登場するのがすべてモンスター、というところが違っていた。わが家の小さな白黒テレビは受信状態がきわめて悪かったので、三十分前からアンテナの高さや位置や向きをあれこれ動かして準備を整えた。半分自棄《やけ》になって、アンテナをアルミホイルで包んだりもした。ようやくざらざらした画面がきれいになり、物の形がはっきりと見えてくる。パパとママがぐっすりと寝入ってしまうと、ぼくは明かりを消してソファに陣取り、音量を絞って『クリーチャー・フィーチャー』が始まるのを待った。

実を言えば、これは娯楽番組とは言いがたかった。司会者はいないし、コンテストもなかった。ただオープニングは違った。ぼくの大好きなモンスターが登場する映画の一場面——棺の縁に手を滑らせながら身を起こすドラキュラとか、腰のところまで立ち込める霧から獰猛な動きで飛び出してくる狼男とか——が次々と流れるのだ。『クリーチャー・フィーチャー』では、モンスター映画そのものに勝るものはなかった。とにかく、モンスターがちょこっと登場する映画でもぼくにはありがたかった。

モンスターを見ると学校の子供たちを思い出した。校庭では人気のあるグループ——フランケンシユタインや狼男、ドラキュラ――がいつも遊んでいて、校庭の隅にはあまり人気のないグループ――大アマゾンの半魚人やミイラ男、透明人間――がたむろしていた。ぼくはモンスターならどれも全部好きだったけれど、できれば人気のあるグループと遊びたいと思っていたから、ミイラ男が近よってくると、ぼくの心はたとえ一瞬でも、浮かない気持ちになった。とりわけズボンをだらしなく下げて穿《は》いている、口臭のきついレイモンド・ガーツがアスファルト道路でぼくに近づいてきて、どうしてこの頃家に来ないのさ、と問いつめてくるたびに心が暗く沈んだ。レイモンドのことは好きだったけれど――いい奴だった――ドラキュラではなかった。

ぼくはたいてい、モンスターが暴れだす頃には寝入ってしまっていた。朝が来るとテレビの電源は切られていて、パパが食卓で煙草をくゆらせ、ママはキッチンでパンケーキのベーコン添えを作っていた。アパートメントはそんな造りだったので、ぼくは移動せずに自分のいる部屋からもうひとつの部屋を見ることができた。パパがいてママがいて、ぼくがソファにいる。これぞ完璧な家族構成だった。

この特別な土曜日の夜、パパが寝る準備をしているときに（このいろいろな準備には、鼻の穴から突然飛び出した長い鼻毛を引き抜くことも入っていた）、ママがソファのぼくの隣にどさりと腰を下ろした。そしてぼくの髪の毛をくしゃくしゃにしてから体を引き寄せた。ぼくは『クリーチャー・フィーチャー』に備えてモンスターの雑誌を読もうとしているところだったのに、ママが髪や体に触ってくるので、雑誌に意識を集中できなかった。

「赤ちゃんが来たらね」とママが言った。「同じ部屋を使うのよ。わかるわね？」

「赤ちゃんて？」ぼくは訊き返した。

ママがため息をついた。「わかってるくせに。この前ちゃんと話し合ったじゃないの。忘れた？」

ぼくは雑誌を開いて真ん中にぎゅっと折り目をつけ、そこの広告をママに見せた。「アイロンで貼り付けられるモンスターだよ！」

ママはちらりとも目をくれなかった。「アイロン貼り付けモンスターなんて要《い》らないのよ」

ぼくは説明文を声に出して読んだ。ママが聞いていなかったかのように。「どれでも二体で一ドル」

「アイロン貼り付けモンスターなんて要らないの」ママは繰り返した。

ぼくは雑誌をぴしゃりと閉じて立ち上がり、犬の引き綱を手にした。「おいで、ジキル博士。散歩に行こう」

ジキル博士は外に出ると同じ場所をしきりに嗅ぎまわるけれど、そこでおしっこをしようとはしない。「早くおしっこしろよ、頼むよ」とぼくは言った。ジキル博士をかばってやるのはぼくだけ。ジキル博士が家の中でおしっこをしたときは必ず、ぼくは彼の別人格であるハイド氏のせいにする。

この前ジキル博士が家の中でおしっこをしたとき、ママとぼくは敷物の上に残った哀れな丸い円の外側に立って、じっとそれを見つめた。「これはジキル博士のせいじゃないんだ」とぼくは言った。「ハイド氏のしわざだよ」

ママは首を横に振った。「ジキル博士だろうとハイド氏だろうと、ママにとっては同じなの。今度またやったら、この犬、締め殺すわよ」

ぼくは引き綱をぐいっと引っ張って言った。「おしっこしろよ」

廊下の向かいの部屋に住むミセス・Vが杖をついてよろめきながらやってきた。彼女は盲目だけれど、ぼくがどこにいるかいつもわかる。ミセス・Vによれば、ぼくはしゃべりすぎだという。「あなたの声が壁伝いに聞こえてくるの」とミセス・Vに言われたことがある。「あなたって、絶対に消せないテレビみたい」

そしてこの日、ミセス・Vはこう言った。「ワンちゃんはお元気？」

「はい。でも、おしっこをしようとしないんだ」

「お母さんはいかが？」

「ママ？」ぼくは言った。「しょっちゅうおしっこをしているよ」

ミセス・Vは口をすぼめた。彼女はぼくのことが好きじゃないけど、ぼくだって彼女のことは好きじゃない。だから彼女がぼくを好きじゃなくてもぼくはいっこうにかまわない。彼女が続ける。「もうじきあなたに弟か妹ができるって聞いたけど」

「ほんと？　そんな話、ぼくは聞いたことないけど」

ミセス・Vはぼくのいる辺りをたっぷり十五秒間じっと見つめてから踵《きびす》を返し、杖をつきながらアパートメントの建物のほうへ戻っていった。ぼくはとうとうジキル博士におしっこをさせるのを諦め、階段を上って戻った。『クリーチャー・フィーチャー』のオープニングを見逃したくなかったのだ。パパとママはとっくに寝ていた。ドアが閉まっていて明かりが消えていた。ぼくはジキル博士にコーンチップをやった。

今日の映画はぼくの大好きなモンスターが登場する『狼男』だ。この映画は、長いあいだ故郷を離れていたラリー・タルボット青年がヨーロッパに戻ってきてある娘に恋をする。ところが彼は狼男に噛まれて自分も狼男になってしまい、父親に銀のステッキで殴り殺される。

ぼくがこうしたモンスター映画を愛していたのは、ぼくの生活となにもかもがまったく違っていたからだ。ぼくはパパとママとアパートメントに住んでいる。ところが、ラリー・タルボットは父親とお城に住んでいる。停電になると、わが家ではずんぐりした蠟燭を皿の上で何本か灯すけれど、タルボット家には枝付きの豪華な燭台がある。ぼくの近所の人たちは、怒ると罵り合い、脅し文句を言って玄関のドアを力まかせに閉めるが、モンスター映画の中では、怒った人々は銃と松明《たいまつ》を持ち、犬を連れて街の広場に集まり、怒りの対象がなんであろうとそれを狩りに行く。『狼男』にはこうした要素がすべて入っていたし、さらに霧に怯える馬や占い師のジプシー、柄が狼の頭になった銀の杖まで登場した。

モンスター映画をたくさん見ている人なら、ある映画が別の映画と深い繫がりがあることに気がつくようになる。たとえば、俳優ロン・チェイニー・ジュニアの父親ロン・チェイニーは、『ノートルダムのせむし男』でカジモドを演じている。ロン・チェイニー・ジュニアは『狼男』になるラリー・タルボットを演じている。『狼男』でロン・チェイニー・ジュニアの父親を演じたクロード・レインは、『透明人間』を演じている。『狼男』でジプシーのベラを演じたベラ・ルゴシは、吸血鬼ものの元祖『魔人ドラキュラ』を演じている。ぼくから見れば、モンスターのコミュニティは幸せな大家族だった。

ラリー・タルボットの父親が、狼男伝説はあらゆる人間の心の中にある善と悪についての神話でしかない、という話をし始めると、ぼくは毛布を顎まで引っ張りあげた。ジキル博士がソファに跳び乗り、ぼくの腹のそばで体を丸めたので、普通の人間が狼に変わっていくのをいっしょに見た。ラリー・タルボットがすっかり狼になったとき、ぼくはジキル博士を軽く突《つつ》いて言った。「あれはおまえの親戚だぞ。すごくないか？」

目を開け、体を起こして、周りを見まわした。「どうしたの？」ぼくは瞬《まばた》きしながら言った。枕元で、どすん、という音がして目を覚ましたのだ。

「昨日のガレージセールで手に入れたんだ」とパパが言った。「一晩、車のトランクに入れっぱなしで、あやうく忘れるところだったよ」パパが指に挟んだ煙草で示したのは、ミシガン湖から引き上げてきたのかと思うような、ひどい臭いのする四冊の医学事典だった。背には黴が点々とついている。

「五十セントだ。悪くないだろ？　ん？」

ぼくはさらに瞬きをして目の焦点を合わせようとした。「ありがとう」とぼくは言った。訊くのが怖かった——パパの感情を傷つけたくなかった——けれど、ぼくは訊くことにした。「でも、なんのために？」

「おまえが読みたくなったときのためにさ。ほら、ママのいまの状態についてね。Pの項目のところにみんな書いてある。でなきゃBのところかな。よくわからんが。パパはまだ見てないから」

「P」ぼくは言った。

「さもなきゃBだ」パパは言い足した。「ほら、〝誕生《バース》〟のところ」

「ママはどこ？　朝ご飯は？」

「今朝、ママを送ってきた。慰安会にな」。パパは、ぼくが傷ついたのを見てとって、急いで付け加えた。「おまえを起こしたくなくてね」。パパはぼくの視線を避けて顔を背けた。「メアリー・ルドルフさんの家まで送っていったんだよ」

ルドルフ家は四つ角のそばに住んでいた。ぼくはそこのアイリーン・ルドルフに恋していた。彼女はぼくより二歳年上でてんかん持ちだった。彼女もモンスターが大好きなのだ。

パパが出て行くと、ぼくはゴム手袋を求めて家中を探し回った。ゴム手袋があれば医学事典に直接触れずにページを開けられると思ったのだけれど、ぼってりした大きなオーヴン用ミトンしかなかった。ともかく手にはめてみた。こんな大きなミトンでページをめくるなんてできるわけがない。それで、「妊娠（pregnancy）」のところを開けるつもりが、「乾癬（psoriasis）」を開けてしまった。「慢性皮膚角化疾患」と書いてある。「症状は多様で、その程度もさまざまである」。解説の隣のつるつるしたページには、顔中が赤い斑点だらけになった女の人のカラー写真が載っていた。

「ぐへぇ」ぼくは本を閉じた。

その後、退屈のあまりモンスター雑誌の一冊を手に取り、『ノートルダムのせむし男』のカジモドを演じたロン・チェイニーの顔をまじまじと見て、詳細な調査をおこなった。片目が白く、いくぶん飛び出ている。頬は異常なくらい膨らんでいる。汚れた出っ歯が口角の下がった口から覗いている。カジモドは、もしかしたら乾癬にかかっていたのかもしれない、と思ったが、彼の顔から察するに、乾癬は彼の悲惨な容貌の中ではまともなほうだった。

ぼくはその写真を鳥かごに向けた。「ほら」とオウムに言った。「おまえはこの人から名前をもらったんだぞ。すごくないか？」

ママが食料品店から戻ってくると、医学事典を見て鼻に皺を寄せた。「嫌な臭い！　そんなゴミ、どこから拾ってきたのよ？」

「パパが五十セントで買ってきたんだ」。それから付け加えた。「悪くないよ」

ママは両手を組んでお腹の上に置き、にっこりした。「妊娠のことで何か書いてあった？」

ぼくは肩をすくめた。そして乾癬にかかった女性の写真を開いて見せた。「ママはこんなものにかかってないよね」

ママは首を横に振った。

ぼくは医学事典を閉じて、モンスターの雑誌を尻のポケットから引っ張り出した。そしてママに、裏表紙から注文できるアイテムをいくつか見せたが、ぼくが何を見せようが――モンスター・ノートブック・バインダー、モンスターの切り抜きマスク、フランケンシュタイン・ターゲット・ゲーム――ママの答えはいつも同じだった。あなたには要らないでしょ。

「やっぱりね」とぼくは言って、引き綱をジキル博士につけた。「さてと、出かけようか」


アイリーン・ルドルフは、『クリーチャー・フィーチャー』を忠実に見ている唯ひとりの女の子だった。ぼくが日曜の夜に自転車で彼女の家まで行って『狼男』はどうだった、と尋ねると、アイリーンは両手を狼の前足みたいにして上げ、歯を剝き出しにし、ぼくに向かって唸り声を上げた。

「ということは、気に入ったんだね」ぼくは訊いた。

彼女はもういちど唸り声を上げ、狼男みたいに下顎を突き出して大きく頷いた。

「ぼくもだ」

彼女は人間に戻ると、今にも泣きそうな顔になった。「でも、最後がとっても悲しかった」

「だろうね」とぼくは応じた。「でもほら、彼はモンスターだから。モンスターを自由にしちゃいけないだろ」

「そうね」アイリーンは言った。それから彼女は、ぼくとしてはやってほしくないと思っていた、まさにそのことをやった。ぼくの目をじっと覗き込んだのだ。彼女がこうするたびに、ぼくは目を逸らしてしまう。ぼくは、きみに恋しているなんて彼女に言うつもりは毛頭なかったけれど、本当に恋していた。彼女の長い髪はホーム・コメディ『パートリッジ・ファミリー』のスーザン・デイみたいで、キャンディ形の飾りのついたネックレスをしていた。話をしている最中に、彼女はときどきそのキャンディを口に持っていって噛んだりした。その仕草に悩殺された。

「あなたのママの予定日はいつ?」と彼女が言った。

「予定日? 何の?」

「赤ちゃんの生まれる日よ」

「何の赤ちゃん?」

アイリーンはぼくの腕を叩いた。彼女は女の子にしては力があって、叩かれた翌日には必ずそこが青痣になる。「何の赤ちゃんか、わかってるくせに」

「わかってたらちゃんとそう言うよ。わからないから訊いたんじゃないか」

「あたしたちいつキスするの?」彼女が訊いてきた。キスをすることがアイリーンの最近いちばんのテーマなのだ。その前は神さまに夢中だった。その前は蛙《かえる》だ。最近彼女は、キスして、とさかんにぼくにプレッシャーをかけてくる。でもこれまではなんとか回避してきた。彼女がぼくの耳に囁いた。

「あたし、てんかんなの。いつ死んじゃってもおかしくない。だからキスしなくちゃ」

アイリーンが「キスする」と「死んじゃう」を組み合わせて言いはじめるたびにぼくは、ミセス・Vがぼくには絶対にできないと信じている状態に陥る。つまり、黙りこくってしまうのだ。たいていは、膝や肘にできたかさぶたを剝がしたり、彼女が聞いたこともないようなモンスター、たとえばノスフェラツやモスラのことを急に話し出したりするのだけど、この日はまったく違う行動をとることにした。自転車にまたがり、できるだけ速くペダルを漕いだのだ。

「どこ行くの?」とアイリーンが叫んだ。

「きみのいないところ!」と、ぼくは振り向きもせずに叫び返した。

何週間も経ってからようやくぼくは抵抗をやめて医学事典を開き、「妊娠」のところを読んだ。第一章の最初に三枚の透明シートのページがあった。三枚重ねられた状態で見ると、青いマタニティドレスと白いスラックスを着た妊娠中の女の人の絵だ。その人は、学校の教科書の『ディック&ジェーン』に出てくるジェーンが大人になって妊娠した姿みたいだった。でも透明シートの一枚目をめくってみたら、ジェーンは素っ裸になっていた。

「うわお!」とぼくは言った。彼女のお腹はまるまると膨らんでいて、おへそが飛び出している。ずっと見ていたかったけれど、たとえ事典に入っているものであっても、妊娠した裸の女の人の絵を見ているところを人に見られたくなかったので、急いでそのページをめくって最後の透明シートのページを見た。そこにはお腹の中が描かれていて、酔っ払ったような眠たげな赤ん坊がぷかりと浮かんでいた。

心臓がものすごくドキドキした。掌の汗を太腿にこすりつけた。その数ページ先に、この世でいちばんおっかないモンスター映画の一シーンのような白黒の写真があるのを見つけた。小さなぬるぬるしたメロンのようなものが、だれかの毛むくじゃらの裂け目の奥から飛び出しているのだ。ぼくは本を目のそばまで近づけた。それから、あらゆるものがはっきり見えるように遠ざけていった。それでもそれがなんなのか見当もつかなかった。そこでキャプションを読んでみた。「お母さんの膣《ちつ》を通って出てくる赤ちゃん」とあった。ぼくは絶叫して本を放り投げた。

ママがリビングルームに駆け込んできた。「どうしたの？　ジキル博士に嚙まれた？」自分の名前を呼ばれたジキル博士は、うれしそうに尻尾を振った。

「違う！　ぼくは大丈夫」ぼくは息をしようと喘いだ。

「大丈夫なら、どうして叫んだりしたの？」

「叫んでなんかいない」とぼくは言った。ママの目が訝《いぶか》しげに細くなった。ぼくは窓を指差した。

「月を見てよ。すっごく大きい」

「おかしな子」とママは言った。

ぼくは咳払いをして、ラリー・タルボットが狼に変身する前にみんなが彼に言う台詞を口にした。「トリカブトの花が咲き、秋の月が輝くとき、どんなに善良な心を持つ男も狼男になる」。これが、『狼男』でラリー・タルボットが狼に変身する前にみんなが彼に言う言葉なのだ。

ママが長いあいだぼくを見つめていたので、ぼくの額に五芒星――狼男だという徴《しるし》だ――が現われたのかと心配になったが、ママは身をかがめてぼくの頰にキスをした。「おやすみ」と言った。

「おやすみ」ぼくも返した。

次の土曜日に、パパがツイン・ドライブ・インのフリーマーケットに連れていってくれた。売り手たちが、乗ってきた車を大きなスピーカーのある鉄柱のそばに駐車し、砂利の上に広げた毛布やカードテーブルの上に品物を並べていた。午後には混み合うので、パパはその前に行って値切るのを楽しみにしていた。パパによれば、午後の客は最悪だという。「あいつらは買いに来るんじゃない。ひやかしに来るだけだ。奴らがすることといえば、人の邪魔をすることだけ」

何週間も続けて行ってみて、人々が図々しくも売ろうとしているのがガラクタばかりであることにぼくは衝撃を受けた。頭のない人形とか、錆の浮いた道具とか、つまみのついていないお絵かきボードとか。

「スポック博士の本を見かけたら」その日パパが言った。「教えてくれ。ママがおまえを妊娠したときにその本をとても気に入ったんだ。ところがそれがどこにいったのかわからなくなってな。捨ててしまったのかもしれん」

ママが『スター・トレック』のファンだとは初耳だった。それを見たくてテレビをつけるのはぼくだけなのに。「ミスター・スポックだ」ぼくは訂正した。

「ミスター・スポックでも、ドクター・スポックでも、どっちでもいい。ただし、五セント以上は払わないぞ」

やがて、大きな箱の中をあさっていると、ミスター・スポック役のレナード・ニモイが表紙になっているSF雑誌を見つけたのでパパに見せた。

「ほら、ミスター・スポックだ！」

パパは頷いた。でも、ちっともうれしくなさそうだ。

「これが欲しいんでしょ？」ぼくは訊いた。

「どうしてパパがそんなものを欲しがる？」

「ほら、ママが好きだって」

パパは首を横に振り、ぼくはその雑誌を箱の中に戻した。

家に戻るとママがいたので、ぼくは手を挙げて『スター・トレック』式の挨拶をした。「長寿と繁栄を」

ママは微笑んだ。「なんて素敵なことを言ってくれるの。あなたも長寿と繁栄をね、ハニー」

ママのお腹が大きくなるにつれて、ぼくは医学事典を開いて次にどうなるかを確かめる気力が失せていった。知らないにこしたことはないのだ。母親のお腹からぬらぬらした頭を出している赤ん坊の写真を見ると、こんなことはだれの身にも絶対に起きるはずがないと思いたくなってくる。しかし最悪なのはそのことじゃない。頭の中からそのことを追い出そうとしても、いちばん恐ろしい事実――ぼくもかつてはぬらぬらした頭の赤ん坊だった――が頭の中にこびりついて離れないのだ。そしてこのぼくもあの写真のようなぬらぬらした頭の赤ん坊だったと思い始めると、さらに何千という疑問が湧いてくる。どうしてママのお腹の中に入っていられたのだろう。お腹から出ていくまでどうやって息をしていたのだろう。そのことをぼくがなんにも覚えていないのはなぜ?

あまりにも心が乱れてまともに考えられなくなり、考えるたびに新たな疑問が浮かんできた。ぼくはブロックからブロックへと、ゾンビのように歩き回るようになり、どうしてなにもかもがこんなにも早く、こんなにも悪くなってしまったのか、と思っていた。ぼくはずっといい子だった。食料品店の女性たちが話題にするようなタイプの子だったし、三歳か四歳という早い時期から、内気なふりをすることや、褒め言葉にちょこんと頭を下げて応えることや、靴に視線を落とすことや、足を少し内側に向けて靴の先端を合わせるやり方、つまり女の人たち——とりわけ世のお母さんたち——が内気な男の子のしぐさとして直感的にわかるモールス信号のようなものの発し方を知っていた。「ほら、見て、あの子を」と女の人たちは言い、ぼくは目を大きく見開いてママのブラウスの裾を握り締め、ほんのわずかにそれを引っ張って、「なんて可愛らしい男の子かしら」という大衆の意見を確固たるものにすべく努めていたのだ。

でも、そのよき時代はもはや帰らぬものとなった。

レイモンド・ガーツが『パートリッジ・ファミリー』のトレーディングカード・コレクションの中から最高のもの——だれもが欲しがる「アルバカーキへの道」——を見せてくれたときに、ぼくはそれをまっぷたつに引き裂いて彼に突き返した。レイモンドにぶん殴られるかと思ったけれど、殴られなかった。彼はわっと泣き出したのだ。その顔はスライスしたトマトみたいに中身をさらけ出していた。そして駆け出していった。

ジョーイ・リッツォがシリーストリング（パーティグッズ）の缶を見せてくれたときには、それを取り上げ、パパがスプレーペイントの缶を振るように、たっぷり三十秒ほどよく振ってからジョーイの顔に向けてスプレーしてやった。スプレーし終わると、ジョーイは泡でできたスパゲッティを頭からかけられたみたいになった。

「目が見えない！」とジョーイは叫んで、顔をかきむしった。「見えないよ！」

ジョーイにスプレーしているとき、なんの感情も湧いてこなかった。男の子たちに対して悪意があったわけじゃない。妬みも怒りも感じなかった。悲しいことだけど、なにも感じなかったのだ。まったくなにも。ぼくの内部でなにかが起きていた。ぼくは別人になりつつあった。そしてそれに関してぼくにできることはなにもなかった。

「ティモシー・オライリー」ぼくが玄関のドアを閉める前に、ママがぼくの名を呼んだ。「今日、だれから電話があったかわかる？」

ぼくはママのお腹を見てから目を上げて顔を見た。それから肩をすくめた。ミセス・Vがダイニングルームで煙草を吸っていた。ミセス・Vが言った。「わたしは退散したほうがよさそうね」。でも、彼女は浮かんでくるにやにや笑いを抑えきれず、ぼくが罰を受けることを考えて胸をときめかせていた。罰を受けたら、ぼくがしばらくのあいだは黙りこむだろうと思っているのだ。目が見えないミセス・Vにとっては、毎日があべこべになったモンスター映画のようなものに違いない。その映画の中では彼女以外の全員が透明人間なのだ。ミセス・Vは煙草をもみ消すと、玄関のほうに歩いてきた。すれ違いざまぼくの脚を杖で打った。アイリーンが青痣になるほどぼくをせっせとぶってくれなくても、ミセス・Vがその代わりを務めてくれるというわけだ。明日になれば新しい紫色の痣が向こうずねに出来ているだろう。

ミセス・Vが帰っていくと、ママが言った。「どうしてジョーイ・リッツォのお母さんから電話があったのか、わからない？」

ぼくは家の中に入ってドアを閉めた。上着をぐらぐらするラックにかけた。いまようやくわかった。一日中仕事をして疲れて帰ってきたパパが、玄関を開けたとたんにママから矢継ぎ早に厳しい質問が飛んできたときどんな気持ちになるかが。公平を期して言えば、ママはパパにそうしょっちゅう質問していたわけじゃない。それに、ママが質問するときには必ずそれなりの理由があった。それでも、ぼくはパパに同情した。

「最近のあなたはどうしちゃったの？」とママが言った。「前はあんなにいい子だったのに。もうあなたのこと、よくわからない。なにか言いたいことがあるんじゃないの？」ママはぼくが答えるのを待った。「なにもないの？」ママはさらに訊いた。

ぼくは唸り声を上げた。いまそんな気持ちになれないことを伝えるために。それから自分の部屋に向かい、ママとのあいだを隔てるドアを閉めた。


夏が終わりに近づき、フリーマーケットを訪ねるぼくの遠出も終わりを告げた。

「毎週毎週、変わりばえしないしな」パパが言った。

「ガレージセールはどう？」

「時期が悪い」

「ミシガンにはいいフリーマーケットはないの？」とぼくは訊いた。

パパは「こいつ、頭がおかしいのか」という目つきでぼくを見た。「おまえには腐るほど金があるってのか？　おい？」

パパは、古いモンスター雑誌を探したがっているぼくを車であちこち連れていくのをやめ、ひとりで出かけていって遅くまで帰らなかった。買ってくるものといえばママにあげるものばかりで、ママが四六時中食べたがっているイタリアン・ビーフ・サンドイッチとか、工場の直売所から買ってきた箱入りのクッキーとかだった。パパはその直売所の屋根を修理したことがあったのだ。クッキーは割れていたので安かったけれど、それでもママは、クッキーの欠片《かけら》って大好き、と言った。ぼくはパパにこう訊きたくて仕方がなかった。ぼくのは？　ぼくの欲しいものは？　でも、駄々っ子みたいだと思われたくなかった。

「いつからクッキーの欠片が好きになったのさ？」ぼくはパパが部屋を出て行くとママに訊いた。

「しぃっ」ママが言った。「パパの気持ちを傷つけちゃだめ」

ある晩、『クリーチャー・フィーチャー』を見ていると、電話が鳴り響いた。その日の放映は『大アマゾンの半魚人3』だった。アマゾンの半魚人（またの名をギル・マン）は人間のように歩けるほうが幸せなんじゃないか、と研究者たちが勝手に決めつけて、半魚人を切ったり縫ったり焼いたり皮を剝いだりして、外見をすっかり変えてしまう。ぼくはソファからテレビのほうに身を乗り出していた。研究者たちが半魚人を苦しめる様子にぞっとしたけれど、けっこう楽しんでもいた。電話が鳴ったとき、あまりにもびっくりして漏らしそうになった。

パパが寝室から飛び出してきて、「なんの騒ぎだ？」と怒鳴った。

ぼくは電話機を指差した。

パパは、煙を上げている隕石ででもあるかのように電話機をじっと見つめてから、壁時計をちらりと見、受話器を取った。「はい……ええ……なんですって？……すぐに行きます」。パパは受話器を置いた。「ビル・ルドルフさんからだ。アイリーンが発作を起こして、病院に連れていくんで、子供たちを見ててほしいって」。ぼくが立ち上がって外出の支度をしようとしたら、じっとしてろ、とパパが言った。「好きな映画を見てればいい」

「でも、アイリーンが」

「なにかあったら電話する」とパパ。「なにもなければ、明日の朝会おうな」

パパとママはあっという間に支度を整えた。ママは前日着ていた服をひっかけて、パパは分厚い上着を着て冬用の手袋をはめ、ニット帽を被った。でも、部屋から出ていくときにパパが穿いていたのはパジャマのズボンだった。

ぼくは立ち上がってテレビのアンテナを調整した。現代医学は進歩しているはずなのに、ギル・マンは人間界に適応するのに苦労していた。彼が受けた不当な扱いを見て、ぼくの上唇はわななき、視界がかすんできた。かわいそうな男だ。哀れな奴だ。彼がどんな思いでいるか、ぼくには痛いほどわかった。ぼくこそ、ギル・マンだ。

翌朝早く、パパとママが帰ってきたので、アイリーンは大丈夫だったのだろうと思った。ママがソファのところに来たけれど、ぼくは目を閉じて歯をガチガチと鳴らした。

「この子、寒がってるみたい」ママが言った。

「大丈夫だろ」パパが言った。

ママはぼくの額に手を置いた。「熱っぽいわ。風邪を引いたのかも」

「毛布をたくさん掛けてやれば大丈夫だ。おれは寝るよ」

ママが震えるぼくに毛布をたくさん掛けた。「よしよし」と言って、ぼくの頭にキスをした。

秋になって学校が始まるまでに、ぼくがレイモンド・ガーツとジョーイ・リッツォにしたことが広まって、仲のよかった友だちはぼくに近づかなくなっていた。ぼくがだれかのはみ出したパンツのウェストを引っ張ってからバチンと離すのではないかとか、ポケットから左利き用の鋏を取り出して、何も知らない子供の頭を刈り込むのではないかと恐れていたわけだ。一晩で、ぼくはなんでもやってのける不良少年になっていた。

そうこうしているあいだに、ママのお腹はぶかっこうなくらいどんどん膨らんでいった。歩くときは体をゆっさゆっさと右に左に傾けた。何かしている最中に動きを止めて、長いため息をつくこともあった。「ふうっ」と、大きく深呼吸してから作業を続けた。ぼくよりもお腹の中にいる赤ん坊に話しかけることが多くなった。「ママの腎臓のあたりでねんねしてるのね、いい子ね」とか。「お兄ちゃんはこんなにたくさん蹴らなかったわよ」とか。

ある日、ママがソファで昼寝をしているときに、ぼくはこっそりと近寄ってお腹に話しかけた。「寝室はぜんぶぼくのだ。自分の居場所は自分で探せ」。ぼくはママのお腹を見つめ、その言葉がちゃんと中に届くよう祈った。さらに顔を近づけて言った。「ぼくはモンスターが好きだ。おまえがモンスターを好きじゃなければぼくに話しかけるな、いいな」。しばらく待ってから付け加えた。「よくわかったな」

ママがぱちりと目を開けた。まるで『ドラキュラ』の一シーンのようだった。棺の中で眠っていると思われていた吸血鬼がいきなり目を開けて、こっちの心臓がぎゅっと縮こまる場面。「だれに話してたの」とママが訊いた。

「カジモドに」ぼくが鳥かごの中に指を入れると、カジモドがついばんだ。ぼくの指をクラッカーだと思っているのだ。

「あら」ママは言った。「だったら、もっと小さな声で話してくれる?」

わかった、とぼくは口だけを動かした。口をぴたりと閉ざした。ジキル博士に引き綱をつけた。

「しぃー。吠えちゃだめだ」とぼくは囁いた。


出産予定日は一九七一年九月八日だった。どうして正確な日にちがわかるのかぼくにはわからなかったが、とにかくパパとママは予定日を知っていた。

八月のある日、ママがダイニングルームのテーブルで赤ん坊の名前をあれこれ書き出していたとき、ぼくはこう提案してみた。男の子だったら、フランケンシュタインの怪物を演じたボリス・カーロフからもらってボリスにすればいい。女の子だったら絶望にまみれた怪物の花嫁を演じたエルザ・ランチェスターからもらってエルザにすればいい。

「怪物の名前なんか赤ちゃんにはつけないわよ、絶対に」とママは言った。ママの手にあった鉛筆が床に落ちた。それを拾おうと手を伸ばしたとたん、ママはソファから転げ落ちそうになった。それくらいお腹が大きくなっていたのだ。ぼくが鉛筆を拾ってママに渡した。

「モンスターの名前じゃないよ」ぼくは訂正した。「モンスターを演じた俳優の名前だ」

「ボリスね」ママはふんと鼻を鳴らした。「変な名前」

出産予定日——九月八日——が来て、過ぎていった。九日も同じように過ぎていった。十一日の土曜日に、ぼくは自転車を飛ばしてアイリーンの家まで行き、その晩に『クリーチャー・フィーチャー』で放映される『フランケンシュタイン』を見るかどうか尋ねた。ふたりともオリジナル版の『フランケンシュタイン』を見たことがなかった。『フランケンシュタインの花嫁』『フランケンシュタインの復活』『フランケンシュタインの幽霊』『フランケンシュタインと狼男』『フランケンシュタインの館』

や、ぼくたちのいちばんのお気に入りの『凸凹フランケンシュタインの巻』も見ていた。そういった映画は全部見ているのに、いちばん有名なモンスター映画を見ていないだなんて！

ぼくたちは裏庭の道具小屋の裏手にある、薪の山に座っていた。アイリーンのお母さんが粉末ジュースをピッチャーに入れてくれたので、ふたりともものっぽのグラスを手にしていた。

「小さなかわいい女の子を川に沈めちゃうんだって」とアイリーンが言った。

「だれが？」とぼく。「フランケンシュタインの怪物が？」

「当たり前じゃない」

「ああ、待ちきれない」

アイリーンはジュースの入ったグラスを地面に置いた。それからぼくのグラスもその隣に置いた。そして、ぼくが絶対にやらないでと念じていることをした。ぼくに身を寄せてキスをしたのだ。彼女の唇が、ぼくの唇に確かに触れた。もっとひどいものかと思ってた。びっくりしたことに、そんなに悪くなかった。彼女は風船ガムを噛んでいて、ぼくもその風船ガムをしょっちゅう噛んでいたから、彼女の口はぼくの口みたいな味がしたけど、かなりましだった――自分の口ではなかったから。

「フレンチキスってどうやってするか知ってる？」とアイリーンが言った。

「何、それ？」

答える代わりに、アイリーンは実行に移した。その直後に、ぼくは気を失ったのかと思った。本当には気を失ってはいなかったけれど、狼男に変身して村人たちを殺したあとのラリー・タルボットのように、時間の感覚がなくなった。ラリー・タルボットはその翌朝、目を覚ますとなにがなんだかわからなくなる。絨毯の上に獣の足跡が残っていて、自分の足が泥だらけになっているのに気づき、必然的な結論を引き出す。自分こそが狼男なのだ！　と。

アイリーンの手がTシャツの下に滑り込んできてぼくの肌に触れたとき、「もう帰らなくちゃ」とぼくは言った。

「どうして？　これ、嫌い？」

「いや。でも、『フランケンシュタイン』を見逃したくないんだ」とぼく。

「あたしにキスするより『フランケンシュタイン』を見るほうがいいわけ？」

ぼくはパパがよくする「こいつ、頭がおかしいのか」という目つきで彼女を見た。愚痴っぽい口調でぼくはこう言った。「だって、『フラン・ケン・シュタイン』なんだよ」

「わかった」アイリーンはそう言って立ち上がると、服を払った。彼女が家に向かっていく足音から、激怒しているのがわかった。

「ねえ、そういう意味じゃなくて」とぼくは言った。これは気味の悪いほど聞き覚えのある言葉のような気がしたが、アイリーンがいきなり足を止めた様子がママとそっくりだったので、これはパパがよく口にする言葉だとわかった。パパは週に最低一度はこの言葉を言う。

「そういう意味って？」振り向いたアイリーンは泣いていた。「ね、いい？　あたし、明日死んじゃうかもしれない。死んじゃってもおかしくないの。それなのに、あなたは気にもしていない」。彼女はぼくの返事を待っていたが、ぼくはどう言えばいいかわからなかった。ぼくは殴られたみたいにしょぼんとした。目眩《めまい》がしはじめた。家に帰りたかった。そのとき、アイリーンが最後の一撃を放った。

「あたし、モンスターなんか、好きじゃない」

「なんだって？」とぼく。彼女はスクリーンドアをすでに開けて、家の中に入ろうとしていた。「嘘だろ！」とぼくは怒鳴った。けれども、ドアはすでに閉まっていた。さらにぼくはこう付け加えた。「どうしてモンスターを嫌いになんてなれる？　どうしちゃったんだよ？」ポーチの明かりが消え、ぼくは暗闇にひとり取り残された。「アイリーン」大きな声で呼んだが、返事はなかった。閉じられたカーテンに彼女の影を必死で探したけれど、それらしき人影は見えなかったので自転車に飛び乗って家に向かった。

土砂降りの雨が降っていて、道路は恐ろしくスリップしやすくなっていた。家にたどり着いたときにはぼくも濡れ鼠になっていて、ズボンもシャツも肌に張り付いていた。シャツを体から引き剝がすときは必ず、シャツが肌に吸い戻されるような感じがする。シャツが生き物のようだ。それは宇宙からの不明物体ブロブが生き物だというのと同じだ。ブロブは人間でもないし動物でもないが、用心していないと生きたまま食べられてしまう。服を着替えても雨の滴が髪から落ちてきて顔を濡らした。テレビの画面にメモが貼り付けてあった。テレビが壊れたというメモかと思ってどきっとしたが、ママのことについてだった。

「病院に行く。
赤ちゃんが生まれそうだ。
おまえを待てなかった。パパ」

ぼくはジキル博士を見下ろした。「このこと、知ってた？」と訊いた。ジキル博士は頭を上下に動かしてから、尻尾を振った。ジキル博士には、どんな質問も同じなのだ。「おやつがほしいの？」だと思っている。ぼくはジキル博士にチーズイットをやった。

雨が窓を激しく叩き、家の中のどこかからピチャンという音が聞こえた。ぼくは部屋から部屋へと探し回り、問題の箇所を見つけた。キッチンの天井から雨が漏っている。雨漏りを受ける鍋を下に置いた。

カジモドがギャーギャー騒ぐので、ぼくは「大丈夫だよ、雨漏りしただけ」と言ったけれど、水滴がカジモドの鳥かごにも落ちているのに気づいた。鳥かごを移動させると、カジモドがまたギャアと言った。「どういたしまして」とぼくは答えた。

テレビをつけてソファに座ったときには、『クリーチャー・フィーチャー』はすでに始まっていた。ぼくは毛布に頭からくるまって、目だけを外に出した。ようやく史上最大のモンスター映画――『フランケンシュタイン』！――が見られる。いかに多くの人が、フランケンシュタインが怪物の名前だと思い込んでいることか。フランケンシュタインというのは、怪物を創り出した科学者の苗字だ。ぼくが怪物を創り出したら、人はそれをオライリーと呼ぶかもしれない。オライリーという名を聞いて、女たちは悲鳴を上げ、男たちは武器を持って集まるのだ。

カジモドがギャーとまた鳴いた。今度はひどく怒っているみたいだ。雨漏りで濡れている。鳥かごの中に滴がまだ落ちていた。「映画を見逃しちゃうじゃないか」ぼくは切実な声で言った。毛布をはねのけ、急いでかごを移動させた。

フランケンシュタイン博士と助手のフリッツが、埋葬されたばかりの死体を掘り起こしていると、天井から新たな雨漏りが始まった。最初のコマーシャルが流れているあいだ、さらに鍋とカップを探してきてあちこちに置いた。パパがいてくれたら、どうすればいいかわかるのに。

「ねえ、ジキル博士。おまえは泳げる？」

尻尾を激しく振っている。はい、おやつは大好きです、と言っている。

いまもアイリーンの唇が触れているような気がする。透明人間にキスされているような感じ。風船ガムの匂いすら漂っている。もし彼女が本当のことを言っていたとしたら？　本当に彼女がいまにも死にそうだとしたら？　ぼくは動揺して映画に集中できなくなったけれど、ソファに横たわって見ていた。ジキル博士は隣で丸まっていた。映画の一部始終を覚えておいて、明日アイリーンに詳しく話そうと心に決めた。フランケンシュタイン博士の実験室が時計塔にある様子、そこからフリッツが長いロープを伝って降りていく様子、怪物が盗み出されてきた死体のまま台に縛り付けられている様子。それから実験室にはずみ車と、鎖とガラスの実験器具があること。アイリーンにチョコレートを買っていこう。ぼくのお気に入りのモンスター雑誌をあげよう。もちろん、彼女は嘘をついたのだ。彼女のモンスターについての知識は半端じゃない。嫌いなわけがない。

『フランケンシュタイン』の中でも嵐が起きている。こっちの嵐と同じように荒れ狂っている。その最中、フランケンシュタイン博士ははずみ車を回し、怪物が横たわっている台を時計塔のいちばん上まで動かしていく。ぼくの手が汗でじっとりする。雨粒がぼくの頭の上に落ちてくる。ポツンポツンと次々に頭を打ってくる。電流が怪物の首から突き出ているボルトに流れる。それからフランケンシュタイン博士が怪物を実験室の床に下ろしていく。

電話が鳴って、ぼくは身をすくめた。ここはいちばん有名なモンスター映画のいちばん有名なシーンだ。なにがあろうとこのシーンだけは見逃したくない。電話はもう二度ほど鳴ってから止んだ。

稲妻が走るシーンを見るには雨漏りをすかして目を細めなければならない。ジキル博士がクウーンと鳴いてぼくを見上げ、カジモドはギャーギャー喚いている。玄関のドアを叩く音がした。「うるさい！」とぼくは怒鳴ったが、しつこくノックは続く。ぼくは唸り声を上げて立ち上がった。覗き穴から見る。ミセス・Vだ。


「なんの用ですか？」とドアのこちら側から怒鳴った。

「おたくのお父さんがあなたに連絡しようとしているの！」とミセス・Vが怒鳴り返した。

「なんで？」

「女の子が生まれたって！」

「それはすごい！　それだけ？」

「そこでなにやってるの？　どうしてドアを開けないの？」

「あなたには関係ないでしょ」

「あんたって、最低の悪ガキね」と彼女は言った。「わかってる？」

「ぼくはガキじゃない。最強のモンスターさ」

これを聞いたミセス・Vは、ドアからゆっくりと離れていった。フィルムを逆にまわしている映画のようだった。ぼくの心臓がどっきんどっきんと鳴った。赤ちゃんが生まれたんだ。妹ができた。

ぼくは覗き穴から目を離した。「うわお。妹か」ソファに戻ると、怪物は自分の意思で手を上げていた。

「ほら」とフランケンシュタイン博士が言った。「動いている。生きている」

「ほら」とぼくはジキル博士に言った。「動いている！」

「生きている！」とフランケンシュタイン博士は叫んだ。「生きている！　動いている！」

フランケンシュタイン博士はとても幸せそうだ。ぼくはママと新しいぬめぬめした赤ん坊のことを考えた。パパがふたりを見下ろして、フランケンシュタイン博士のように微笑んでいる姿を思い描いた。ぼくは窓のところに行って窓を大きく開け放った。ぼくはとっくにびしょびしょになっていて、ジキル博士は雨を避けてソファの下に身を隠している。窓から顔を突き出してぼくは叫んだ。「生きている！　生きているんだ！」

雨が顔に打ちつけた。フランケンシュタイン博士はまだ叫んでいた。「生きてる！　ああ、神の名において、神になるのはどのような気持ちか、いまようやくわかった！」

「生きている！」ぼくはもう一度叫んだ。体がぶるぶる震えていたが、かまやしなかった。幸せだった。ママにおめでとうと言いたかった。パパにおめでとうと言いたかった。アイリーンを取り戻せる計画があることがうれしかった。まだ見ていないぬらぬらした赤ん坊にもおめでとうと言いたかった。

ぼくたちの下の階に住むミセス・ウィリスが窓を開けて、大騒ぎをしているのはだれなのかと見上げた。隣に住むミスター・スリーザックも窓を開けて顔を突き出した。雨の中を車まで走っていく家族が一瞬止まってぼくを見上げた。ぼくの後ろでテレビがシューシュー、ポッポという音を何度か立て、それから中の何かが爆発した。真空管だと思う。ソファの下からジキル博士が吠えた。

「神の名において！」ぼくは叫んだ。

明日、アイリーンの家のドアを叩こう。そして彼女が出てきたら、この腕に彼女を抱きしめる。そして彼女の耳元で、きみは死にはしない、少なくとも、いますぐには、と囁くんだ。ぼくたちがもっとたくさんのキスをしてからじゃないと死ぬことはない、と。

「あの子、どうかしちゃったのかね?」とミスター・スリーザックがミセス・ウィリスに言っている。

「さあねえ」ミセス・ウィリスが言った。「でも、わたし、いつも思っているんだけれど、あの子の頭、どこかおかしいんじゃないかしら」

ぼくは雨の中に手を差し伸べる。落ちてくる赤ん坊を受け止めるかのように。そして叫ぶ。「生きている! 生きているんだ!」

B・ホラー

ウェンデル・メイヨー

「こういったブルジョワ的なものはごめんだね……私は高望みする男なんだ。いま興味があるのは、鏡つきの衣装だんすだね」
——「南京虫」のプリシプキンの台詞より　一九二八年　マヤコフスキー作

ある日、どうしてぼくが演じるのは襲われる役ばかりなのか、とBに尋ねた。彼の持っている衣装は、多少直しを加えればぼくに着られるはずなのだ。そりゃあもちろん、白くなよなよした細いぼくの腕は、悲鳴を上げるときに口のそばにあると素晴らしくたおやかに見える。それにぼくは完璧な悲鳴を上げるための訓練を重ねてきた。まず初めに、裏声で出せる限りの高い音を出す。それから、ビブラートを効かせた大きな音のまま、喉の奥にある声門が震えて、口の両側が痛くなるまでずっと出し続ける。ぼくは、『大アマゾンの半魚人』のジュリー・アダムズのように、みごとな悲鳴の持ち主だ。それはそうだ。ぼくは十七歳と若く、幸いにもまだ声変わりをしていない。きれいな小麦色の肌に泥をひっかけられようものなら、あるいは鬘《かつら》やブラジャーやワンピース型の水着をめちゃくちゃにされようものなら、だれだって悲鳴を上げる。

Bはこう答えた。「おまえには悲鳴があるじゃないか、小僧。それにだ、おれの毛むくじゃらで筋肉質の体をよく見ろ。つまんねえことを言うんじゃねえよ」

たしかに、彼の言うとおりだ。Bは背が少し低いが、二の腕はポパイのように盛り上がり、剛毛が犬の毛皮のように——腕といわず、背中といわず、顔といわず——あらゆる方向に波打つように生えているが、頭だけは別で、てっぺんが大きくまるく禿《は》げていて、そこだけビリヤードの球のようにぴかぴかに光っていた。

そういうわけでぼくは、B・ホラー・エンタープライズに雇われて、悲鳴を上げる役をやっている。映画の『悪魔の赤ちゃん』で、母親が恐ろしい赤ん坊を初めて見たときの悲鳴もやった。ありとあらゆる母親の悲鳴をやったのだ。その相手役の怪物の名を挙げてみよう。吸血怪獣、脳を食う怪物、死霊、各種フリークス、吸血鬼、狼男、ハイド氏（いや、ジキルのほうだったか）、半魚人《スワンプ・シング》、チェーンソー男、巨大蟻軍団、巨大バッタ、巨大カマキリ、巨大タランチュラ、巨大カニ、ロボット・ゴグとマゴグ、切り裂きジャック、宇宙からの人食いアメーバ「ブロブ」とその息子、ステップフォードの妻たち（彼女たちの電子回路が見えているとき）。

ぼくはあらゆる怪物に向かって、神業といえるほどの悲鳴を上げ続けてきた。第二次世界大戦後、人類に知られたありとあらゆるもっとも忌まわしきモノたちに悲鳴を上げてきたが、次々に新手《あらて》が現われてくる……ぼくに悲鳴があるうちは、そしてB・ホラーがぼくを使い続けるうちは。これまでクリーヴランド、エヴァンスビル、トレド、シンシナティで演じてきたのは、どれもみなすごかったが、みなパートタイムの仕事だった。しかしようやくBとぼくは落ち着いた。ぼくらのメインオフィスと主な仕事がある場所はインディアナ州のフォートウェイン。Bはぼくを会社のフルタイムの従業員として雇うと約束してくれた。ぼくが悲鳴を上げつづけるうちは。そしてそれで稼げるうちは。

つい最近、Bとぼくは戦争記念競技場近くにあるオフィスを出て、タノーワー博士の家に向かった。博士の娘が社交界にデビューする、つまり、世間にお披露目することになったのだ。フォートウェインの五月の夜気は芳しく、コオロギの鳴き声が聞こえ、コフキコガネがヴァンのガラス窓にぶつかり、周りの農場からは牛糞《ぎゅうふん》の臭いが流れてきていた。タノーワー邸は町の北東、トリアー通りからちょっと外れたところにあった。彼はお得意さんだった。「お得意さん」というのは、これまでに仕事を依頼してくれた人という意味ではなく、ぼくらの会社の「お得意さん」の分析表にぴたりとあてはまる人のことだ。彼は大金持ちで、ぼくらが提供する類《たぐい》のサービスを家族とともに楽しむだけの遊び心があった。フォートウェインの重鎮のような存在で、ルーテル派教会会議や電気機器メーカーのマグナボックスの役員や、そういったあらゆる会議に名を連ねている。それで、彼ならこのあたりにいる大半の人たちと同じく、ぼくらの出し物に大興奮するはずだ。タノーワーのような名士たちは出し物にぎょっとするかもしれないが、そうであっても口には出さない。つまり、善悪を知るように育てられた人たちは、悪しきおこないにも寛大な態度で接する善良な人々で、その態度はなにがあっても変わらない。ただし、自分たちのふところを脅かすような場合は別だ。でもぼくらのサービスはとてもお手頃だった。

ぼくらがやっていることは奇抜だがそれほど不快なものではなかったので、フォートウェインに事務所を構えることができたのだ。それに今回のタノーワー邸のイベントでも、見物人が怪物と絶妙な距離をおくように設定されているため、タノーワー博士も怪物に対する寛容さと不快感とのあいだのバランスをうまく取れるだろうと思っていた。実を言えば、Bは距離に関して周到な調査と計算をおこなっている。たとえば、怯える女性に怪物が近づいていくシーンを演じる場合、Bは始めから怪物と観客のあいだの距離を六メートル以上保つように設定する。そして悲鳴を上げる女性は、というかこれはぼくの役どころなのだが、観客から三メートルは離れている。Bの計算では、三メートルというのが恐怖に震える女性を怪物が襲うときの最適な距離であり、怪物と女性が観客のそばまでいける、Bによれば「ぎりぎりの」距離だった。三メートルだ、と彼はぼくに言った。それ以上近づいたらアウトだ。

それでぼくたちはタノーワー邸の私道へと車を乗り入れた。私道は玄関の前から道路へと放物線を描くように作られていた。邸宅は悪くなかった。大きいが下品ではなかった。はいつくばっているような平屋のランチハウスで、クラブアップルとハナミズキの木々が取り囲むように並んでいて、実際の家の大きさを隠していた。

「悪くないね」とぼくはBに言った。

彼は何も言わずにヴァンを停車させ、エンジンを切り、玄関に向かった。ぼくはその後についてポーチまで行った。Bは呼び鈴を鳴らし、唸り声を上げ、両手をポケットに突っ込み、屋敷を見渡した。そしてもう一度唸った。しぶしぶ納得したというような響きだった。そのとき、玄関のドアが開いた。

「B・ホラーです」と彼は言った。「設営に来ました」

彼は家の中に入ってから、禿げ頭をドアから突き出し、荷物を取ってこい、とぼくに合図した。ぼくはヴァンのハッチを開けて衣装ケースをふたつ取り出しながら、Bには男性ホルモンがたっぷりあるっていうんなら衣装ケースは彼が運んでいくべきなのに、と思っていた。それから彼の後に続いて家の中に入り、奥の寝室に向かった。なにはともあれ、ボスは彼なんだから、と思いながら。

Bは寝室のドアを閉めると、衣装ケースをベッドの上に置き、ストラップをはずして蓋を開け、ぼくの着るネグリジェを引っ張り出した。

「ほらよ」と彼は言って笑うと、白いネグリジェをまるでプレゼントのように両腕にふわりとかけて差し出した。「色っぽく見えるようにしろ」

ぼくはそれをつかんでベッドに広げた。Bは用意してきたビニールの垂れ幕を広げた。そこに書かれた『大アマゾンの半魚人』という黒々とした文字が、溢れ出す血のように滴っていた。

「すぐに戻る」と彼は言った。

Bはその垂れ幕とはめ込み式のポールとスポットライトを持って、ガラス戸からタノーワー邸のパティオへ出ていった。こんもりと茂ったアザレアの木々が、外にしつらえたホームバー（招待客の大半はそこに集まるだろうとぼくらは判断した）の正面にあり、その小枝に垂れ幕の四隅を結わえつけた。次にBは、ポールの上に載せたスポットライトが垂れ幕とその前の地面を照らすように設置した。

ぼくはスリップを着て、パッドの入ったブラジャーをつけた。これはBがコーヒーメーカーのフィルターで造ってくれたものだ。それからネグリジェを頭からかぶった。衣装ケースから携帯用化粧ケースを取り出してドレッサーのところに置き、顔にメイクを施し、黒い鬘をかぶってピンで留めた。

Bが部屋に戻ってくるころには、招待客たちは部屋からぞろぞろとパティオやプールやバーのところに集まりはじめていた。タノーワー博士はカイゼル髭をたくわえた威厳のある人物で、パウダーブルーのディナー・ジャケットに白いスラックスを身につけ、社交界にデビューする娘の手を取っていた——その娘は愛らしく、スカイブルーの袖なしワンピースを着て、髪はひとまとめにてっぺんで結い上げて白いリボンで結えられ、そのリボンが肌も露わになった背中に垂れていた。とても上品な娘で、父親と仲がいいことは傍目にもわかった。彼女はずっと父親のそばから離れなかったが、娘とはそういうものなのかもしれないとぼくは思った。

小便がしたくなったので、ぼくは廊下に人がいないことを確かめて、忍び足でトイレに向かった。トイレの場所は入ってくるときに確かめておいた。トイレの手前にある部屋の前を通り過ぎようとしたとき、ドアが少しだけ開いていて、人の声が聞こえた。女の声と男の声。ぼくは詮索好きな人間ではない。取っ組み合いの喧嘩の現場は避けて通る。自慢じゃないけど、その場に居合わせたのはタイミングが悪かっただけで、勇気があったからじゃない。だからドアのそばでぐずぐずしていたわけではないが、男が女を殴って、女の体が壁にぶち当たる音と、続いて金属がガチャーンと鳴る音が聞こえてきてしまった。

女が言った。「人を呼ぶわよ」

男が言った。「やれよ。かまわんよ。もっとやってやろうじゃないか」

さらに女を殴る音がした。どうやら彼女は両肘を壁にぶつけたらしい。ゴンゴンとぶつかる音が二回した。そのとき、彼女が部屋からさっと駆け出してきて、ぼくたちはお互いの顔をちらっと、ほんの一瞬、見る羽目になった。視線を交わすことはなかったし、彼女はあっという間に逃げていったけれど、彼女の目の下に緑色のオリーブの実のような色と大きさの痣ができているのは見て取れた。トイレに行きたかったし、彼女を殴った男が飛び出してきて追いかけていくだろうと思ったので急いで逃げるようにトイレに駆け込んだから、ぼくが目にしたのはそれだけだった。

用を足しながら、なんとも奇妙な気持ちになった。オリーブ色のあざの女性は、ブラジャーとネグリジェを着て鬘をかぶったぼくを少年だと見抜いたような気がした。でもその奇妙な感覚はすぐに消えた。寝室に戻ると、怪物のスーツに身を包んだBが最後に腕を入れようとしているところだった。そのスーツは緑色のビニールの鱗《うろこ》に覆われ、手には剃刀《かみそり》のような爪が、足には大きな水かきがついている。立ち上がった巨大な両生類には、頭の両側から鰓《えら》が突き出ていて、唇のない口を大きく開けていた。ゴムのスーツから毛むくじゃらの腕が突き出ている姿は、どう見ても半魚人よりはるかに不気味だった。Bのくぐもった声が鰓人間の口から聞こえた。「ジッパーを上げてくれ」

彼は水かきのある足を上げ下げしてぎくしゃくと体の向きを変え、ぼくがジッパーを上げられるように背中を向けた。ジッパーを上げるとぼくは、ニューオーリンズから持ってきたどろどろの本物の黒い泥と、フォートウェイン郊外にある「デイヴの餌」店から買ってきた水蘚《みずごけ》の入ったバッグを彼に渡した。そしてぼくらは廊下をこっそりと歩いていった。人に見られないよう目を配りながらぼくが怪物の前を歩いた。だれにも見られなかったはずだ。それからタノーワー邸の敷地の縁に沿って進んでいき、みごとに刈り込まれたアザレアの茂みの陰に隠れた。

ぼくらは、タノーワー博士があらかじめ決めておいた、ウィスキー・グラスを掲げて合図を送ってくるのを注意深く見つめた。前に広がるハート型プールから塩素の霧が立ちのぼっている。タノーワー博士は、リリー・フォンテーンの業績を祝して乾杯した。フォンテーンはつい最近、寄付金集めの辣腕ぶり、とりわけフォートウェインの大学のために巨額の資金を集めたことに対して名誉博士号を授与された地元の女性だ。ぼくはスポットライトのそばに待機し、怪物はアザレアの茂みの陰に這いつくばった。タノーワー博士が乾杯の挨拶の終わりに、改めてフォンテーン博士に向けてさまざまな賛辞を述べ、さらに、社交界にデビューし、金持ち社会に正式に紹介したばかりの自分の娘の幸せな前途を祝し、神やロックフェラーやマーティン・ルーサー・キングやマッド・アンソニー・ウェイン（アメリカ独立戦争で活躍した軍人）に感謝を捧げ、ようやくぼくらに合図を送ってきた――

「ではここで、とっておきの出し物です」彼は言った。「ある映画の一シーンですが、みなさんもきっとご存知だと思います」

タノーワー博士がパティオの照明を消すと、アザレアの陰からBが鱗に覆われた手を伸ばしてスポットライトをぼくに当てた。いつものように、垂れ幕と滴る血のような文字が浮かび上がると「ああ」という声がし、ぼくが照らされるとまばらな拍手が起きた。ぼくはアザレアの花を摘んでいた（というか、その花があまりにも素敵だったので実際に摘まないではいられない、というふりをしていた）。と、そのときいきなり茂みが激しく揺れ、野太い唸り声がして、その声はしだいに悲しげな遠吠えのようになった。怪物が茂みを突き破って白く輝くスポットライトの中に飛び出した。両腕から泥と水藓が滴り落ちている。怪物の身の毛もよだつような現われ方に、ぼくは架空のアザレアの花束を放り投げて……さて、ここでぼくは必死になって悲鳴を上げるべきだったのだが、視界の隅に、廊下ですれ違った女性を認めたのだ。彼女はオリーブ色の痣を化粧でうまく隠していたが、目尻についたマスカラの汚れが、芸術映画に登場するピエロの塗る奇妙な涙そっくりに見えた。ぼくは彼女を見つめた。彼女はこっちに、ぼくのほうに、まるで、ぼくの存在に引き寄せられるかのようにゆっくりと近づいてきた。無気力でぎょっとするほど重い足取りで、両腕を軽く上げた姿はゾンビそのもの、『大アマゾンの半魚人』そのものだった！　それだけではない。タノーワー博士と娘が、払った代金分の楽しみを得ようとして、禁断の三メートル圏内に入りこんできたのだ。博士は娘を守るように娘の体に腕をまわしている。娘の口はあんぐりと開けられている。ぼくはアザレアの中に引っ込もうとしたが、怪物が苛立たしそうにどしんどしんとやってきて、もう一度唸り声をたてた。そのとき、怪物の姿に対する恐怖や、Bに給料をもらえないかもしれないという恐怖とはまったく別の恐怖に捕えられ、ぼくは最後にもう一度、顔にごまかしきれない涙の跡をつけている女性をちらっと見た。そして、肘を張り、ほっそりした白い自分の腕を頭に添えて絶叫した……。

これまででいちばんよくできた悲鳴だった。あまりにも出来がよかったので、自分もおびえるほどびっくりした。この仕事をやっていて初めて、長く震える、透き通るようにきれいなぼくの悲鳴は、自分をもビビらせるくらいすごいものなのかと思った。怪物ですらその悲鳴にかすかにだがたじろいだ。ゆっくりと容赦なく進めていた歩を一瞬止め、大気を引き裂くように近づいてきた。ふたりで練習したとおりに、ぼくはもう一度、短い悲鳴を上げ、さらにもう一度上げると、ようやく怪物はぼくの喉をつかんだ。ぼくはなよやかな腕で彼の力強い手を首からなんとか引き剝がそうとしたが、失神し……怪物はぼくを抱えあげてアザレアの茂みに入った。

ぼくらは茂みにしゃがみこんでタノーワー邸の招待客が歓声を上げるのを待っていたが、しんと静まり返ったままだった。

「おまえが客を心底怖がらせたのか」Bが怪物の衣装の中で言った。「それとも大失敗したのか、どっちかだな」

それからまばらな拍手が聞こえ、Bは挨拶をするために茂みから出ていき、ぼくも出ていってお辞儀をした。

その後で、用具一式をまとめているときにぼくはBに尋ねた。「ぼくが失敗したって、どういう意味？」

「あのなあ、どういうつもりであんなふうに客を見てたんだよ?」

「すごい悲鳴だったよ。本物の」

「そうだ。だがよ、客を怖がらせるのはおまえじゃない。おれが怖がらせなくちゃいけねえんだ……おれが怪物なんだからよ、だから、悲鳴を上げるときにはおれを見ろ。このおれを! それから、躊躇《ためら》うな。怪物と女なんだからよ。エリカ・ジョングも言ってるように、これは『純粋な楽しみ《ジップレス・ファック》』なんだよ。向こうはそのために金を払ってんだ。だからあっちを絶対に見るな!」


その翌週にはスナイダー高校の舞踏会《プロム》で仕事があった。Bは思春期とB級ホラーに目がなく、プロムのことを考えただけでひどくノスタルジックになり、若き日の映画の黄金時代について延々と話し続けた。『心霊移植人間』『怪人フランケンシュタイン』『ザ・モンスター』『パーティ・ビーチの恐怖』などなど。

Bは事務所の仕事台に座って、ずんぐりした毛むくじゃらの脚を前後にぶらぶら揺らしていた。彼が回想にふけっているあいだ、ぼくはタノーワー邸での悲鳴や、顔に涙の跡をつけた女性のこと――それからあのとき感じた躊躇いについて――あれこれ考えていた。そのうち、躊躇いよりもあのときの悲鳴のことを不安に思うようになった。あれはぼくが訓練して身につけた類の悲鳴ではなかった。何かに対する恐怖と強い嫌悪感から出た悲鳴とか、怪物に対して出た悲鳴といった外的な要因による悲鳴ではなかった。あれは内側から迸《ほとばし》り出た悲鳴、悲鳴を上げる人間を震えさせる種類の悲鳴、顔が紫色になるまで赤ん坊が上げるような悲鳴だ。赤ん坊はそれから、自分の発した声に面食らって一瞬泣き止み、それからまた何度も叫び続ける……。

ぼくらはプロムが始まる二時間前に高校に行き、男子トイレを探し、そこでBが『心霊移植人間』の狼に変身する予定でいた。今回の出し物でもらえる金額は三百ドルで、それはタノーワー邸で『大アマゾンの半魚人』を、しかもごく当たり前に演じたときの半分の値段だが、Bは特別念入りにやりたいと言った。マイケル・ランドン（人気テレビ・シリーズ『大草原の小さな家』の父親役で知られる）が主演した狼男をやりたがった。シーンは、魔法にかかったように少しばかり欲情してガツガツとせっかちになっている少年が、体育館でたったひとりで平均台の練習をしているレオタード姿の女の子を見つける、というものだ。ぼくはBに、レオタード姿のシーンがいかに難しいか説明しようとした――第一、金玉をどうすればいい？

「挟み込め」と彼は笑って言った。「な、股のあいだに挟んでおけ」

その案にどう返していいかわからなかった。このシーンはほんの短いものだから、平均台の上でぴたりと太腿を閉じ合わせていれば、なんとか挟んだままでいられるかもしれない。

で、ぼくらは準備にかかった。Bにとってはかなり大変だった。まず彼はドーランを額と目のまわりに塗った。それから携帯用化粧ケースの前に座って、自分の髭に合った小さな馬の毛の当て布を顔中に貼り付けた。ようやく狼の鼻と牙をつけて完成したのは、ショーが始まる三十分前だった。それから彼の手を借りて、ぼくはビニール製の血まみれの肌を首のところに取り付けた。後で彼が引き裂くのだ。

ぼくらは体育館に通じる両開きの扉の外で待っていた。バンドの脈動するビートを聞き、扉の小さなガラス窓にストロボの白い光が反射するのを見ていた。ぼくはBに、開始までまだ十五分あるからちょっと煙草を吸ってくる、と言った。荷物搬入口に通じるドアから出て、煙草に火をつけ、一服したところで、搬入口の下から少年の声が聞こえてきた。

「やりたいんだろ」

女の子の声。

「どうしてそうなるのよ?」

「わかるからさ」

「ほっといて」

「好きなくせに」

「声を出すわよ」

「だれも来やしないさ」

ぼくは煙草の吸いさしを踏み消し、はらはらどきどきしながら搬入口を後にした。止めに入ったほうがいいのか? しかし止めに入ったらどうなる? 食ってかかられるだろう。体育館に戻っていくとき、廊下で女の子がぼくを追い越していった。袖なしのピンク色のドレスから露わになった背中と、ふわふわと後ろになびく白いリボンが見えた。つい一週間前に見たタノーワー嬢のようだ。彼女はいま搬入口から走り去っていく。走りながらちょっと後ろを振り返ったその顔には、気まずいような、ぎょっとしたような表情が浮かんでいた——どうやらぼくのレオタード姿の、股間のスパンデックスの生地のところに、目のやり場に困るふくらみが見えたのだろう。そして彼女のお相手は、背の高いハンサムな黒髪の少年で、運動選手特有の角張った顎をしていた。彼はぼくを追い越してタノーワー嬢を追いかけていったが、その足取りは、歩きと走りの中間くらいで、まるで彼女を追いかけていることをぼくに悟られたくないような感じだった。

Bのところに戻ると、タノーワー嬢とその追跡者のことを頭から追い出そうとしたが、プロム・クイーンに王冠を授ける時間になり、タノーワー嬢がはかない笑みを浮かべてステージに現われたのだ。キングである顎のごつい運動選手が、結い上げた彼女の金髪に、指にぴたりとはまる指輪のようにぴったりに作られたきらきら光る王冠を載せるあいだ、彼女は青い目を少し上げていた。突然、照明が消え、バンドが耳障りな金属的な音を鳴り響かせ、タノーワー嬢にスポットライトが当たった。その中で彼女は光り輝き、その微笑と、王冠のカットガラスに反射して輝く細くて長い幾筋もの光の矢が体育館の暗闇を射た。体育館の中では寄り添っている若い男女たちの黒い影が、タノーワー嬢の美しさに、焦がれるようではあるけれど客観的な驚きをこめて見つめていた。ぼく自身もすっかり見とれていた。それから、彼女の背後で、胸の前で腕を組んで目を伏せ、笑みを浮かべているキングの運動選手を見ていた。

　そのとき、スポットライトが消え、日映《まばゆ》いばかりのクイーンも消えた。体育館中から「あああ！」という声があがり、それからくすくす笑いと衣擦《きぬず》れの音がした。搬入口で聞いた声と同じ声がマイクから聞こえてきた。「さて、これからちょっとしたショー、スナイダー高校の日常を震え上がらせる怖いショーをご覧いただきます」。ぼくと『心霊移植人間』と滴る血のような文字で書かれた垂れ幕が照らし出される。平均台の上を歩くのはたやすいことではない。金玉を股の間に挟んでつま先立って慎重に進んでいきながら、「生徒のほうを見ちゃだめだ、狼男を見るんだ、どんなことがあろうと、狼を見る」と自分に言い聞かせた。もうひとつのスポットライトが、ドアから滑りこんできた狼男を映し出した。赤いケッズを履いた足の、破れたつま先や紐穴から狼の毛がとび出している。ぼくを見ると狼男は足を止め、犬のように頭を上下に激しく動かしてから吠え、唸り、牙を剝き出しにして涎《よだれ》を垂らした（Bはそれも演出に加えていた）。ぼくは前かがみになって（さもないと、金玉が前に出てしまう）、平均台から降り、狼男を見た。彼はいまや四足で跳ねてぼくのほうに向かってくる。どんどん速く。そこでぼくはいざ悲鳴を上げようとしたが、向こうのドアのそばでクイーンとキングが立っているのに気づかないわけにはいかなかった。鋭い唸り声で、狼男に意識を戻したが、またもや目がドアのほうにいくと、キングがクイーンの腕を引っ張って、戸口の向こうに連れていこうとしていた。クイーンは王冠を片手に持ち、ハイヒールがリノリウムの床をこすっていて、引きずられながらも、その目はぼくを見ているような気がした。まるでぼくがなにかしてくれるのを待っているかのように。……それでぼくはこれまでいちばん高い金切り声を上げた。その悲鳴は透き通っていて、ぼく自身さえ恐怖に包まれた。体育館の天井が驚くほどみごとにぼくの悲鳴を反響させたからだ。そのとき、狼男がぼくの喉を引き裂き、咳き込んで喘ぎ続けるぼくを平均台のところからドアの外に引きずっていった。

Bとぼくは体育館の外で待った。プロムの参加者たちは長いあいだ静まり返っていた。その間が先週のタノーワー邸の招待客よりはるかに長かったので、Bの不安は高まった。

「あれだな、今度はおまえは生徒たちを心の底から怖がらせちまったんだろうな。つまりだ、彼らを本当に怖がらせたのはおまえってことだ」

「すごいことだよね？」とぼくはびくびくしながら言った。

「ああ、そうだろうな。しかしだ、あいつらはまだガキなんだぞ。たかがフォートウェインのガキだ。インディアナ州の。いいか、忘れるな。ジップレス・ファックでなくちゃならないんだ！」

「どこが悪かったの？」とぼくは訊いた。「金玉が飛び出してた？」

「いいや。おまえの悲鳴のせいだ。たぶんな……それから、おまえはあっちのほうを見ていたじゃねえか」

「目が離せなかったんだ」

「おれだけを見てろ。モンスターはおれだ。忘れたのか？」

扉の向こうから少しばかりの拍手が聞こえてきた。それから、ふたたび若さ弾ける激しいビートが鳴り響いた。挨拶もなければ、お辞儀もない。その後、トイレで道具一式を片付けているとき、Bはとても疲れているように見えた。彼はゆっくりとケッズの紐を解き、狼の毛に覆われた足を引き抜き、靴を脇に置いた。へこんでいるようだった。ぼくは、あんなに破壊的な悲鳴を誉めてもらえないことが不思議でならなかった。

Bとぼくは二日間休暇を取ったが、ぼくには行く場所もすることもなかった。それでフォートウェインをあてもなく歩き回った。ぼくのキャリアの中でいちばんぱっとしない時期だった。なんだかよくわからないけれど、下手になって、声が出なくなった。高校のショーが終わった日の夜、ぼくは怖い夢を見た。Bがぼくの寝室に入ってきて、「イタリア式解決法」とBが言っている技を使ってぼくの抱えている問題を解決する、つまりイタリアで本物の裏声《カストラート》を作るために使ったあの方法をぼくに施すという夢だった。翌朝になってもその恐ろしい夢を鮮明に覚えていたので、なんとか忘れようとした。ベッドに横たわったまま、下着のところを見て、そこがちゃんと膨らんでいるのを確認した。それがあるのが問題なのか？　とぼくは思った。いいや、違う。高い声ならまだ出せる。高過ぎるくらいだ。ほかのところが変化したのだろうか。体のどこかが微妙に変わったとか。いちばん不思議に思ったのは、ぼくがこれまでにないほど恐ろしい悲鳴を上げるようになってしまったことだ。信念のようなものがこもっている悲鳴を。そのせいだ。それが、おそらくぼくの失敗の原因なのだ。昔の、すぐ手が届くような悲鳴を取り戻したかった。観客にではなく、怪物に直接訴える悲鳴、自分のせいで観客がおびえたと思わなくてもすむ悲鳴を。

コロシアム大通りのBの事務所に戻ってみると、Bもぼくに劣らずこの二日間をひどい状態で過ごしていたようだった。髭が顔中に、頰のところまで伸びていて、まるでメイクなしでも狼男で通じるくらいだ。頭の禿げたところが、蛙《かえる》の腹のように生っ白くなっている。

Bは青と緑のドーランを小さな器でかき回していた。

「ねえ、悪かったよ。でも、どうして他の人を雇わないんだい？　たとえば、女性とか」とぼくは言った。

彼はドーランをかき回すのをやめてぼくを見た。両目は赤く充血し、その下には黒々とした隈ができていた。ぼんやりとした声で言った。「無理だな。それより、すげえことを思いついた……」

Bによれば、フォートウェインのシネマ・センターの人たちが今度の土曜日、モーミー川の東岸に年に一度のピクニックに出かけるそうで、何か特別な面白い出し物をやってくれと言ってきたという。それでBは、一九三一年の映画『フランケンシュタイン』のワンシーンをやる、と伝えたそうだ。フランケンシュタインの怪物が助手のフリッツとウォルドマン博士を殺して、ひどく興奮し、どうしていいかわからなくなって田舎を歩き回った挙句、幼い女の子と湖のそばで出会って友だちになるシーンだ。怪物は雛菊《ひなぎく》の花びらが水面に浮いているのを見て、少女もそうすればきれいになると信じ、彼女を水の中に突き落として溺れさせてしまう。

「そのシーンでは女の子は悲鳴を上げなかったんじゃないかな」ぼくはBに言った。

「そんなこたあどうでもいい。おまえは悲鳴を上げろ。悲鳴を上げて、それから溺れちまうんだ。いいな？　それに話したように――」

「わかってる。それがクライマックスだ」

フォートウェインのシネマ・センターの人たちのことを、Bは「芸術家気取りの連中」と呼んだが、彼らはオリジナルのシーンに行き過ぎた演出を加えたことに気づくだろうか。

「このシーンには小さな女の子を使うべきだよ」ぼくは、映画の中でマリリン・ハリスがいかに純粋で高貴で愛らしかったか考えながら言った。

「いいや。おまえがやるんだよ、やせっぽち。おまえみたいな肺活量のある人間を探す時間なんかねえからな。ましてや女の子なんか、むりむり」

それでぼくたちは『フランケンシュタイン』を、伝説のメイクアップ・アーティスト、ジャック・ピアースの化粧法でやることにした。Bの頭に、鍋を引っくり返した形そっくりな硬いゴムのスカルキャップを被せた。それをパテで頭皮に糊付けし、てっぺんに毛を貼り付け、顔を青緑のドーランで塗りたくり、頭の周辺にゴムの傷をつくり、額の両側の傷のところに金属の留め金を二本いっしょにくっつけた。それから右目の上から対角線に伸びる長い傷を貼り付け、二キロはある鋼の脊柱の中に彼を押し入れ、ガードルとベルトでしっかりと固定し、大きな電極が首の両側に突き出すように取り付けた。鋼の支柱を縫い目に縫いこんで強化したパンツに彼が片方ずつ足を入れ、十キロ以上はあるアスファルト製のブーツを履くのに手を貸した。ぼくがその巨大ブーツの編み紐を結び、彼が後ろに回した手を、白黴の生えた黒いコートの袖に通していった。そして前に回ってコートをぐいっと引っ張ってボタンを留めた。

最後の仕上げに、指を太く見せるためにパテを少しはたき、爪に黒い靴墨を少しつけ、唇に黒いワックスを塗りつけた。シーンを演じる直前に目に入れる、ワニの目のような琥珀色の透明なコンタクトレンズを渡した。ぼくはモンスターをこちらに背を向けた格好でワークベンチに座らせた。物静かに、申し訳なさそうに見える巨大な金属と衣服とドーランで固めた彼を。怪物と友だちになる。ぼくは頭の中でリハーサルをした。友だちになる、それから悲鳴を上げる……友だちになる、悲鳴を上げる、友だちになる、悲鳴を上げる……。

ぼくは小さな薔薇をちりばめたサンドレスを着て、だらんと垂らした金髪の鬘に黄色いリボンを結んだ。それからほんのりと化粧をした。今回のシーンでは口紅も、ブラジャーもいらない。リップグロスを薄く塗り、おとなしい自然な表情をすればいい。ニコチンで汚れた歯を、Bが買ってきたホワイトニング剤で磨いた。鼻にちょっと粉をはたいて仕上げをし、宅配の花屋でBが注文した雛菊をサンドレスの前ポケットに入れ、それからモンスターを立ち上がらせて、一歩一歩ゆっくりと足を運ばせながら、裏口から外へと導いていった。そしてヴァンの後ろに彼を押し込んでから運転席に座り、モーミー川へと向かった。

川のそばの柳の木の近くに車を停めたのは、午前九時ごろだった。ヴァンの後ろを開け、モンスターが新鮮な空気を吸えるようにした。彼の脚が二本、車からストーブの煙突のように突き出している。忘れるな、怪物だ、怪物を見ること、とぼくは自分に言い聞かせた。

彼の上半身や顔ははっきり見えなかったけれど、ぼくが彼のために車に空気と明かりが入るようにしたことを、きっと彼は感謝してる、と思った。

小高い丘の上の東屋《あずまや》にグリルがあるのは見えたが、シネマ・センターの人たちはまだだれも到着していなかった。グリルの上にある木の丸天井の中とその外側に煙が渦を巻いていた。川岸の柳の木は深緑色の陰を水面に落としていた。輝く滑らかな水は北に向かって流れていき、家が点在する低い丘の背後まで続いている。

ぼくはBの癖のある血の滴るような文字で『'31年版フランケンシュタイン』と書かれた垂れ幕を取り出し、二本の木の幹に鋲で取り付けた。すると、東屋の上のほうから人の声が聞こえてきたので、柳の木陰に隠れた。黒の袖なしのワンピースを着た女性がふたり、手をつないで川のそばからこちらを見ている。長い黒髪が腰のところまであって、ふたりともうっとりするほど美しい。露わになった肩の白くて柔らかな感じと、つないだ手の優しい感じをいまでもはっきり覚えている。モンスターだ、とぼくは自分に言い聞かせた。モンスターだけを見るんだ……。

ぼくはヴァンの後部まで這うようにして戻り、モンスターを車から出した。硬い脚を引っ張り出し、彼は曲げられる限り膝を曲げ、両腕で車の内側の壁を押しやるようにして身を起こした。ぼくは彼を支えてヴァンの横に立たせ、東屋から見えない川のほうを向かせた。

東屋にかなり大勢の人たちが集まってきたので、ぼくはモンスターに向き合った。

「いいかい」ぼくはヴァンの前、十メートル先を指差した。「あの柳の木の後ろに行くんだ。ぼくは川のそばの空き地に張った垂れ幕の下に行くから」

モンスターは柳の陰にどしんどしんと進んでいった。膝を曲げずにぎこちなく片方ずつ足を前に繰り出し、両腕をぶらんと下げている。顔は俯《うつむ》いている。柳の陰に姿を消していく彼の姿は、気落ちしているように見えた。

人々が丘の斜面を下ってくると、ぼくは二本の柳の木の間に張った垂れ幕の下に座り、ドレスの裾を円く広げた。草の上に雛菊の花を置く。夏ならではの穏やかで静かな朝で、ここ何週間か、これほど穏やかな日はなかった。そして柳の木の下にいたふたりの女性の白い優しい手を思い浮かべ、深緑色の水面に映る風景を眺めるうちにぼくの頭の中は空っぽになったが、急いで思い出した。どんなことがあろうと、ぼくが見なくちゃいけないのは……。

人々が川の近くに集まってくるあいだ、ぼくは川を見つめていた。シネマ・センターのディレクターが人々の先頭に立って元気に歩いてくる。雛菊を手に取り、茎のところを持ってくるくると回していた。

「さあ、みなさん」と彼が言った。「B・ホラー・エンタープライズが『'31年版フランケンシュタイン』の一シーンをお贈りします。きっとよくご存知だと思います」

人々はこちらに注目したが、これまでのぼくらの観客とはまったく違い、楽しみにするような声があちこちからあがった。へえー、というような。突然、ぼくのそばの柳の長い小枝ががざがざと揺れ、モンスターが現われた。その傷が朝の太陽の光でくっきりと浮かび上がり、ぼくは思わず息を呑んだ。モンスターは二キロはある金属の脊柱に支えられた腰を荒々しく捻《ひね》り、腕を風車の羽根のように振りまわし、柳の葉を引きむしり、あたりにその葉をばらまいた。モンスターが唸り声を上げた。でもその声は威嚇のこもった強暴なものではなく、困惑と落胆の交じり合ったものだった。ぼくは雛菊の茎をぎゅっと握って押しつぶした。

モンスターはぼくに目を留めると、アスファルト製のブーツで地面を踏みつけながらやってきた。そのときぼくは、なんてすごい、みごとな姿だろう、と思ったが、……だめだ、どんなことがあろうと、モンスターを見るんだ、今回こそモンスターだけを……と思ったのを覚えている。それからぼくはモンスターの陰に覆われた。彼の唸り声が好奇心を露わにしたうめき声に変わった。彼がぼくの傍らに跪《ひざまず》いたので、ぼくは彼を見た。人間のものではない、ワニのような目の中を覗き込むと、苦痛と不満に満ちた冷ややかな目と出会った。ぼくは彼に雛菊を差し出した。その花を大きな手で受け取ると、彼の唸り声は次第に弱まり、表情がとても穏やかになった。それで、ぼくはその恐ろしい顔から目が離せなくなった。すると彼がゆっくりと優しげな仕草で手を伸ばしてきた……そうだ、それが悲鳴を上げる合図なのだが、声が出せない。ぼくはモンスターの突然の途方もない優しさに、そのワニのような目に、味わってきたに違いない底知れぬ苦悩にすっかり魅了されてしまった。叫ぼうとした。口を開けたものの、声が出なかった。モンスターが囁いた。「叫べ」

しかしどんなにがんばっても、声が出ない。彼の黒い唇がまた動いた。

「叫ぶんだ」

しかしどうしてもできない。それでモンスターは立ち上がると、かすかに観客のほうに体を向け、ぼくをつかむと吠えた。今度は怒りに満ちている。彼はぼくの頭を川に突っ込んだ。水が口と鼻の中に入ってきたとき、ぼくはこう思った。彼はわざとぼくを溺れさせたりはしないはずだ、と。これは事故に違いない。モンスターに引き上げられると、ぼくは咳をしながら、鬘を留めているクリップがずれないように頭に手を伸ばした。そして耳から滴り落ちる水の向こうから、彼の囁き声がまた聞こえた。「叫べよ」

それから再び、ぼくは川の中に突っ込まれ、引き上げられ、三度目にまた浸けられた。引き上げられたとき、ほとんど息をすることができなかった。目が飛び出し、激しく咳き込み、耳の中には水が入っていたが、どこからか音が聞こえてくるのにぼくは気づいていた。はるか遠くから聞こえてくるその音は非現実的な感じがした。それはいちばん高くて速い、心臓が震えるオクターブで、悲鳴の種、本物の絶望に苛《さいな》まれた悲鳴、抵抗の悲鳴だった。観客の中にいたひとりの女性が、大きな長い悲鳴を上げているのだ。たったひとり、悲しみを湛《たた》えた悲鳴を……でもぼくは、モンスターから片時も目を離すことができなかった。水の中で彼の顔がぼんやりとしか見えなくても、水と大気という恐ろしい境目にあっても。

Bがぼくをクビにしたのは、事務所に戻ってきたときだ。Bがモンスターの衣装とブーツを脱いでからだった。彼はスポット溶接機のそばにあるワークベンチに腰をかけていて、ガードルと鋼の脊柱が背中から飛び出していた。彼はタオルで顔を拭い、ゴムで作った傷を剝がした。

「おまえには辞めてもらうよ」その声に怒りや恨みは微塵もなかった。それだけ言うと、彼は黙り込んだ。ぼくも何も言わなかった。

ぼくは彼が鋼の脊柱とガードルを外すのに手を貸した。それからB・ホラー・エンタープライズのドアを閉め、ぼくの恐怖に震える高い声を残して立ち去った。この先の人生のことを考えながら去った。これからの人生でぼくは、フランケンシュタインのシーンを書き直しては、ちゃんとできるかどうか覚束《おぼつか》ないながらも、何度も何度も最善を尽くして演じるだろう。そのシーンでは、Bのモンスターを捨てて、まったく新しい怪物を作り、その怪物からぼくは絶対に目を逸らすことはない。その怪物はぼくに花をくれて、その花をぼくはありがたく受け取る。そしてぼくもその怪物に花をプレゼントし、身を寄せてその傷に、黒い唇にキスをし、両腕を精一杯伸ばして彼の体に回して抱きしめる。電気で蘇った死者の硬い体を。腕の中の彼は大きくて柔らかい。彼はその丸々とした青い指でぼくの髪を撫でる。それから、ぼくは彼の衣類を脱がせる。死者と非人間にまつわるあらゆる扮装を外す。あらゆるボルトを、あらゆるつっかえ棒を、あらゆる電極を、あらゆるゴムを、そして彼のワニの目を……。それからぼくの怪物を鏡の前に連れていき、こう言うのだ。ほら、きみ自身をごらんよ。もうきみはうろたえたり、怖がったりしなくてもいいんだよ……と。このシーンほうがいいだろう？ Bが考えたものよりはるかにいいだろう？ だれも聞こうとはしない、女のふりをして男が出す悲鳴よりもいいんじゃないかな？ 溺死するよりもいいだろう？

ゴリラ・ガール

ボニー・ジョー・キャンベル

ビールを攪拌して発酵させたり、パンを膨らませたりすると、天然酵母菌が取れることがある。ジェット気流からこぼれ落ちたり、この惑星の内部から湧き出たこうした異物、招かれざる菌のおかげで、食べ物にぴりっとした風味が加わる。母がわたしを身ごもったとき、これと同じことが体内で起きたのではないだろうか。妊娠してから三カ月までは、母の免疫力が落ちていたはずで、そんな折にもしかしたらポーポーのフリーマーケットの公衆トイレで、油断した隙に、タンポポの綿毛みたいなものが、呪いのように、母の内部に入り込んで、醸造していたものを台無しにしてしまったのかもしれない。

わたしが誕生した瞬間のことや、窒息しそうなほどの激しい収縮から解放されたときの恍惚感のことを話したりすれば、そんな生まれたばかりのときのことを本当に覚えているものだろうかと思われるだろう。ところがわたしはよく覚えている。その悲惨な出来事のなにもかもを。そして泣き喚いている嬰児と十七年後のいまのわたしとを繋げている、縺《もつ》れてごちゃごちゃになった人生の流れの中で起きたさまざまな感覚を。両親は、南ミシガンのじめじめした暑い夏には最適なエアコンの温度でわたしを守り、厳寒の冬には定期的にフィルターを取り換えたきれいなガス暖房炉で暖かく過ごさせてくれた。そういった理想的な環境であったにもかかわらず、わたしは手の焼ける赤ん坊だった。仰向けになっていようが腹ばいになっていようが、穏やかな風が吹こうが静かな夜であろうが、昼夜を問わず泣き叫びつづけた。ベビーベッドの中におもちゃや毛布などがあれば、それを放り投げ、ささやかな慰めなど断固として受け入れなかった。両親の書棚には、このころに買ったガイドブックがたくさん並んでいる。『スポック博士の育児書』『赤ちゃんを育てる』『赤ちゃんから身を守る』

わたしが予定外の妊娠の結果生まれたからこんなおかしなことになったのだというのはばかげた考え方だ。確かに、母はわたしが泣き止まないのをお腹の痛みのせいだと勘違いしていた。でも腹痛が原因だったら、わたしが完璧な文章を操って生焼けの肉と大量の水を要求するようになったときには治っていたはずだ。何年にもわたり、両親はわたしが普通の子供であるという幻想にしがみついてきたが、わたしのきょうだいは、試行錯誤を繰り返した挙句、わたしに近づかなくなった。兄は、わたしに屋根から突き落とされたときに手首を骨折した。わたしに下りろと命ずるまえに、自分が屋根の端にいることがいかに危険な状況であるかをまずは考えてみるべきだったのだ。幼稚園に通っていたとき、わたしが姉の脚をあまりにも強く嚙んだせいで、姉は六針も縫う羽目になった。当時は、お腹が空き始めると食べ物を求めて喚きちらし、お風呂にちゃんと入らず、物を投げまくっていたので、寝室の床は割れた皿や引き裂かれた本や剝がれた壁の断片で足の踏み場もなかった。父は仕事熱心な保険計理士で、わたしの部屋の割れた窓にプレキシガラスを入れた。この頃の写真のわたしは、真っ赤な膨れっ面をしている。

小学校では、遊び場のブランコや特殊なクレヨンを使う順番を守ろうとしたが、すぐに内なるモンスターに屈して、相手構わず、自分の欲しいものを奪い取った。いちばんありきたりの行為にすら——四年生のときの担任だったミッチレーガー先生のように、机の書類の山を何度もきちんと揃えるようなこと――心の底から怒りを感じた。校医は、わたしのような「利発な」子供にリタリンなどの薬を飲ませるのはとんでもないことだと思っていて、わたしも自衛本能から、この男の人の前では最高にお行儀よくすべきだとわかっていた。校医はわたしの両親と教師を叱った。この子は言語能力に秀でているじゃありませんか。数学の授業でも他の生徒よりよく出来るでしょう。この子に必要なのは愛されることと刺激されることです、そうすれば怒りは自然に収まりますよ、と。そしてミッチレーガー先生に、この子があなたの質問に対して唸るのがご不満なら、この子に質問しなければいいじゃありませんか、と言った。

日中は、爆発すれば体のこわばりも火照りも収まったが、夜部屋にひとりでいるのは耐えられなかった。眠るために悪態をついたり、ひどいときには「くそったれこんちくしょうばいたおまんこふぇらちおちんこ」という一続きの言葉を動物の唸り声にならないように明瞭に発音したりした。それでも眠れないときは、ヘッドボードに頭をがんがん打ち付けたり、両手を組んで骨がぎしぎし鳴るまで握り締めたりした。とはいえ、こうして自分を罰するとき以外に自分に触れることはなかった。眠っているうちに手が下腹部にまで伸びたりすると、肌が焼けるような感覚が走り、すぐに目が覚めた。毛布とパジャマの肌触りがたまらなく嫌で、毛布を蹴り飛ばし、パジャマを脱いで裸になり、両脚を大きく広げ、両腕を真横に伸ばして眠るときもあった。

トミー・ペダーソンは四年生のクラスの中でいちばん背が高く、いちばん意地悪な子だった。トミーとその仲間は毎日昼休みになると、他の子供たちをジャングルジムで逆さに吊るしてはポケットの中のものをすべて奪い取った。奴らに捕まって逆さ吊りにされたとき、わたしの下着が丸見えになった。それだけでは足りないとでもいうように、トミーは下着のゴムのところから汚い指を突っ込んで、脚のあいだの柔らかな肌に触れた。重力で顔に血が集まっていたため、わたしは躊躇《ためら》わずに無敵のモンスター――フランケンシュタインとラバーマンが合体したような――になり、力の漲《みなぎ》る体をひねってトミー・ペダーソンのデニム・ジャケットの上から二の腕に嚙みついた。彼は悲鳴を上げて倒れ、わたしたちは砂場で取っ組み合った。わたしの体にトミーがまたがり、両腕を押さえつけたが、彼の額に頭突きを食らわせると手を離した。今度はわたしが彼にまたがり、その頭をプラスチック製のランチボックスでがんがん殴った。彼の頭が砂場にめり込み、顔からどくどくと血が流れた。そのときに味わった喧嘩に勝つ喜びと、これでもうトミーはわたしと喧嘩してくれないという落胆とをいまでもまざまざと思い出す。

初めの頃の喧嘩は、わたしが子供たちを蹴ったり平手打ちしたり、ブランコの鎖をもぎ取ったりばかりで、力いっぱい全身で取っ組み合うことは一度もなかった。トミーとの取っ組み合いの後、頭の中がさえざえとし、体は台風の目のように静まり返り、内部から噴き出そうとする力と外部から押し寄せる巨大な重圧からしばらくのあいだ解放された。手足がふわふわと浮きあがり、重力がなくなって自由に漂っているような感じだった。その日の午後家に帰ると、母が電話のそばで、重ねた両腕に顔をうずめて泣いていた。

放課後には、車が二台入るガレージ付きのランチハウスが並ぶ、静かなご近所で過ごし、昆虫を捕まえては楽しんでいた。バッタを舌と上顎のあいだに挟みつけると、激しく震える羽が歯に当たる音がし、その異質の皮膚を嚙んで生命を断つという興奮にぞくぞくした。コオロギは、臼歯で嚙みつぶすまで口蓋の上側に体当たりしていた。祈るような格好をした薄青緑色のカマキリは、その腕でわたしの歯茎を引っかいた。腹部から胸部を切り離した後も、そうやって命乞いをしていた。

「いったいなにをしているの？」わたしがテントウムシを口に入れるのを見た母が悲鳴を上げた。

「べつに」わたしは口を閉じ、殻を噛み砕いて飲みこんだ。

「口の中になにを入れたの？」母はわたしに迫ってきて、目の前に立った。

「なにも」わたしは舌を突き出した。怯《ひる》んで歪んだ母の口から、ヒッという音が出た。指で探ると、テントウムシの脚がまるまる一本、節と小さな黒い先端のついたまま残っていた。それをジーンズになすりつけた。母はもうなにを言っても無駄というように、ぽっちゃりとした腕を打ちひしがれたようにだらりと垂らして去っていった。


わが家の四軒先にあるサンダーソン家はピットブル・テリアを飼っていた。その犬は動物園の獣のように、顎から涎《よだれ》を滴らせ、体を覆うまだらの縞模様を伸ばしたり縮めたりしながら檻の中を行ったり来たりしていた。わたしが檻に近づくと、犬は金網に体当たりをしてきた。鎧《よろい》のように盛り上がった筋肉を持つその犬は、荒れ狂うわたしの肉体を具象化したかのようだった。狂ったように吠える犬の声を聞くと、子守唄を聞いて眠る子供のように、安らかに眠ることができた。犬の檻の前で四つん這いになって全神経を集中しているうちに、体が徐々に変化し始めた。歯が鋭く尖り長く伸びていった。舌で触れてそれがわかった。手足は長くなり、胸は筋肉ではちきれそうになった。そしてお尻から尻尾が出てくる鋭い痛みにたじろいだ。獣になるにつれて、皮膚の内側の緊張は弱まり、静脈の中を駆けめぐっていた沸騰するような熱さが消え、溢れ出そうな血液は落ち着いていった。ところがある日のこと、サンダーソン家でインクベリーの茂みの陰に隠れるのを忘れ、変身するところを居間にいた彼らに見られてしまった。そこの父親と母親、兄と妹は、恐怖のあまり漫画の家族のように互いの体を摑んで固まっていた。その様子を見たときに変身を中断すべきだったのだが、気品ある姿を放棄するのはあまりにも忍びなかった。わたしが頭を振り上げてサンダーソン一家に向かって唸り声を上げると、彼らはわたしの母に電話をかけた。母はわたしの前脚を引っ張り、わたしを一刻も早くピンク色の冴えない肉体に戻そうとした。

　わたしは唸りながら母のスラックスに歯を立てた。これまでわたしが母に抱いていたかすかな愛情は、たけり狂う怒りに煽られてみるみる萎《しぼ》んでいったものの、なにかが邪魔をして母に危害を加えることはどうしてもできなかった。天才的な知能指数の持ち主でなくとも、わたしのせいで母が辛い思いをしているのはわかっていたし、ときにはわたしも後ろめたさのようなものを感じることもあったけれど、狂気に近い怒りが激流のように押し寄せてくるときには、そうした感情など胃の底にある砂利のごときものだった。母の手で家まで引きずられていくと、わたしは階段をどすんどすんと上がっていき、窓の下の壁を蹴って新たな穴を開け、ピットブルが自分の生皮でやっていたように、手を噛みはじめた。上下の歯の強さを感じながら、皮膚が破ける一歩手前で止めるということを繰り返した。

　両親が殴ってくれていたら、せめて平手打ちをしてくれていたら、いくぶんかは慰めになったかもしれない。両親が怒りを露わにしてくれていたら、わたしの怒りもいくぶんかは消えていたかもしれない。しかし家族の怒りは——ミシガン州のロウアー半島（ミシガン州はマキナック海峡によってアッパーとロウアーのふたつの半島に分けられている）全体の怒りではないにしても——わたしに集中していた。家族の他の者たちは、失恋や驚嘆やささやかな幸福といった弱々しい感情で動いていた。結局のところ両親は、ピルを飲み忘れたとか、コンドームに穴が開いていたとか、ペッサリーが適切に装着されていなかったとかいった事態——なんであれ、活発に動く精子が防御を突破して母の卵子の殻に穴を開けるという不測の事態をもたらした原因——を静かに後悔するような穏やかな人間だった。あるいは、卵子自体がペッサリーを蹴り飛ばし、コンドームを破き、とろい精子の尻尾を摑んで引き込み、食らいついたのかもしれない。

ある夜、他の者たちがキッチンで夕食をとっているとき、わたしは居間のテレビの前に座って食事をしていた。たいていは、火事や外国で起きた残虐行為などを見たくてニュース番組を見るのだが、その日は『ジキル博士とハイド氏』を見ていた。善良なジキル博士が邪悪なハイド氏になると、それに共感したわたしの手の甲から毛が生えてきた。「わたしは自由だ！」とハイド氏は叫んだ。「わたしは自由だ！」そしていまや馬を扱うかのようにアイルランド娘に鞭をくれる姿は、わたしがトミー・ペダーソンを、彼が泣いて涎を垂らすまでランチボックスでひっぱたいたときとまったく同じだった。キッチンから笑い声がときどき聞こえてきた。姉が中学のバスケットボール部に入っていて、家族はその後にどんな運命が待ち構えているかも知らずに、彼女の勝利を祝っているところだった。わたしは口を歪めて、思い描いてみた。キッチンにどかどかと入っていき、彼らの電子レンジで調理した料理をひとつ残らず床に払い落とし、次々に首を締めていく自分の姿を。わたしは、ミートローフとサヤインゲンの夕食を、これは生きた昆虫と両生類の食事だと想像しながら胃袋に入れると、血が出るまで親指を噛んだ。

わたしが新たに始めた自傷行為に気づいた両親は、映画のスティール写真が百枚以上入っている『ジキル博士とハイド氏』の本を買ってあげるからという甘言で釣って、わたしを本物の精神科医のラドクリフ先生のところに連れていった。一時間六十ドルの割引料金で何度か診療を受けたが、そのあいだじゅうずっと、わたしは唸り声を上げたり、不本意ながらピットブルに変身してみせたりした。先生は腕組みをして、面白そうにわたしを眺めていた。先生は三十代の目鼻立ちの整った男で、肩幅が広く、それほど背は高くなかったが、デスクの上の写真でウサギのように歯を見せて笑っているブロンド女と結婚していた。二週間後に、わたしがようやく診察用の椅子に座ってやったら、先生は勝手に、歪んだ行動心理学者の理論を話しだした。なにを感じてもいいんだ、と言った。ただ、それを他人に勘づかれてはならない。自制心が生き延びる上での重要な鍵だよ、と。

「きみがもう少し大きくなったら、そうだな、十八歳かそこらになったら、犬小屋で寝てもかまわない。でもいまはだめだ。お行儀のいい女の子のふりをしていれば、だれもきみを追い払ったり、ショック療法を施したりはしない。お母さんの機嫌をとって、昆虫ではなくオートミールを食べてくれ。頼むから」と先生は言った。それでわたしは昆虫を食べるのはやめたが、それは母のためでもなんのためでもなかった。ラドクリフ先生のブルドッグのような胸と二の腕、汗まじりのコロンのにおい、吸血鬼のような緑色の目になにか感じるものがあったからだ。学校の心理学者はべらべらとまくしたて、わたしの機嫌をとってばかりいたが、ラドクリフ先生は五十分のあいだずっと押し黙ったまま、わたしがたったひとつの質問に答えるのを待っていた。わたしは先生を導師として、心理的ショックにも動じず誘惑にも負けない男として、わたしがどんなに強くぶつかっても崩れる心配をせずにすむ頑強な壁として見るようになった。

それから数年はかなり穏やかに過ぎていったが、それも学校のくだらない保健衛生ヴィデオが予告していたように、わたしに生理が来るまでのことだった。初めて下から血が流れているのを見たときは恍惚となった。しかし三カ月目に、そこからは少量の血しか出てこないことがわかった。なぜだ？わたしは母に怒鳴り散らした。どうして神様はこんなひどい目に遭わせる？　怒りの感情をもっと強く表わすために、わたしは裏庭に飛び出していき、素手で母の薔薇を根こそぎ引っこ抜いた。無数の棘で両の掌と指と腕に穴が開いた。引き抜いた薔薇を母に投げつけ、自分の体に絡まりついた枝や幹を振り払った。

わたしが血だらけの拳を大きなガラス窓に何度も叩きつけながら母を罵《ののし》ることまでしたので、母は電話でラドクリフ先生と緊急面談の予約を取り付けた。母は連れていく前にわたしの体をきれいに洗ったが、わたしはラドクリフ先生の診察室のカーペットにクリップが落ちているのを見つけ、先生が話しているあいだじゅうずっと、それを弄んでいた。「きみはお母さんを本当に悲しませているんだよ」と先生は言った。ペイパークリップの先を、棘で出来た無数の穴に次々と深く突き刺していったので、そこから血が滴り出た。わたしがしていることに気づいたラドクリフ先生は、コウモリのように飛んできてわたしの顔を力いっぱい叩いた。「やめろ！」と言って、わたしの肩を摑んだ。「病院に閉じ込められたいのか？ そんなことをやっていたら、確実に入院させられるぞ。わかるか？」先生はわたしの両肩をぎゅっと絞るようにして摑んで揺すった。その親指がわたしの胸に食い込んだ。「トランキライザーがどんなものか、電極がどんなものか考えろ」。叩かれたところの痛みは、体全体に落ち着きが戻るまで続いた。

「お母さんに謝りなさい」先生は摑んでいた手の力を緩めながら言った。

わたしは、わかった、というように首を振った。先生は手を放したが、その指がいつまでもそこに食い込んでいるような感じがし、痣ができているといい、と思った。

体育はいつも大好きな授業だった。高校二年のときに体育教師で陸上のコーチであるハート先生が、陸上部に入らないかと慎重な口調で声をかけてきた。何カ月も品定めしていた先生は、わたしの筋肉の状態が鎖帷子《くさびかたびら》のように強く、拘束衣のように張り詰めていることを見抜いたのだ。第一日目の練習後にハート先生が、あなたは一マイル走に向いているわね、と言った。シーズンの終わりには、一マイルの学校記録を必ず塗り替え、三年生には州の新記録を一秒以上縮めることになるわ、と。毎日ハート先生は、インデックスカードに書いた三時間分の練習メニューをわたしに手渡した。わたしは練習中に何度か観覧席の陰で吐いた。他の女子生徒たちは怠けたり、陸上部の男子たちの気を引こうと気取ったポーズをとったりしているだけで、ハート先生には練習を全部やったとか、具合が悪くなったとか嘘をついていた。ハートは容赦なかった。走ればお腹の痛みも頭痛もアレルギーも治ります、と言った。ラドクリフ先生と同じようにハート先生には、支持者としての資質、懐柔されることのない人格、わたしをさらに強くしようとするたゆまぬ意志があった。夕方、家の近所をジョギングしていると、わたしの中にふたりの人間がいる気がした。鏡で目にするわたしと、鎖に繋がれてコンクリート・ブロックを引きずっているピットブルのように、歯を剝き出した第二の生き物が。

とりわけ暖かい春のある日、トラックを全速力で四百メートル走ったあと、わたしは高飛びの着地場のそばで、両手を膝に突いて喘いでいた。赤毛の少年が着地パッドの上で陽の光を浴びて横たわっていた。片腕を頭の下に入れ、もう片方の手で自分の裸の胸をあてどなく撫でていた。少年はあくびをしている猫のような目つきでわたしを見ると、親指を動かし、自分の乳首のところで止めた。わたしは彼の脚の付け根の膨らみに気づいた。体から突然熱気が湧きあがってきて、わたしは息ができなくなり、ひんやりした少年の肌を思い描いた。そのとき初めて、走ったりウェイトリフティングをしたりしたことで自分がいかに変わったかを悟った。筋肉はもはや、皮膚の下にある一枚の層ではなくなっていた。わたしを繋ぎ合わせている弾力性のある外骨格ではなくなっていた。両腕と両脚のひとつひとつの筋肉が、いまや自分とは違う生き物のように感じられた。それはわたしの皮膚を突き破って出てきそうだった。体が動くようになると、学校の周りにあるクロスカントリーの道まで走り、そこで休憩を入れずに一万メートルを走った。

美人に育たなかったなどと嘘をついても仕方がない。父はセイウチにそっくりだったが、母とそのきょうだいはとても美しかった。メデューサがその当時の海でいちばん美しかったのだとすれば、わたしが美しくても不思議ではない。わたしの黒い髪はロープのように肩に垂れていた――いくら母に懇願されても、わたしは髪を梳かすだけの忍耐を持ち合わせていなかった。それで学校の工作室からくすねてきた鋏で自分の髪を切り、切られた髪が寝室にちらばるままにした。競技の後や、廊下のロッカーの中を探し物をしてかき回しているときなどに、みなはわたしを遠巻きに見ていた。安全だと思える距離、わたしの手が届かない程度の距離を保って。実際にわたしに触れた人はひとりもいなかった、ある夜、ユニバーサル・マシンの負荷を最大に設定してレッグ・プレスをしていたときまでは。素足でペダルをリズミカルに押し出し、足を緩めるとガチャンという音を立てる。それをやりながら、社会学のレポートの文章を組み立てていた。体を動かしていないと、説得力のある長い文章が作れなかったのだ。

一条の光のように、ハート先生の汗とゴムとココアバターの混じったようなにおいが部屋を刺し貫いた。後ろから、力強い小さな両手が差し出され、わたしの肩とうなじをマッサージし始めたので、体をめぐる血液の流れが速くなった。わたしは目を閉じ、首を横に倒し、息を吐くたびにうめき声を上げた。しかし、先生が静脈の浮いたその手を二の腕へと滑らせて胸に触れた瞬間、部屋全体がどくんどくんと鼓動し始めた。視界がかすんだ。わたしは脚を伸ばして鉄のウェイトの山を押し上げ、頭をのけぞらせ、矢で射抜かれたジャングルの獣のような声を上げた。ハート先生は息を呑み、両手をさっと引っ込めると、部屋から急いで走り去った。わたしは喚きつづけ、熱さで混乱する頭のまま、ハート先生の筋張った筋肉質の手足を撫でたくてしかたがなかった。息を求めて喘ぐ先生の、なめし皮のような喉を締め付けたくてしかたがなかった。

次の定期診察のとき、ラドクリフ先生のオフィスのロビーで、わたしは「ナショナル・ジオグラフィック」をぺらぺらとめくりながら、トントンとかなり乱暴に貧乏ゆすりをし、家の鍵を使って上の空で脚や腕のあちこちにV字型の傷を作っていた。ある記事に、大きな猫は時速約百メートルで走ると書いてあった。激しい風に吹かれる痛みを想像するがいい。別の記事では、ゴリラを研究している女性のことが取り上げられていた。『キングコング』はわたしの大好きな映画で、そこに書かれていたゴリラにはがっかりさせられた。血に飢えた強暴な生き物とは違い、ゴリラは穏やかで、厳格なベジタリアンだった。わたしはてっきり、ゴリラは少なくとも地虫や芋虫を食べているものと思っていた。だって、キングコングは人間を食べたではないか。

ラドクリフ先生は心ここにあらずといった感じだったので、わたしは、ゴリラについて何か知っていることはないか、と尋ねた。すると彼はゴリラはとても知的な動物だと話し出した。わたしが、キングコングだってすっごく頭がよかった、と言うと、先生は笑った。先生はわたしがもう動物にはなりたがっていないと思っていたが、まさにこの瞬間、わたしは映画のゴリラになるために精神を集中していたのだ。毛穴から剛毛が生えてくる最初のちくちくする痛みを感じ、体の内側が揺れ始めた。高波が勢いを増す。防波堤がいまにも決壊しそうだった。火山の噴出口を塞いでいる巨大な岩が、がたがたと震えた。

こんな変身の仕方は初めてだった。それを押しとどめるために、わたしは先生にハート先生のことを話した。どんな気持ちだった？　とラドクリフ先生が訊いてきた。「溶鉱炉みたいに熱くなった。ライオンみたいに叫んだ」とわたしは言った。

ラドクリフ先生は書類を床に払い落とした。膝をついて、わたしの膝に頭を載せた。「愛している」予告も前置きもなく、先生はそう言った。「きみが犬になりたいと言っていた十一歳のときからずっと、きみを愛している。ああ、神よ、許したまえ」

彼の頭は重かった。わたしはその頰に手を置いた。彼の顔は大きくて、近くで見るとかなり不気味だった。わたしは、灰色の柔らかい彼の髪を耳のうしろにかけ、爪の短くなった指を彼の太い首とシャツの襟のあいだに滑り込ませた。身をかがめ、わたしの頰を彼の紙やすりのような顔に近づけた。汗とアフターシェイブ・ローションのにおいがこちらの肌に移ってくると、わたしの内側にあるものがまるで熱湯の芯から溢れ出る肉の波のように広がり、膨らんだ。ラドクリフ先生の熱い息がわたしの太腿を湿らせ、肌を刺激した。抱きしめたいと思ったが、わたしは怒りの大釜のように沸騰し、ぶくぶくと泡を立てていた。

神経質に揺れ動く目が膝から見上げていた。わたしがバッタたちの繊細な感触を諦めたのは、哀れな湿った生き物であるこの男のせいではなかったか？　自制心が大切だと言ったのはこの男ではないか？　わたしが体当たりしたかったフランケンシュタインの胸はこれなのか？　わたしの愛情は豆粒ほどに萎み、胃の奥に落ちていった。彼がわたしの手に触れようとしたが、わたしはその青白い手がたまらなく嫌になって、彼を膝から払い落とした。「最低の糞野郎だ」。そう言おうとしたが、口から出てきたのは唸り声だけだった。「ちくしおおおお」。わたしは唸りながら、診察室を飛び出し、ドアを叩きつけて閉めた。受付係がぎょっとして小さな目を上げたので、そのスティール机に蹴りを入れた。その音がロビーに大きく反響した。家に帰るあいだずっと、唾を吐きつづけた。罵り言葉が言葉の形をとらなかったのだ。

　その夜、暗闇の中で裸で横たわり、ラドクリフとハートと赤毛の少年のことを考えて悶々としながら、自分の胸を撫でていた。体中を激しく駆けめぐる血液が肌を真っ赤に染めたが、それでも続けた。両手はウィジャ（「こっくりさん」のような降霊術）の盤を撫でるように、お腹や脚のあいだをさまよった。そしていったん始めたこの冒険を止めることができなくなった。ラドクリフ先生の診察室で知った圧倒的な感覚がわたしめがけて襲いかかってきた。こわばった中心が開いていくような感覚――内部にある固い蕾の重い花びらが、摘み取るよりも早く開いていくような感覚。両手の筋肉が痛くなるまでそこを擦《こす》りつづけると、肉体が何度も何度も爆発し、回を重ねるほどその爆発の力は大きくなった。わたしは白目をむき、筋肉がちぎれてしまうのではないかと不安になった。一度、大声で叫んでしまい、父と兄が飛び込んできた。わたしはふたりに背を向けて寝たふりをした。ふたりが出ていくまで、感覚をなくした手で股のあいだを押さえていた。

　絶頂感を得るたびに増していくのは解放感でも安堵感でもなく苦痛だった。体中から汗が噴きだし、股のあいだが腫れて感覚がなくなった。枕に顔をうずめて激しくすすり泣き、強く噛みついたので羽毛が飛び出した。とうとう、わたしは窓の網戸を引き裂いて、四メートル下の芝生に飛び降り、夜気を胸いっぱいに吸い込んだ。ちくちくと素足に当たる舗装道路が心地よく、だれもいない住宅地の通りを裸で走りまわった。そして家から何キロか離れた、手入れの行き届いた芝生の上にへとへとになって倒れ伏した。薔薇の木を摑んで、棘で掌に穴が開くまでぎゅっと握り締めた。わたしの血はすっかり変わり、セックスで満たされていた。もう、運動などでは物足りない。獣のように血まみれにならなければならなかった。

　無数の男たちの腕にこの身を預ければ、わたしを満足させてくれる男に、高い建物から飛び降りたいと思わなくなるほどの喜びを与えてくれる男に出会えるかもしれないと思った。男との逢瀬の約束には胸が躍ったが、どの男にも期待を裏切られた。ときには情熱による奇妙な高まりを感じて、女性器の中に男性器がたしかに存在している感じがした。だがたちまち、相手のペニスは彼の体の中に引っ込んで、消えてしまうようだった。身体的な事実とは反対に、男は受け身の小さな容器でしかなかった。しかし、強そうに見える男ほど征服されたいと願っているようだった。近所の子供たちの父親や教師、食料品店の店員やラドクリフ先生ですら。

　いちばんがっかりさせられたのはラドクリフ先生だった。知り合ってから何年も経っていたので、わたしといちばん相性がいいのは彼かもしれないと思っていたが、最初の射精がすむと彼のペニスはしゅっと萎んで、他の男たちと同じように、引っこんでしまった。そして他の男たちと同様に、わたしの力を弱めようとした。彼が寝ているあいだ、わたしはエネルギーがありあまって体がざわつき、木の羽目板を張りめぐらせた彼の寝室を見まわして、彼を産み落としたばかりのような圧倒的な感覚に気圧《けお》されていた。これはわたしの怒りそのものではないのか？　わたしの強靭な体は怒りのあまり、へなへなした弱っちい男の体に巻き付いたのではないか？　青白い、へたったペニスが彼の脚に触れるようにして、ふっくらした華奢で異質な陰嚢の上で休んでいた。ちっぽけで剝き出しにされた無防備なペニス——わたしを激怒させたものがそうしてそこにあった。彼の肌は冷たく、わたしは燃える火のようだった。彼の性器を粉々にすることだってできた。まずはそれを軽く口に含んでから嚙みちぎればいい。

ラドクリフとの後、もうひとり別の男とセックスをして、それでわたしの経験は終わった。その翌日、宅配便の配達人のペニスをあまりに激しく嚙んだために、彼は緊急治療室に送られた。それから幾夜も、わたしはひとりでベッドに横たわり、歯嚙みをしながら両手を脇に置くように努めていたが、いつもしまいには、とてつもないエクスタシーを求めて自慰をした。

八月の最後の週に地元で祭りがあった。初日の夜、わたしはあてどなく歩く人々を押し分けて進んでいった。陸上部の女の子がいるのを見て、地面に唾を吐いた。ヴィネガーをかけたフライドポテトを買って食べたが、熱すぎて口にやけどした。男たちにゲームをしようと誘われた。コイントスして的を撃つゲームだが、わたしがメデューサの目で見返すと、男たちは甘い言葉を呑みこんだ。小声になり、性器が縮み上がった。

娯楽場のいちばん奥で、「ジャングルのサンバ――彼女の変身をその目で是非」という見世物を見るために二ドルを払った。太った男に料金を渡し、無気力そうな男の子の後についてテントの中に入った。ぼろぼろの豹柄のマントを着た金髪の女が、薄暗い舞台の上に置かれた檻の格子の向こうに立っていた。客がしだいに増えていくあいだ、彼女の目は催眠状態に陥っているかのようにぼんやりしていたが、他の部分は微動だにしなかった。頭上の明かりが消え、録音されたサーカスのざらついた声が響いた。「さて、このサンバ。アフリカのジャングルで発見された女性です。彼女を実験室で調査していた科学者は、この野獣にばらばらにされた姿で発見されました」

「この野獣」の肌は青白かった。こんなに真っ白に漂白するものがジャングルのどこにあったのだろう、とわたしは思った。みすぼらしい衣類の下でうねるような静脈が浮き出ているのが見えた。最初、彼女は催眠にかかっているのだろうと思ったが、どうやら酔っ払っているらしかった。照明がさらに暗くなると、彼女の顔がほんのりと明るくなり、変化し始めた。髪が黒く変わり、獣に姿を変えていくにつれて顔つきが強暴になり、とうとうテントの中は真っ暗になった。スポットライトが点くと、ゴリラが檻の中から躍り出て、見物客に向かって飛びかかるような仕草をした。他の見物客は悲鳴を上げて出口へ殺到した。舞台から飛び降りたゴリラはわたしの顔に向かって、ゴムの歯のあいだから大声を出した。わたしは倒れて草だらけの地面に体を打ちつけたが、喜びのあまり、涙がとめどなく流れた。照明が点くとゴリラの着ぐるみは首を横に振りながら背中を丸めて舞台に上がり、カーテンの陰に姿を消した。わたしはもう一度入場料を払い、今度はもっと近くでよく観察した。女の顔だけ明るく照らされたとき、見物席の後ろ上方の穴から細い光が投影されるのがわかった。変身の映像を彼女の顔の上に映していたのだ。しかしその騙し方などはどうでもよかった。気の毒なこの女性は変身の術をまだ身につけていないのだ。暗闇の店の奥で、わたしの両腕と両脚からは共感するかのように毛が突き出てきた。

その翌日サンバを見に行くと、ゴリラ役の金髪の女が公衆トイレに歩いていくのが見えた。わたしは急いでその後を追った。同志だ。怒りを抱えた仲間。野獣になりたがっている女性。

「わたし、あなたの出し物、見たよ」

「ほっといて」と彼女は聞き取りにくい声で言い、そそくさと先を急いだ。

「でも、わたしたちはきょうだいよ」。いつになくはっきりとした口調でわたしは言った。「ふたりとも変身したがっている」

「近よらないで」。彼女の青白い喉が震えた。

わたしは彼女のもじゃもじゃの髪を摑み、その顔をわたしのほうに向けた。彼女は酒で焦点の定まらない目を瞬《またた》かせた。彼女の分泌器官からウィスキーがにじみ出て、わたしはよどんだにおいに包まれた。彼女を二度ひっぱたいた。彼女はわたしの顔を爪で引っかいたが、その手をわたしが摑んで力いっぱい締め上げると、彼女は地面に膝をついた。わたしが手を放すと、彼女は痺れた両手を激しく振って歩き去りながら、警察に訴えてやると言ったので、わたしは彼女に飛びかかって、かき氷のカップや煙草の吸殻が散らばっている汚い地面に押し倒し、人気《ひとけ》のない女性トイレに引きずっていった。歯でシャツの裾を嚙みきってロープを作り、彼女をトイレの便座に縛り付けた。彼女の口を片手で塞ぎ、もう片方の手で彼女のストッキングを剝ぎ取り、それを口の中に突っ込んだ。いまやわたしはキングコングだが、焦点の定まらない目をした花嫁はここに置いておくしかない。個室のドアに鍵をかけると、壁を乗り越えて外に出た。ジャングルのサンバだなんてとんでもない。彼女はその栄誉を受けるにふさわしくない。

歩いていくうちにわたしの計画は整ってきた。催し会場の群衆は、わたしが向きを変えるたびに道を空けた。フライドポテトを買ったが、冷めかけていたので、急ごしらえの柵によりかかっていた警官の足元に投げ捨てた。わたしの目を覗き込んだ警官は、無言を貫こうと心に決めたらしい。衣類を売るたくさんのトレーラーをざっと見て回ってから、サイズの大きなトラ柄のブラウスを買うことにし、綿菓子の屋台の陰で着替えた。サンバの見世物小屋に行くと、入場料を徴収していた太った男が「昼休み中」という看板の陰に座っていた。わたしは彼に――ミスター・ブーンという名だった――ジャングル娘は体調がすぐれないので、わたしが代わりを務める、と言った。

「いったいなにを言っている?」彼は足で入口を塞いでいた。そのうなじは赤く、ごわごわの毛が立っていて、胸ポケットがぱんぱんに膨らんだTシャツを着ていた。そしてブラックベリーのブランディを一口飲んでから言った。「待てよ、あんたは昨日ここをうろついていたな」と言って、太い指をわたしに向けた。

「あの娘をクビにしてわたしを雇いなさい」

「それでおれにどんな得がある？」彼はずっとわたしの脚を見ていたが、わたしのシャツを見上げようと身を起こしかけた瞬間、わたしは彼の椅子をトイレの水洗ペダルのように足でぐいっと蹴った。彼はかろうじて体を支えた。わたしは口を突き出し、唇を広げて牙を見せ、唸り声を上げた。

　ブーンはブランディのボトルを腹のところで抱えた。「おれを脅かそうってのか？」わたしたちは睨み合ったが、結局彼が目を逸らした。もう一口酒を飲んでから、彼はサスペンダーの位置を整え、じっくりとわたしを見た。まるでわたしが品評会で入賞した若い雌牛ででもあるかのように。「うちはいつも金髪を使ってきた」と彼は言って煙草に火をつけた。「しかし、あんたはいい筋肉をしている。ビキニ姿で登場させれば、男たちはあんたを見るために二倍の料金を払うかもな」

　わたしの出し物を宣伝する看板はばかげたものだ。わたしが南アフリカのナイロビで捕獲されたと書いてある。古いポスターの金髪は黒い色に塗り替えられた。「実験」と題された絵には、電極を繋げられて両手両足を広げてベッドに横たわるわたしと、そこに覆い被さるようにしている白衣姿のいかれた科学者が描かれている。次の絵には、ちぎれた拘束器具を手首からぶら下げているゴリラの姿。科学者は押しつぶされている。そこには「恐ろしいことが起きた」とある。

　この仕事は、午前中は自由に動けるので、賭博の見世物をやっている男たちといっしょにウェイトリフティングをする。ブーンはわたしの大好きなヴィデオを持っていて、彼のトレーラーでそれを見る。夜には４・Ｈ（農業青少年）クラブが運営する小屋に行き、昆虫のコレクションを眺め、ポニーを怖がらせ、まるまる太ったバッタがいれば、口の中でつぶして楽しんだりする。最近では売店の女性を雇い、彼女たちにわたしの髪を三十本の束に分け、蛇みたいに見える三つ編みにしてもらっている。ブーンがお金を管理し、興行の準備をする。ゴリラの着ぐるみを着るジョージは、舞台演出をしている。そして正午から深夜まで三十分ごとに、わたしは怒りがびっしり詰まったボールを体の真ん中に集める。その力が最大になると、ボールは一気に爆発する。閉ざされていたゲートが一気に開き、野獣が現われる。

プロジェクターが切られ、照明がつくと、観客は想像していたよりはるかに衝撃的な変身を見ることになる。わたしのハート型の顔からは剛毛が生えだし、肌は焦げたように黒くなり、股間から男性器が飛び出してきて、女性器をいっそう引きたてる。そしてわたしの胸は筋肉のついたなめし皮のような固い板になる。大気は清涼感に満ち、テントにいるひとりひとりが中西部のゴリラであるわたしと繋がっているような感じがする。家庭を破壊する者であり、整然とした薔薇の庭を台無しにする者であるわたしと。ときどき、暗闇の中で、女性がかすかに笑ったり、すすり泣いたりするのが聞こえる。彼女にはわかったのだ、変身したわたしの中に、自分が失ってしまった強いモンスターがいることが。

泥酔していた金髪の前任者とは違って、わたしは舞台では目を開けている。観客の中に、わたしから目を逸らさない視線を探す。獣の火種のにおいを、わたし以外の野生――仲間、かもしれない――を求めて。わたしがゴリラの姿になれるのはほんの数秒のあいだだけで、たちまちくずおれる。ジョージが脇から檻に入ってきて鉄格子の扉を叩き落とし、観客の前に飛び出す。呪文は解け、観客たちは心おきなく、このショーがいかさまだったというふりができる。彼らがテントから悲鳴を上げてどっと逃げ出していくあいだ、わたしは横たわったまま荒い呼吸を繰り返す。怒りから解放され、すっかり消耗し、静まり返った祭りの中に、たったひとりきりで。

いちばん大切な美徳

ケヴィン・ウィルソン

ホープとその友人たちが吸血鬼となり、門歯が牙に変わってしまった今となっては、私と妻は娘の決断を支持しなければならない。娘は自ら選択したのだから、親である私たちはそれを我慢して受け入れなければならない。その決断を気に入ったかって？　そう、お互いに正直になれば、それに私たちは常に互いに正直であろうとしてきたわけだが、まったく気に入らなかった。とはいえホープにはこう言っただけだ。「そうだね、私たち全員が吸血鬼になったら、この家ではだれかの血を飲まないですむんじゃないかな？」するとホープは呆れたように目を動かし、こちらを指してこう言った。「あなたたちは吸血鬼じゃないの」。それから、牙の尖り具合を舌で確かめている友人たちを指し示し、「わたしたちが吸血鬼なわけ」と言った。そして私たちの目の前でドアをバタンと閉めたのだが、その間際に娘の友人のひとり、ラロンダだったと思うが、こう言うのが聞こえた。「これの使い方に慣れるために、林檎かなんか齧ってみたいね」

私と妻は、泣くこともドアをドンドンと叩くことも、牧師を呼ぶこともしなかった。手に手を取り合って心の中でこう自分に言い聞かせた。大事なひとり娘のホープは、そのうちきっと正気に戻って私たちの元に帰ってくる、吸血鬼としてしばらく過ごさなければならないとしても、少なくとも周りには友人がいるし、少なくとも核家族にはできない支援をしてくれる、と。

吸血鬼になる前、あの子たちはローラー・ゲームのチームだった。私たちはあの子に素晴らしいスケート靴を買ってやった。一度試合を見に行ったときには28対10で負けた。あの子たちはルールや得点をキープするやり方を知らないように見えたが、ホープはローラースケート靴を履いた復讐の天使さながらで、険しい顔をしながら行く手を遮るものすべてを体当たりしてなぎ倒していった。ホープが吸血鬼になったからには、あのスケート靴はもういらないのではないか、店に返品すれば同額の金券と変えてもらえるのではないだろうか。

その前は科学者だった。ご想像のとおり、私たちはとても喜んだ。何週間にもわたって、ホープは一日中科学の実験にいそしんだ。夜になって、私たちが大盛りのポップコーンとクーラーボックスに入れたソーダを部屋の前に置いたときに、あの子たちが翌日の実験についていろいろと話し合っている声が聞こえた。私たちの娘は、子供がなにをしようと親が愛さずにはいられない遺伝子を発見してノーベル賞を受賞するにちがいない、と思った。ホープと友人たちが、私たちの死後もずっと続いていくこの世界に貢献していく姿を思い描いた。ホープの素晴らしい未来を思い描いていたときに、小火《ぼや》があった。わが家のキッチンから火が出た。私たちは、親が子に抱く無償の愛というのはまったく科学的なものではなく、もっと深い精神的な部分に存在していなければならない、と考えるようになった。親の愛とは厳密に解釈できるはずがない。

私たちは、ホープが新しい高校での初日を過ごして帰ってきたときのことを覚えていた。私たちが、あの子の育った場所から大陸をまたいだ反対側にある大学に職を得たあとのことだ。新しい友人の一団——ラロンダ、ジュリアン、フィリス、スコット、クラレンスなど——がわが家にやって来たとき、ホープが彼らに催眠術をかけて連れてきたかのように見えた。彼らは私たちの前を通って娘の部屋に入っていき、ドアをぴたりと閉めた。娘の幸せそうな姿を目にしてとてもうれしかったので、みんなが部屋から出てきたときに、娘が青緑色のローブを着て松明《たいまつ》を手にしているのを見ても、何をしているのか考えもしなかった。子供たちが出ていくのを見つめて、戻ってくることをひたすら願っていた。間もなく、あの子たちが大道芸をやっていることがわかった。目にした芸から察するに、前衛的な曲芸師もどきもいれば、諷刺画家や皮肉好きでいささか物騒な体重当て屋もいた。この男は、うっかり目を合わせてしまった通行人の体重を、少なくとも二十キロは多く予想した。そしてわたしたちの娘、自由の女神の格好をしたホープがいた。ホープは音楽に合わせて踊っているらしかったが、音楽があまりにも小さな音なので私たちに聞こえないだけなのだろうと思っていた。新しい友人たちはそんな娘にかなり苛立っているようだったが、私たちは彼らが急いで友人関係を終わらせないように祈った。彼らにこう言いたかった。チャンスを与えてくれさえしたら、ホープはきっときみたちの心の中にすっかり入り込んで、どんなことも可能だと思わせてくれるはずだ、と。そのうち、ホープの踊りはどんどん下品で扇情的なものになっていった。リバティ島に見えるようにうまくデザインされた台を舐《な》めた。娘の青みがかった緑色の下着が見えた。ひどくならないうちに私たちはその場を離れた。事態がもっと悪くなるのはわかっていたが、どこまで悪くなるかはわからなかった。

今あの子は吸血鬼になり、部屋から出てくるのは夜だけだ。心が萎《しぼ》んだりするときなどに私たちは、ホープに首を嚙んでもらい、あの子や友人たちのようになれるだけの血を吸い取ってほしいと思う。そうすればあの子たちがなんのためにこんなことをして、なにになろうとしているのかわかるだろうから。それが利己的な願望でしかないのはわかっている。ある夜、寝室の窓の外を見ると、あの子がひとりの少年と手をつないでいた。その少年はあの子のいちばんのお気に入りのクラレンスだったと思う。ふたりは星明かりの下で踊っていた。前庭の芝生をくるくる回っていた。私たちはとても幸せというわけではなく、ふたりがしていることを素直に受け入れているだけだった。

新しい状況に身を置いて、そこが自分の居場所だと言うのはそんなに簡単なことなのだろうか。ホープはもちろん私たちの子だが、あの子には私たちが自分の親だとわかっているのだろうか。この瞬間にも私たちがあの子を見守っていることを、自分が親を幸せにすると同時に悲しませていることを、あの子にはわかっているのか。私たちはその質問に答えられないし、他の人たちに答えてほしいとも思わない。彼女を作った私たちは抱き合って、日が昇り、娘の姿が消えるのを待った。

やがて私たちは、何度も何度も何度も、これでいいのだと自分に言い聞かせた。

モンスターですが、何か？

彼女が東京を救う

ブライアン・ボールディ

コングが電話をかけてきて、そっちに行く、と言った。東京はめちゃめちゃになったな、と。捨てられた「ハロー・ボス」コーヒーのアルミ缶が新宿区に散らばっていた。自動販売機が最後のきらきらしたメモ帳とMTVステッカーを吐き出してから長い時間が経っていた。ゴジラは部屋の窓からそうしたものを眺めながら、なぜあのとき彼の言葉に同意してしまったのだろう、と思っていた。いまでは事情はすっかり変わったと言っていい、あれから二カ月が経つんだ、もう一度やり直そう。彼はそう言ったのだ。

幾度《いくたび》もの戦いがあった。ふたりは戦うことで有名なのだ。心が傷ついた。回復する見込みがなかった。それで彼女は海に逃げ出し、白い波間から東京を見ていた。潮の流れが剝き出しになった下半身を洗った。しばらくして、事態はほんの少しだけ変わった。気持ちが塞《ふさ》いでますます引きこもるようになったゴジラは、ベッドに身を起こして羽布団を口元まで引き上げていた。外出すると、近所の者たちは——大声で怒鳴りあった迷惑な喧嘩をまだ覚えていて——無言で彼女を避けた。まるで彼女が頬にポートワインの染みでもつけているかのように。彼女は悲しみに暮れた。

部屋に入ってきたキング・コングは、いかにも卑しそうに見えた。毛がもじゃもじゃと生えている。

彼女はオレンジペコーとペコーブラックの紅茶の入ったカップをコングの前に置きながら、わたしがいまでも彼の習慣や好みを忘れないでいることに彼が気づいてくれたらと思ったが、たちまちそんな態度にやましさを感じた。彼はカップを手にして部屋の中を歩き回り、東京はよくなっているようだ、と言った。

「すぐに元どおりになるわ」とゴジラは応えた。

キング・コングは雑誌をぱらぱらとめくり、皿の縁を指でなぞり、コーヒーテーブルの上のリモートコントローラーを見つめた。カップを床に落とし、そのまま立ち尽くした。その顔には、ゴジラのよく見慣れた愚鈍で謎めいた表情が浮かんでいた。彼女は「欠片《かけら》を拾い集めてくれる?」と言いたかったが、それを言うための勇気を総動員する前に彼が腰をかがめた。黙っていても仕方がない。彼女はようやくそう思った。

「あなたはここに来ては去っていく。あなたのせいでわたしはいつも――」

「それが厄介な問題だ」彼の声に外の鷗《かもめ》の鳴き声がかぶさった。彼は長いあいだ彼女を見つめていたが、彼女が疲れ果てていることに、そしてもっと大事なことだが、どうして疲れているかということに気づかなかった。彼は彼女に近づき、彼女の首に鼻を寄せた。ゴジラは彼の堂々たる性器の存在、自分に押し付けられているものの存在を感じた。そして奇妙なことに、彼女も自分から進んでそれを押し返したい衝動に駆られた。横浜まで、神戸まで、彼の頭の黒々とした巻き毛のてっぺんまで舐《な》めるように波が打ち寄せる東シナ海まで。この気持ちがおさまるまで。

彼女は心が決まり、キング・コングの体を脇に押しやった。「わたしたちは戦い過ぎた」

「戦うたびに親密になった」と彼は言った。

「ここにずっといてほしかった。いつも帰らないでほしかった」

彼は何も言わなかった。

「いまさらそんなことを言っても仕方がないけれど。もうおしまいよ」

「それでいいのか？」

「ええ、たぶん」

彼はキッチンに行き、自分で紅茶を注いだ。山手線が押し殺したような車輪の音を立てて通り過ぎていった。彼の目が濡れていた。「おれにはわかってた。ずっとこのまま……」

「もう無理」と彼女は言った。

彼はしばらく立ち尽くし、顔を背けては戻した。

「そろそろ行くよ」と彼は言ってカップを置いた。

「ええ、そうね」

「お別れだ」

「さよなら」

彼は両の掌を太腿に擦《こす》りつけていたが、キッチンに行ってカップをすすぎ、それから出ていった。

ひと月後、外に出たゴジラは海のそばにいた。海水がつま先に快かった。彼女は歩き出し、ホンダワラの莢《さや》がかかとの下ではじけるところまで進んだ。浅海の棚の上に彼女は倒れた。珊瑚礁が体の下でザクザクと砕けた。冷たい海水に頭がすっかり浸《つ》かっても、なおも沈み続けた。彼の体の重みがないままに、戦いをしないままに。それでも彼女はなおも沈んでいった。

わたしたちのなかに

エイミー・ベンダー

1

あるゾンビが別のゾンビに道で出会った。

最初のゾンビが二番目のゾンビに言った。やあ、元気？　人間を食べに行かない？

二番目のゾンビは答えなかった。ふたりはしばらくゆらゆらと揺れていた。すると二番目のゾンビが身を寄せて、最初のゾンビの頭をがぶりと噛んだ。

彼が最初のゾンビを食べたのは、七月のある晴れた日の午後だった。小さな公園の木のベンチのそばで。仲間のゾンビを食べることに興味を抱いたのは二番目のゾンビだけだった。多くのゾンビがそれは悪趣味だと思った。吸血鬼のように、まずは生き血、生きた人間を求めるのが理想であって、ゾンビは自分たちにないもの——つまり、生きている人間の生命力——を捕らえて食らうべきだ、と。生きた人間を食べるゾンビは、ゾンビを食べる生きた人間とは対極にある。植物のほうが腐りかけたゾンビの屍骸よりはるかに食欲をそそる、と考えるゾンビもいたかもしれない。だがこのゾンビは新しいゾンビだった。再再生した新種のゾンビだ。蘇生する過程で欠陥が生じ、仲間のゾンビを食べてさらに頭がおかしくなり、ますます腹が空いた。彼は成長した。狭い公園のまだらになった日陰で大声で喚いた。体を折り曲げた。
つまるところ、彼は死んでいたのに生き返ったわけだから、モノとしてはとっくに使い古されている。哀れなこの男を安らかに腐らせてやろう。

2

アラスカ州ケッチカンの鮭の養殖場では、資金が底をついた。鮭専用に新鮮な魚で作られた餌を鮭にやれなくなった。それで残り物の鮭の身を餌の中に混ぜてみた。そのときは素晴らしい解決策に思えた。鮭の身には金がかからなかった。その身は、人間が食べる缶詰にして送り出せないような古い鮭の内臓から取り出したものだったからだ。しかし、鮭を食べた鮭は、人が食べてはいけないものだった。毒だった。人が病気になった。調査が入り、養殖場は大量の訴訟を起こされて破産した。
イギリスでは、牛の肉を餌として与えられた牛の頭がおかしくなった。牛は草を食べるもので、仲間の肉を食べるようには生まれついていない。そのおかしな牛を食べた人間は病気になって死んだ。脳の病気で。

3

友人のお母さんが、夕食をとるためにやってきた。その人は町の反対側に住んでいた。滅多に外出しなかった。

その人はいつもひとりで料理を作って食べていたが、友人がとても心配したので、三人でレストランに行く計画を立てた。友人のお母さんがソファに座った。彼女はクッションにもたれずに座面の縁に背筋をピンと伸ばして腰掛けるタイプのひとりだった。きっと前世は小さな鳥だったに違いない。彼女は窓の外を年老いた男がシルバーカーを押しながら歩道をゆっくりと歩いていくのを見ていた。それからわたしたちのほうを向いて目を輝かせた。固ゆで卵のような柄のスカーフを巻いていた。

それで、お夕食はなにをいただくことにしましょうか、と彼女は言った。

友人はテーブルを指でトントンと叩きながら考えていた。でもわたしは少し離れた本棚のそばで、うんざりせずにはいられなかった。泥のような怒りがふつふつと湧きあがってきた。

友人がレストラン名を挙げていた。十まで挙げると、声が途絶えた。

よくわからないけど、とわたしが低い声で言うと、ふたりがこちらを振り向いた。あなたはどういう店に行きたいんですか。

イタリア料理のお店がよろしいかもしれませんわね、と彼女は明るい口調で言った。

でも、本当にどういうお店に行きたいんです？　イタリア料理がお好きなんですか。

彼女は、不思議そうな顔でわたしを見た。

それとも、ひょっとしてあなたは女王さまかなにかですか。友人が鋭い視線をわたしに投げつけた。

彼女は首をさらに高く伸ばした。

女王さまとは、と彼女は言った。どういうことでしょう。イタリア料理がお嫌なら、何にいたしましょうか。お腹が空いていらっしゃるのかしら。フランス料理のほうがおよろしい？

わたしはアパートの部屋を飛び出した。大声を上げながら通りを走った。後で彼女に電話をして謝った。ふたりがどの店に行ったのか、決して訊かなかった。

4

二十世紀最後の年に非凡な脚本家が書いた映画がある。町の中で入口が開き、人々はそこから有名俳優の頭の中に入っていく。世界にまつわる世界。映画の終わりのほうで、その有名俳優もその入口を見つけて、そこから自分の頭の中に入る。そのせいでシステムが崩壊し、俳優がその中に閉じ込められているあいだ、人々は話すことを忘れ、何度も繰り返し口に出すのは俳優の名前だけ。人々が口に出せるのはそれだけ。

5

高利貸しとは金で金を儲けることです、とラジオで男が言っている。

高利貸しはもっと多くの金を儲けるために他人の金を利用することですが、サービスは伴いません。その利率はとんでもなく高いのです。世界中のほとんどの宗教がそれを禁じています。というのも、高利貸しは貪欲さが増していく悪い兆しであり、やがて財政が破綻することは火を見るより明らかだからです。人々が求めているのはサービスであり製品です。それこそが交換に値するものです。政府の意見では、現在の財政危機をもたらしている元凶は、われわれが借金や、ペット宛てにまで申込書を送りつけて熱心に勧誘してくる銀行のクレジット・カードや、分不相応な住宅ローン、リスクに対する価格設定にミスや不備がある法人ローン、規約についてのこうしたあらゆる質問、その場の雰囲気で取り交わした山ほどの約束に頼って生きているからなのです。

6

ゾンビを食べた大きなゾンビはどうなったか。

彼は食べに食べた。

しかし腐ったものをいくら食べても腐敗から逃れられるわけではなく、次第に病状がひどくなった。かつては体が大きく強かった彼が、いまや公園に横たわり、青色吐息だった。他のゾンビたちは彼を恐れていたが、彼が重い病気だと知ると、周りに集まってきた。

ゾンビたちは唸り声をたてた。足を引きずって歩いた。ふらふらと体が揺れた。しばらくするとゾンビたちは飽きてしまい、どしんどしんと去っていった。大きなゾンビはたったひとりで、また死んだ。そしてすぐに生き返った。今度はさらにひどかった。あまりにも空腹で他のゾンビを探しに行けなかったので、今度は自分の腕を食べた。それから脚を食べた。頭を食べ、すべて食べ、自分をすっかり消化しはじめた。残ったのは口と消化管だけだった。口と食道と胃と腸だけだった。

7

さて、終わりにあたって、本当にあった話を。

最近離婚したばかりの男性の家でのこと。彼は六十歳だった。彼の奥さんは四十年間ずっと家事を一手に引き受けていたが、突然、夫と別れることにした。そして家を出た。青天の霹靂だった。彼は卵のゆで方も知らなかった。練り歯磨きがどこで買えるかも知らなかった。

ある友人が彼に、人を招いたほうがいい、と言った。孤独のせいで、死の呼び鈴が鳴っているようなこの家の静けさのせいで死んでしまうよ、まだ六十なのに、この先もずっと虚ろな思いで生きていくのかい、と。彼はネットを通じてある女性と知り合った。その女性は、彼のために人生を捧げようとしているかに見えた。ところが引っ越してきて二日目のこと。彼は女性が自分の財布の中を見たり、証券取引の報告書や銀行の通知書を丹念に調べているのを目撃し、これはまずいと彼女を叩き出した。そして女性の靴を廊下に積み上げた。女性は外から怒鳴りまくった。彼の名前が思い出せなかったので、ついうっかり元恋人の名前を大声で呼んでしまった。

彼はわたしたち五人を招き、いっしょにテレビのバラエティ番組を見た。わたしは仕事を通じての知り合いで、他の四人は教会を通じての知り合いだった。みんなでピザを食べ、ビールを飲み、テレビを見、おしゃべりをした。

バラエティ番組が終わると、彼はみんなの顔を見渡した。

来てくれたみなさんにお礼を言わなくちゃ、と言った。

わたしたち全員、頷《うなず》いて微笑んだ。

どういたしまして。こちらこそお招きいただいてありがとう、とわたしたちは出ていきながら言った。

しかし玄関を出て車に向かいながら、それがかすかに頭にひっかかっていた。彼はなんて言ってたっけ、と。

その番組はシリーズ物だったので、次の週にまた集まった。それぞれが、水曜の夜に出かけるところを求めていたのだ。

別れ際に彼はまた、来てくれたみなさんにお礼を言わなくちゃ、と言った。ちゃんと確かめるために、もう一週間待った。次の週も同じだった。

わたしは家まで車で帰った。街灯が緑色だった。町が黒い影となって浮かび上がった。家々の窓が金色に光っていた。

ありがとう、だ。普通なら、ありがとうと言うべきところだ。

みなさん、来てくれてありがとう、と。

ところが彼が言ったのは、来てくれたみなさんにお礼を言わなくちゃ、だった。

どういうこと?

体の内側に虫がいる。じっとしていない虫。よろよろと、ふらつきながら、両腕を前に突き出して、唸り声を上げている。

自宅まであと三キロというところの赤信号で停止したとき、ある可能性に思いあたった。

彼は利口な男だ。そして母語は英語だ。正しい動詞の使い方や文法をよく知っている。他のときにはいつも言葉を流暢に話す。わたしはこう結論づけた。あれは彼がいつもお客に言うように言われてきた言葉なのだ、と。この四十年のあいだ、おそらくあの夫婦は大勢の客をもてなしてきたに違いない。奥さんが招待してきたのだ。奥さんは料理を作った。夫の服を選んだ。そして最後にこう言った。

ジョン、来てくれたみなさんにお礼を言わなくちゃ。

そして彼は、夫という立場から物を言うことができずに、奥さんの言葉をそのまま正確になぞった。あまりにも上の空でいたために、夫としてふさわしい言葉を述べて自然に振舞うことができなかったのだ。

彼らは言う。ゾンビだって？　そんなのみんな空想の産物だろ。作り話さ、楽しく怖がるために作りあげたばかばかしい話だろ、と。

受け継がれたもの

ジェディディア・ベリー

　最初ポーカー仲間たちは、土曜日の夜の集まりにグレッグが連れてきた獣について何も言わなかった。グレッグはその獣を地下室の階段の下に引き綱で繋いだ。隅のほうであぐらをかいて座り、口輪をはめられているその獣の姿は、貧相というより悲しげだった。グレッグは、「あそこに置いておくよ。気にしないでくれ」と言った。それで仲間たちはなるべく見ないようにしていたが、なんとも気になる獣だった。鼻は長くてひくひくと動き、頭は和毛《にこげ》で覆われ、耳のまわりの毛は塊になっていて、細い脚の先にはふたつに割れたひづめがついていた。人間に似ているところに否応なく目が引きつけられた。剛毛の下から覗いている臍《へそ》、毛の生えていない茶色の乳首、感情が奥に隠れているように見える目。獣は、エイブがカードを配るあいだずっと耳をそばだてていた。

　ようやく口火を切ったのはフィルだった。「そいつ、飲み物がほしいんじゃないかな」

「ああ、そうかもしれない」グレッグはそう言うと、口輪を外してやり、新しいビール瓶の栓を抜いた。フィルがそれを、握り締められた大きな手の中に押し込んだ。獣は瓶を明かりにかざし、茶色のガラスを疑い深そうに覗きこんだ。フィルが飲み方を教えると――「持ち上げて飲むんだよ、相棒。持ち上げて飲む」――瓶の口を牛のような口に入れ、歯と舌で中の液体をつかまえようとした。ほとんどが胸にこぼれ落ちた。

エイブがカードテーブルのところから言った。「おいおい、ビールをカップに入れて、早く賭け金を出せよ」

それで彼らはテーブルについて次のゲームを続けた。しかし獣は、みなの注意をうまく引けたことに気をよくしてか、地下室を探検しはじめた。コンクリートの床にひづめがコツコツと当たる音がした。獣からは枯葉のような湿った臭いがし、そのきつい臭いはフィルの煙草とエイブの葉巻の煙をもってしても消せなかった。背丈は、そこにいるどの男より三十センチ以上は高く、ぼろぼろの毛皮のあちこちに跡が残っていたが、男たちはその理由について考えもしなかった。皮膚はところどころ剝き出しになり、手首と足首の毛が環状に抜けて赤くなっていた。

獣はエイブが作った船の模型に目をとめた。船は、海に模して青く塗られたスポンジの上に並べてある。針のように細い木で組み立てられ、糸で索具を結わえて本物の帆布を張った精緻なものだ。エイブがひと月かけて作った船が九艘並んでいて、コーリーが家を出ていってから九カ月経ったことがわかる。獣は一艘を手に取って帆に息を吹きかけた。ボノム・リシャール（米海軍で引き継がれている伝統の艦名。初代は独立戦争で激戦を繰り広げたことで有名）という船だ。

エイブはカードを下に置いて何か言おうとしたが、獣は飽きたのか、特別誂《あつら》えのスタンドに船を慎重に戻した。それからゲームを近くで見ようとするかのように、テーブルまでゆっくりと歩いてきた。そしてグレッグのビール瓶を摑んで一滴もこぼさずに中身を喉に流し込むと、空の瓶をテーブルに置いた。

「物覚えがいいな」フィルが言った。

獣は鼻を鳴らして、自分のことを冗談のネタにされたかのように首を横に振った。グレッグは、これならうまくいくかもしれないな、と思った。

その夜、グレッグが家に帰るとリリスはまだ起きていた。その姿が玄関横の窓の向こうに見えた。テレビでは白黒の映画が放送されていた。その光のせいでリビングルームも白黒に変わり、妻の姿も白と黒に映し出され、妻の着ているナイトガウンが青っぽく光り、まとめあげてピンで留めた髪は優雅な形に見えた。

リリスは、どんな様子だったのか知りたがった。獣をポーカーの会に連れていくことを思いついたのは彼女だった。「あの子に社会性を持たせるの」と。そのとき初めてグレッグは、妻が「そいつ」を「あの子」と呼んでいることを知った。彼は獣を初めて見た瞬間に、この獣の責任は自分が取らなければと思った。しかし、最初の日に獣を裏庭に連れていって洗ってやったのはリリスだった。ホースで水をかけるのではなく、シャンプーを使い、バケツに汲んできたお湯で洗ってやったのだ。ガレージに古毛布でベッドを作ってやったのも、そいつが寝ているときに心配して見に行ったのもリリスだった。グレッグがポーカーの夜に獣を連れていくことを承諾したのは、外出させるほうがそいつにとっていいだろうと思ったからではなく、変化があるほうが彼女にとっていいだろうと思ったからだ。

家に入ると獣は、グレッグが上着を脱ぐあいだ待っていた。獣はグレッグの動きを逐一目で追うので、グレッグも自分の動作をどうしても意識して、肩から左腕、右腕と上着を脱いでいった。

リリスはリビングルームから出てくると、「まあ、ひどい。血が出てる」と言った。

グレッグが確かめる間もなく、彼女は獣の手を取ってバスルームに導いていった。グレッグも続いた。明かりがつくと、獣の右耳の下に黒い染みができているのが見え、車に入るときに頭をぶつけたことをグレッグは思い出した。毛皮を伝って肩へと流れた血が、リノリウムの床に赤い硬貨のように落ちている。

リリスは指で傷口を探りながらなだめるように囁いているが、獣は怪我をしているとは思っていないようだ。リリスは流し台の下の棚の扉を開け、消毒薬と脱脂綿と鋏を取り出した。

「頭の怪我は、かなり出血するから」とグレッグは言った。「小さな怪我でもね」

彼女は無言だ。バスルームは三人が入れるほど広くないので、グレッグは車を掃除するためにキッチンに紙タオルを取りにいった。しかし紙タオルはなかった。それで、バケツに水を入れ、流し台のスポンジを手に外に出た。

後部座席にはかすかな血の染みがついているだけだったが、グレッグはかなり時間をかけてそれを拭き取った。向かいの家に明かりが灯っている。ミセス・ヘックがこちらを盗み見ているのだ。彼女の白髪の巻き毛がレースのカーテンの端でちらちらしている。彼女の夫のビル・ヘックは、グレッグの父親の友人で戦争で共に戦った仲だったが、十五年前に亡くなった。ミセス・ヘックは日曜日ともなるとグレッグの家にやって来ては、鋏を持って部屋の隅に座り、慎重に新聞から——グレッグの家の新聞から——クーポンを切り取っては自分の財布にしまっていた。先週、グレッグの父親が亡くなったとき、通夜にミセス・ヘックがやって来ていちばん後ろの席に座ってクーポンを切り取るのではないかと思っていた。しかし彼女は来なかった。

グレッグが車のドアを閉めると、車内灯が消えた。もう彼の姿は見えない。グレッグは小さな声で「あんたが消える番だよ、ヘック」と呟いた。ミセス・ヘックはカーテンの陰から現われたが、自分の姿が見えているのに気づいて急いで引っ込んだ。一瞬後、彼女の部屋の明かりが消えた。グレッグは車から出て、バケツの水を芝生に撒いた。

家の中に入ると、ガレージからリリスの声が聞こえてきた。歌っているわけではないが、その声には子守唄のような響きがある。

グレッグは待っているあいだ、腰を下ろしてテレビの映画を見ていた。丘の上に建つ大きな家の玄関前に停まったパトカーから、ふたりの警官が出てきたところだ。その家は父親の家とよく似ていた。父の家は丘の上に建ってはいないが、古いスレート葺きの屋根と広いポーチ、後ろに森があるところがそっくりだ。警官は通常のパトロールをしているようで、ポーチの階段を上り、呼び鈴を鳴らしたが、高まる音楽はこれから厄介な事件が起きることを告げている。

リリスが部屋に入ってきたので、グレッグは「今夜はうまくいったよ」と言った。

「わたしは離婚したくないわ」と彼女は言った。

結婚して五年になるが、ふたりともその可能性について言葉にしたことはなかった。それでグレッグは「それはよかった」と言った。

いま、ふたりは白黒の世界にいた。彼は窓の外をちらりと見た。ピンが取られたリリスの髪は、肩まで垂れて乱れている。彼女が何を考えているのか、グレッグにはわからなかった。リリスが彼の近くに来て、膝の上にまたがったので、テレビの画面が見えなくなった。濃厚なキスをしてきた。テレビの音楽がしだいに高まり、警官のひとりが「うわあ、なんてことだ」と言い、もうひとりが「落ち着け」と言っている。妻のキスに応えていると、髪から漂う甘いシャンプーの匂いに混じって濡れた枯葉の臭いがした。

三学期の歴史の授業中に、フィルの息子のゴードンが手を挙げ、指名されるのを待たずに、ハロウィーンにあのモンスターを学校に連れてくるのか、とグレッグに尋ねた。

ゴードンの質問は不意打ちだった。広島に落とされた原子爆弾について話し合っていたからだ。しかしグレッグは、その質問をされるだろうと思ってはいた。フィルがポーカーの夜の出来事を息子に話したのだろうと思ったからではない。日曜日になると近隣の子供たちが自転車に乗ってやってきては、新しい住人を一目見ようと家の前を行ったり来たりしていたからだ。リリスは、子供たちをがっかりさせたくなくて、獣に色の褪せたオーバーオールを着せて外に連れだし、子供たちにその毛皮を触らせたりもしていた。

ゴードンはさらに続けた。「ちょっと思っただけなんだ。だって、もう衣装を着てるみたいだし」

グレッグはチョークを指のあいだでゆっくりと回した。「その日になってみないとわからないな」

木曜日に、骸骨や魔女やミイラに扮した子供たちがグレッグの教室を覗きに来た。ゴードンはあの獣の扮装をしていた。頭のてっぺんに尖った耳をつけ、靴にはひづめをつけていた。しかしグレッグはなんの扮装もしていなかった。「悪いね。あれは風邪を引いてしまって、連れてこられなかった」と言った。

グレッグも具合が悪そうだった。彼はこのところよく眠れなかったし、それに髪を切る必要があった。職員用のラウンジで休憩をとっていると、副校長のメレディスが彼を隅に引っ張っていった。

「グレッグ、あなたはお父さんが病気のときも学校を休まなかったでしょう」

どの授業にも穴をあけなかったのは本当のことだが、それはいいことだと思っていた。病室のサイドベッドで何日か長い夜を過ごした。父親のライルはモルヒネの投与量が増えるにつれて、芝生や生垣や雨樋の維持管理についていろいろな指示を口に出すようになった。頬髯が伸びた父親の顔を見たのは、その時が初めてだった。棺に入った父親をもう一度見たとき、これまでいったいだれに髭を剃ってもらっていたのだろう、その人はお湯と水のどちらを使っていたのだろう、と思った。

メレディスは言った。「もしよければ、少し休んだらどうかしら、グレッグ。心配している保護者がいるのよ。あなた、ホロコーストについての学習を十日以上もしているんですってね。第二次世界大戦の単元は、一週間で終わらせることになっているはずだけれど」

「一週間ではとても足りないような気がしますね」

「そうね、でもこの単元は高校でまた習うでしょう」

グレッグは学校で購読している新聞をぱらぱらとめくっていた。メレディスはそれを見て言った。「読者からの投稿、読んでみた?」

グレッグはページをめくって声に出して読んだ。その声は表明から疑問へと変わっていった。「この町のあちこちでは、左翼分子が茸のように一晩で生まれている?」

匿名の投稿だった。「保護者のひとりね」メレディスは言った。しかし彼女が去っていくとグレッグは、静かに席に座っている何人かの同僚が目配せをしあっているのに気づいた。

帰宅するとリリスがキッチンにいた。彼女の前の椅子に獣が座り、ダマになった毛皮を電動バリカンで刈ってもらっている。「ごめんなさい」とリリスはグレッグに言った。「これが済んだら、バリカンを研がなくちゃならないわね」

グレッグは自分の書斎に行き、バリカンの音が止むまでテストの採点をした。ふたたびキッチンに行くと、リリスが山のようになった毛を掃き集めてゴミ容器に捨てていた。獣の姿はない。

「そして毛だけが残りました、ってわけか」

リリスは寝室のほうに向かって頷《うなず》いた。「あの子は向こうへ行ったわ」

グレッグはネクタイを緩めて廊下を進んでいった。獣はベッドの中央で丸くなっていた。茶色の毛が白いシーツの上にこぼれている。いまでは白っぽい皮膚が毛皮の下に見えている。グレッグはその腕を摑んだ。「おい、ベッドから降りろ」

そいつはガラスのような茶色の目でぎょろりとグレッグを見ると、マットレスの中にさらに深く沈み込み、摑まれていないほうの手で鼻孔から出た鼻水を拭った。

「起きろ！」グレッグが怒鳴ると、獣は反抗的な態度をゆっくりと解き、ベッドから降り、グレッグに引っ張られて部屋から出た。

リリスが「その子を休ませてあげて、ハニー。気分がよくないみたいなの」

グレッグは獣をガレージに押し込んで扉に鍵をかけた。「そこにいろ」

リリスはグレッグに背中を向けて流し台に立ち、両手で流し台の縁を摑んでいた。お洒落なクッションがリビングルームのソファに置いてある。カメラが三脚の上に載っている。彼女は家族写真を撮るために獣におめかしさせていたのだ。

フィルとイリースを夕食に招いたとき、ゴードンもいっしょにやって来た。イリースはリリスに手土産のワインを手渡したが、すでにその目はリリスではなく家の中を覗き込んでいる。フィルが開いているキッチンの扉を顎で示し、「ほら、あいつだよ」と言った。獣は温風が吹き出してくる食器洗い機のそばにかがみ込んで、その様子を眺めていた。「具合が悪いって聞いたものだから」とイリースは言って、伝染病の予兆がないか探っている。

「もうだいぶいいのよ」とリリスは言った。「届いたお見舞いカードを見てちょうだい」

ゴードンは大人たちの横を通りすぎてキッチンに行き、獣の真正面で止まると、両腕を高く掲げた。獣は少年から少し後ずさり、瞬《まばた》きをした。「これで、だれがボスかわかっただろ」ゴードンは言った。

「ちょっかい出さないの」とイリースがゴードンに言い、ゴードンはテレビを見るためにリビングルームに戻った。

グレッグとフィルはポケットに手を突っ込んだ格好で立ち、ふたりの妻が獣のそばにしゃがみ込むのを見ていた。「手首の傷、よくなったみたいだな」とフィルが言った。

獣はたちまち新参者への興味を失い、床にオレンジを転がしては拾うという遊びを再開した。夕食の準備ができると、リリスは獣をガレージに追い立てた。獣はリリスが扉を閉めるのを、座ったままじっと見つめていた。

「最近は、あの子についていくのが大変」リリスは床のオレンジを拾い上げながら言った。

「自己主張するようになったのね」とイリースが言った。

グレッグは夕食のあいだ口数が少なかった。水を大量に飲み、グラスに水を入れるために絶えずキッチンを往復した。食事の後で、グレッグとフィルは書斎に引っ込んだ。グレッグは父親の写真の束を取り出した。写真はみな戦時中のもので、グレッグより背が高くハンサムな父親が、フレアスカートの女性と踊ったり、エジプトのピラミッドの前やイギリスの滑走路で仲間と肩を組んで煙草をふかしていたりした。いつも笑顔で、ときには「おい、だいじょうぶか」とでも言いたげに、カメラに指を向けているのもあった。

「あの家を売るつもりなのか？」とフィルが訊いた。

「できるだけ早くにな」とグレッグは答えた。「いまではすっかりきれいになった。親父のたんすにこの写真があったんだ。一度も見せてくれたことがなかった」

「そしてあのデカ物のことも、だろ？　どこで見つけたんだ？」

グレッグは最後の写真を――爆撃機の操縦席に父親が座っている――を手にし、それを膝にぱたぱたと打ちつけた。「地下室だ。古いストーブに使う石炭をしまっておく小さな部屋があるんだ。そこに鎖で繋がれてた。汚れきって、飢え死にしかかってた」

フィルは口笛を吹いて首を横に振った。「そして親父さんは一度もそのことを言わなかったわけだ。いったいどこで手に入れたんだろうな」

「この三十年間、親父とは赤の他人も同然だった。親父が死んで、かえって四六時中親父につきまとわれている気がしてならないよ」

隣の部屋からイリースの笑い声が聞こえてきた。リリスが夜のレッスンを始めたのだ。「A《エイ》」とリリスの声。そしてさらにはっきりした発音で「エイ」。

「エアグ」という獣の耳障りな声。

「B《ビー》」とリリス。

「エアグ」と獣。

フィルが言った。「イリースに聞いたんだが、子供たちに原子爆弾のことを勉強させてるらしいな。

ゴードンもすっかりそれに夢中だ。あの後、壁に人間の影がそのまま焼きついたことを聞かせてくれた。身の毛もよだつような話だな。ともかく、そのことにおまえがどのくらい時間をかけるつもりでいるのか、イリースが心配している」

グレッグは写真を置いた。「どうなるかわからないな」

イリースはその夜、自分で持ってきたワインをほとんどひとりで空けた。イリースとフィルは、玄関で上着を着こむ段になってようやくゴードンのことを思い出した。「あの子はどこかしら？」とイリースが言った。テレビはついたままだが、ソファにはだれもいない。

グレッグはガレージに行った。獣は毛布のベッドに丸まって寝ていて、ゴードンがその上にかがみ込んでいた。ゴードンが手を引っ込めると、獣の乳首に痣ができているのをグレッグは見た。

「こいつ、頑丈ってわけじゃないんだ」とゴードンが言った。

「お父さんたちが帰るぞ」とグレッグは声をかけた。彼は戸口に立ったまま、ゴードンが通りすぎていくのを待った。獣は頭を起こして少年が去っていくのをじっと見ていた。それから頭を落としてため息をついた。

グレッグとリリスがスーパーマーケットから帰ってくる途中、後ろから走ってきたパトカーがハイビームにして停車するよう合図してきた。グレッグは車を脇に寄せてバックミラーを見ると、パトカーから警官が出てきた。エイブだった。エイブが手を振りながら近づいてきたので、グレッグは窓ガラスを下げた。

エイブが覗きこむようにして言った。「マートルに住むミセス・コナーから緊急要請があった。熊がバーベキューグリルを齧っているそうだ。おれといっしょに来て確認してくれないか?」

「まあ、まさか」リリスが言った。「きみは家に帰って、ガレージにいるかどうか調べてくれ」グレッグは妻に言った。

「いいえ。いっしょに行く」

エイブはパトカーに戻り、グレッグはその後について問題の地区に入った。彼らが到着したとき、コナーの家は真っ暗だった。歩道に降り立つとエイブが説明した。「獣に気づかれたくないから、と言っていた」

三人は、壁から離れないようにしながら家の横をまわった。近所の庭から犬が吠えたてる声が聞こえてくる。エイブの手には拳銃が握られている。

最初三人に見えたのは、何列にも並んだチューリップの花壇だけだった。しばらくすると、木の影からもうひとつの影が現われるのが見えた。身をかがめた、毛むくじゃらの影だ。獣の目が月の光を受けて光った。

「おとなしくしろ」エイブがテレビの警官のように言った。彼はグレッグに手錠を渡した。「自分でやりたいだろ?」

しかしリリスがふたりの横を通りすぎて、片手を挙げた。獣には彼女の匂いがわかったようだ。

「こっちにいらっしゃい」リリスが声をかけたが、獣はそれを無視した。

「これはまずいな」エイブが言った。

「ママのところに来るのよ」とリリスが言った。

エイブがちらりとグレッグを見たが、グレッグはエイブを見ないようにした。

それでも獣がいうことを聞かないので、リリスが「いますぐにこっちに来なさい」と命じた。

そいつは鼻面を上げ、喉を鳴らした。遠吠えのような音だった。

「そうよ」とリリスは言った。「A」

「バアグ」と獣が言った。

「A、B」リリスが言った。

そいつは肩を回してからゆっくりと芝生の上を歩いてくると、彼女の前にうなだれて立った。リリスは獣の手首を取り、「いいのよ、帰りましょう」と言った。

獣を後ろの座席に押し込むと、リリスはその横の食料品を脇にどけて自分が隣に座った。

「朝になったらミセス・コナーに電話をするよ」とグレッグはエイブに言った。

エイブは帽子をくいっと押し上げた。「明日、ポーカーだな」そう言うと、歩道を歩いてミセス・コナーの家に向かった。

グレッグは車に乗り込んで、バックミラーに映るリリスの目を見た。彼女は獣の右手を取り、そっと握り締めている。グレッグからは獣の顔は見えないが、うなじに土臭い熱い息がかかるのを感じた。


その家で暮らしているのはいまではエイブだけなので、ダイニングルームの食卓でポーカーをしてもよかったのだが、地下室にクーラーボックスを持ち込んで、その月の船の模型の進捗具合を見て、折りたたみ椅子を広げ、プラスチックのポーカーチップを回すのが習慣になっていた。エイブはコーリーがミネアポリスに戻る前の年に地下室を改装した。他の部屋を使えばエイブの職人魂を侮辱することになるし、妻の不在を否が応にも際立たせることになる。

しかしその夜、地下室は散々な状態だった。クーラーボックスから水が漏れて床を濡らし、プレッツェルは干からびていたし、いつもなら危険を顧みずに勝負に出るフィルが、どんな手でもすぐに降りた。とうとうエイブが言った。「もうお開きにしようぜ。明日は早いからな」

男たちは足を引きずるようにして階段を上った。グレッグが壁のフックから上着を取ったとき、その腕をエイブが押さえ、もうちょっといてくれ、と言った。他の者たちが帰っていくと、エイブは顔をこわばらせて言った。「おまえの親父さんは善良な人だったよ、グレッグ。おれの友だちだった」

エイブはグレッグより年が上だが、グレッグの父親より若かった。父親がポーカーの会に参加したことは一度もないが、エイブと父親がクーレイの店でいっしょにビールを飲んでいたことはグレッグも知っている。

「親父はいつもあなたのことを褒めてたよ、エイブ」

「だからちょっとばかり責任を感じてるわけさ。あんたの面倒を見なくちゃな、と。親父さんはそれを望んでると思ってな。でも、いいか。おれは親父さんのことをよく知ってたわけじゃない。でもあの人についてこれだけは言える。親父さんはやるべきことは自分でやったし、自分のことは人に打ち明けなかった。わかるか?」

「よくわかる」

「ならいい。それで、おまえのところのお客さんだ。グレッグ、ああいう獣には言葉を教えたりしちゃだめだ。あれがなにを話すか知りたいなんて思うやつがいるか? この件についておれの助けがいるならすぐに電話しろ。わかったな? おれはいつもここにいる」

その部屋はきちんと整頓されていて、コーリーが出ていったときのままだ。そしてエイブの白い靴下が、毛足の長い絨毯の中に沈んでいた。

グレッグは上着を着た。「ありがとう、エイブ」

玄関で、ふたりはおやすみを言い合った。グレッグが車に乗り込むと、ポーチの明かりが消えた。


グレッグは朝早く起きてコーヒーを淹れ、卵をゆでてトーストを作った。それから獣を連れてガラス戸を通り、裏庭に出た。鳥たちが木々のあいだで怒ったように囀《さえず》っていた。グレッグはオレンジを草に放り投げて言った。「やってみろよ。おまえの腕前を見せてくれ」

獣は躊躇《ためら》ってからオレンジを追いかけはじめた。鼻でオレンジを転がすのを、グレッグはコーヒーを飲みながら見ていた。「そうだ、いいぞ。もっとやれ」

獣はオレンジをくわえると、それを芝生の向こうに放り出した。グレッグはマグカップを下に置いてオレンジのところに行き、それを放り投げた。獣はオレンジを口でキャッチした。「いいぞ。それを引き裂け。やっつけろ」

獣は首を左右に激しく振ってオレンジを嚙みちぎった。果汁が顎に溢れ出た。そして残りを草の上に落とした。「よくやった」グレッグはそう言うと、獣を家の中に連れ戻した。

学校に早めに着いたので、駐車場のいちばんいい場所に停めることができた。授業計画はこれまで作った中でもいちばん出来がよかった。一時間目のために四色のチョークを使って黒板に箇条書きをしてから、最前列の席に座って自分の書いたものをうっとりと眺めた。

副校長のメレディスが、Tシャツに短パン姿で戸口に現われた。「おはよう、グレッグ。なにしているの?」

「中学の授業のための準備をしていたところです」明るい声で答えた。

「グレッグ、今日は日曜よ」

六年生の椅子ですらいやに大きく感じられた。

「日曜?」彼は言った。「だったら、あなたはなにをしてるんです?」

メレディスはバスケットボールを持ち上げた。「控えチームの練習よ」。短パンはスクールカラーのオレンジと青だった。

「なるほど」と彼は言った。「明日のために、板書はこのままにしておきますよ」

「校務員に知らせておいて。さもないと、消してしまうでしょうから」。メレディスはそう言って体育館に走っていった。


深夜をだいぶ過ぎていた。ぎらつく街灯に照らされた街角は、美術館の展示室に少し似ている。グレッグは、エイブのパトカーが家の前で停まるのを窓から見ていた。電話をしたのはミセス・ヘックだ。彼女の家の明かりが灯り、受話器を耳に当てて窓辺に立っている彼女の姿を先ほど目にしていた。グレッグは玄関の扉を開けてエイブを中に入れた。リリスが、コーヒーはいかが、と尋ねた。

「いや、結構だ」

ソファにはフィルとイリースが、ゴードンを挟む格好で座っていた。ゴードンの顔は赤くむくみ、片方の目のまわりはすでに赤黒く変色していた。グレッグが少年の悲鳴を聞いて目を覚ましたのだった。ガレージに行くと、ゴードンが隅のほうで倒れていた。獣は自分のベッドに戻っていた。頭にできていたかさぶたが開いていた。

「あいつがうちの子にやったことを見たでしょう?」イリースが嚙みついた。「死んでたかもしれないのよ」

リリスがエイブに言った。「ゴードンは家のスペアキーを盗んだの。先週、ミセス・コナーの庭にあの子を放したのはゴードンだったのかもしれない」。そしてイリースに向かってこう言った。「それにしてもゴードンは、うちのガレージでいったいなにをしていたのかしらね」

ゴードンはクッションに沈み込んでめそめそしていた。「かわいがろうとしただけだよ」

リリスはなにか言おうとしてその言葉を飲み込み、キッチンに行った。

エイブが言った。「服を着替えたほうがいいんじゃないかな、グレッグ」

グレッグは部屋の真ん中で黙って突っ立っていた。廊下を歩いて寝室に行き、その朝学校に着ていった服を着た。リビングルームに戻ると、フィルが言った。「なあ、エイブ。おれたちはこのことで大騒ぎをするつもりはないんだ」。イリースがフィルを睨みつけたが、フィルはかまわず続けた。「朝になったら話し合おうじゃないか。こんな時間にあんたを煩わせたくない」

「息子を家に連れていけよ」エイブが言った。「明日は学校だろ。ゴードン、鍵は返したのか?」

ゴードンが頷いた。

「じゃあ、これでいいな」

「この目はどうしてくれるの?」とイリースが言った。

「氷で冷やすんだな」とエイブ。

フィルは妻と息子を外に連れ出し、ステーションワゴンに乗せた。一分後には通りをゆっくりと去っていった。

リリスがキッチンで怒りを爆発させた。「あのガキは自業自得よ」

「リリス」グレッグが言った。

「そのとおりかもしれんな」エイブが言った。「グレッグ、お客さんを連れてきたほうがいい」

獣はガレージから眠そうな足取りでやってくると、外に引き出されるがままだった。ひづめが歩道に当たってカツカツと鳴った。ミセス・ヘックの家のカーテンが、さっと閉められたのをグレッグは見た。

玄関の戸口でリリスが言った。「あの子はわたしの名前が言えるのよ、グレッグ。ねえ、あの子はわたしの名前がわかるの」

エイブの車に乗り込んだ。獣は後ろに乗せられた。エイブは警察の無線の音量を低くして、町の外れの、グレッグの父親の家まで車を飛ばした。グレッグは夜に買い物に行かなければならないようなとき、父親の家の前をよく通った。キッチンの明かりがついているときなどには、親父はあそこで何をしているのだろう、と思った——カウボーイ映画を見ていたのかもしれない、あるいはジントニックを飲んでいたのか。しかし、立ち寄ったことは一度もなかった。いまその家は真っ暗で、前庭に不動産屋の看板が立っている。しかし生垣は刈り込む必要があり、雨樋は冬が来る前に掃除しておかなければならない。

車から出た獣は、大気の匂いを嗅いで瞬きした。

「自分の家だってわかるんだな」エイブが言った。

グレッグは獣の腕を取った。三人は家まで歩いていき、そこを通りすぎて森のほうに向かった。裏庭に着くと、エイブが言った。「おれはここにいる」。そしてグレッグに拳銃を渡した。

森に入っていくとき、グレッグは夢の中にいるような気がした。横には獣がいて、自分は教師の格好をしている。靴の下で枯れた松葉がかさかさと鳴る。見慣れたように思える空き地までたどり着くと、湿った草の上に腰を下ろした。九歳か十歳のころ、ここに要塞を作った。父親も手伝ってくれた。材木を縛る麻糸や、屋根を覆う布を持ってきてくれた。インディアン風のテントで、その夏グレッグは何度かそこで寝たが、雨が降ると雨水が染み込んできた。父親は、次に作るときにはインディアンのように鹿皮を使うべきだな、と言った。それでグレッグが、それはどこで手に入るのと尋ねると、「鹿の皮を剝ぐんだ」という言葉が返ってきた。グレッグはテントを壊し、二度と作ることはなかった。

獣は地面に鼻をくっつけて歩きまわっていた。それがいま、グレッグのところにやってきて、彼を見上げている。松ぼっくりを鼻で空き地の向こうに放り投げたのだ。そして何か言いたげに口を開けたが、声を出す前にグレッグが立ちあがった。

拳銃の撃ち方は知らなかったが、撃った。それから庭を横切って戻っていった。エイブは拳銃を受け取り、ホルスターに収めた。

町に戻る途中で小学校の前を通った。テニスコートやサッカー場を照明が煌煌《こうこう》と照らしている。そして校舎の中では、グレッグが黒板に書いた文字がそのまま残っているのだ。無線機からは警察の指令係が次々にコード番号を告げて、陸橋にエンジンがかからない車が捨てられている、女性が胸の痛みを訴えている、隣の夫婦喧嘩の声が大きくて眠れない、冷凍庫から氷を砕いて出そうとして手を怪我した、などと伝えていた。

エイブが無線を切り、「いまは静かなほうがいい」と言った。

瓶詰め仔猫

オースティン・バン

怪物がどこからやってくるか知りたい者なんていない。でもぼくは、その場所を知っている。ぼく自身が怪物だからだ。そこは壁がベージュと白の防音室で、扉は酸素が漏れないように密閉されている。その純酸素の中で生まれるために、怪物がいたるところからやってくる。純酸素なのに、ワセリンと焦げたトーストに似た匂いがたちこめている。

部屋の外には、カーテンで仕切られたベッドが六台ある。そこでは看護師が、死んだ人の皮膚を患者の皮膚の上に載せている。怪物の皮膚になくてはならない栄養分が含まれているからだ。物事にまったく動じないアジア系の看護師が、わたしがあなたの顔の上に置いているのは死んだ男の皮膚で、コールドカット（ハム・ソーセージなどの冷肉の薄切り料理）にそっくり、と言った。彼女がガーゼにそっと触れたとき、悲鳴が聞こえた。その悲鳴はぼくの中から出たものだった。内部からの突然の噴出。でも、どこから出てくるのかわからなかった。

人間としてのこれまでの時間を忘れるために、看護師が薬を飲ませてくれた。でもその薬を飲むと、単語の始めと終わりが消える。それでその中間の音しか出せなかった。ぼんやりしていないときに出る長く引き伸ばされた母音、荒い呼吸の音、すすり泣き。母が雑誌や音楽を届けてくれた。イヤホンは残ったほうの耳にしかつけることができなかったけれど、音楽はぼくを救ってくれた。映画音楽がぼくの命を救ってくれたのだ。

「あいつがここにいるのよ、ランディ、この病院に」母がぼくに言った。ぼくを怪物に変えたその少年は、別の階にいて、まだ生きていた。ぼくは看護師に、忘却の薬をできるだけたくさん飲ませてほしい、と頼んだ。

「もうすぐ痒みを感じるようになりますよ」とアジア系の看護師が言った。彼女はぼくのベッドの脇に座って、それがどんな感じのものか自分の顔を引っかいて教えてくれた。彼女はピンク色の口紅をつけ、濃いアイラインを引いていて、ひどく醜かった。年齢は百歳で、近年はバスで通勤していた。でもその指はとても優しく、ぼくが唯一受け入れられる指だった。「痒みを感じたら、好きな場所のことを考えなさい」と彼女は言った。ぼくは最後の夜のことを考えた。ショッピングモールの駐車場。メリッサ・カーマイケルの膝。メリッサのことはよく知らなかった。一度も見舞いにこなかったメリッサ。さよなら、メリッサ。

一度、赤ん坊の怪物がやって来た。その子は暖房の通気口に入り込んで、熱い金属に体を押しつけたまま動けなくなってしまったのだ。赤ん坊に薬をのませるのは危険だが、悲鳴を上げつづけるので、医者は仕方なく薬を与えた。それでその子はおとなしくなり、カーテンの向こうで一晩中、酸素吸入器がカチカチゼイゼイ鳴る音が聞こえていた。そのうちポンプが止まり、その子の母親は息を呑んですすり泣いた。母親は通気口を直しておくべきだったのかもしれない。いきなりぼくも泣きだしたが、顔が引きちぎられたような、破れた紙袋になったような気がして泣き止んだ。そのときに、痒みを感じた。激しく、容赦ない痒みを。翌朝、看護師はぼくの両手をベッドに縛りつけた。

ようやく母が新聞を買ってきてくれた。母はぼくの腕に手を置いてこう言った。「ランディ、彼は死んだわ。ほらここ」。訃報欄の上のほうに載っていたのは高校の卒業記念写真だった。母はほんのちょっぴり笑みを浮かべた。顔の筋肉がほころびるのをぼくは見た。

それからすぐに、ぼくは看護師に薬をやめてほしいと頼んだ。家に帰って、自分の人生を思い出すときがきたのだ。どの怪物もみなそうだったように、これまで頭の中に現在はなく、ふたつの矢があった。ぼくの望む未来へと向かう人生と、ぼくを作った過去へと向かう人生。ふたつの矢は同じ速度で、反対の方向へ動く。そのふたつを頭の中で同時に摑もうとすれば、どんな人でも頭がおかしくなるに決まっている。

怪物が話すホラー話は、果たしてホラー話なのだろうか？

出来合いのスーパーヒーロー、カウガール、魔女たちが、ラトランド消防署の入口付近に列を作り、怖い思いを味わうのをいまかいまかと待っている。人で溢れかえった駐車場には、大人用の扮装をした親たちが車によりかかって、両手に息を吹きかけている。ハロウィーンの夜だ。ぼくは髪をポニーテールにしている。扮装といえば、首のまわりに取りつけた「さあ、よく見てごらん」という看板だけ。

煉瓦の壁に立てかけられている墓石が、赤ん坊の歯みたいだ。駐車場の外れにある木の枝には、黄色い医療用の骸骨がぶら下がっている。若者がひとり、その尾てい骨の端を強く弾いた。木々がざわざわと揺らぎ、小枝がばらばらと落ちてきた。今年はすでに大気が、顔の前で冷凍庫のドアを開けたような冷たさになっている。冷気に触れると痒くなる。熱気、汗、冷気、涙、笑み。どれも痒みをもたらす。そうなると、搔きむしらないように両手を忙しくさせておかなければならない。ぼくは両手を、車の温かなボンネットに押し付けるが、不安を覚えているせいか、いっこうに温まらない。

ジェスはまだ来ていない。ジェスなら温めてくれるだろう。

「これを見ろよ」とソルヴァンが言う。「こいつならガツンとくるぜ」

ソルヴァンはトランプ・カードをボンネットの上で裏返した。この三カ月というもの、彼は昼にチーズと玉葱のサンドイッチをぱくつきながら、いちばん新しいこのプロジェクト、つまり彼がデザインしたトランプ・カードについてのことを、いちいち教えてくれていた。ソルヴァンは、ぼくの職場であるクレイマー写真修正館の隣の印刷会社で働いているので、印刷機械を使うことができた。勤務時間後に、彼はカードの裏になんともおぞましい写真を印刷する。インターネットから集めてきた見るも忌まわしい写真だ。犯罪現場、ナイフでの事故、手足切断などの写真。ソルヴァンはアフリカの西北部《ノーザン・テリトリーズ》で子供時代を過ごした。ひと部屋だけの小屋に両親と住んでいた。両親は無骨なスウェーデン人で、人生とは交換可能なものを持つことだ、と息子に教えた。いちばん新しい写真では、女の子が胎児のような格好で、ピンク色の液体の中に横たわっている。

「当ててみな」ソルヴァンは言う。

「大きな鞄の中にいる子供」とぼくが言う。

「はずれ」

「わたしは知りたくない」とソルヴァンの妻のキャリーが言う。「そのカードは気持ち悪すぎる」。

彼女は片手で髪をかきあげ、もう片方の手でグリッター（きらきら光る砂粒のようなもの）を降らせる。日中、赤ん坊の世話をしていないときには、彼女はゲレンデにある民宿の清掃係をしている。今夜彼女は、銀色のマントとティアラをつけて、妖精の名付け親《ゴッドマザー》に扮している。ウィッカ（イギリスの魔術崇拝）を信じていたときがあったので、装飾品の着け方を知っているのだ。魔法の杖は、カーテンの棒の先にアルミホイルの球をくっつけたもので、ぼくは騙されたような気分になる。それでホイルの球を尖らせて星型にする。

「女の子を呑み込んだ大蛇だ」ソルヴァンが言う。

「それは別のやつだと思ったけど」とぼくは言う。

「あれは男を呑み込んだシャチ」

彼は次のカードを裏返す。シャム猫が瓶の中に入っていて、顔をガラスに押し付けている。髭は切られていて、それほどおぞましいものには見えない。「よく見ろよ」とソルヴァンが言う。「この猫は死ぬまでこの瓶の中から出られない。大きくならないように、飼い主は猫の顔にマリファナの煙を吹きかけている」

「最低だな」

「何かを狭いところに押し込んで、ずっと小さいままにしておきたいって思うやつもいるんだ」

「ねえ、他の話をしない？」とキャリーが話に割り込んできた。「もっと普通の話をさ」。キャリーは、ソルヴァンがこんなふうになるのを嫌っている。ガツンとやられるのが好きじゃないのだ。

患者用のスモックを着た少年が、父親のあとからぼくたちのところに近づいてきた。少年の額には傷があって、そこから血が流れている。パイ皮と赤い染料で作ったものだ。入念にメイクしたらしいが、たいした効果はあげていない。その子が口を開いた。

「その顔、ものすごいね」少年がぼくに言った。「どうやったの？」

父親が少年を引っ張った。「すまない。この子はホラー映画が好きなもんでね」

ぼくがその子にかがみ込むと、首から下げた看板がぶらぶら揺れた。それをその子によく見てほしかったのだ。脅かすつもりはなかった。「こんなふうになるまでに五年かかったよ」とぼくは言った。男の子は目をぱちくりし、ぽかんとした顔つきになる。父親が無理やり笑って、それから息子を引っ張って列に並ばせた。まるで、ぼくの傷が伝染するとでもいうように。

「あとどのくらい待たなくちゃならないのかな」とキャリーが言う。「ポスターには八時って書いてあったけど。もうとっくに八時を回ってる」

今夜は、エディ・コジマノのショーがある。彼の名前がポスターにでかでかと書いてある（「FXの魔術師エディ・コジマノによる恐怖体験、『ランプルスティルツキンⅡ』『アマンダ・ジェインの魔法』」）。エディは絶対に派手な登場の仕方をするだろう。ぼくは高校時代からエディを知っている。九年前になる。そのころ、ぼくたちは視聴覚室でテレビ台をあちこちに動かして作業していた。エディは古い映画が好きだった。だれもが死体そっくりに見える、ピアノの高音がチリチリ鳴る映画が。卒業後、エディはカリフォルニアに行って映画の仕事に就いたが、クレジットにある彼の名前を見るには一時停止ボタンを押さなければならなかった。先週、彼は「ヘア・ウィ・アー」に出演したときに、ラトランドに戻って再出発するつもりだ、と言っていた。そういう男だ。彼は再出発をするのだ。

「寒い。だれかあっためてよ」とキャリーが言う。ソルヴァンが彼女の肩を擦《さす》り、寄り添ってキスをする。ぼくはいまだにキスがどんなものか知らない。知りたいと思っている。ソルヴァンは、蛇口から水を飲むときのように唇を突き出している。彼女がなくてはならない要素でもあるかのように。彼女はかすかなうめき声をたてる。ふたりはぼくのためにキスをしてるのだと思う。愛を交わす姿を見るのはいいものだ。

そのとき、窓の黒いヴァンが駐車場に入ってきて、ヘッドライトがぼくたちの顔を照らした。人の列が崩れてヴァンを取り囲み、わいわい騒いでいる。運転手側のドアが開くと、霧がこぼれるように流れた。エディがここにたどり着くまでの道のりのことを知っているので、ぼくの心臓は少し痛んだ。黒いブーツが見えた。膝まで留め金がついている。そしてエディが運転席から降りた。オーバーコートを着て、「RⅡ」と白抜きされた帽子をかぶっている。髭には、ミステリーサークルのような跡がある。彼は群衆をざっと見てから、キイを解除する。後ろのドアが開いて吸血鬼の格好をした娘の一団がすらりとした脚を伸ばし、彼の後に続く。最後に現われたのは——いちばん奥の座席に乗っていたのだ——ジェスだ。ぼくの心臓の杭。すべてを解く鍵。彼女は顔全体が石膏のように真っ白で、目と唇が真っ黒だ。炭のように黒いマントから、ブラウスが覗いている。格子縞のプリーツスカートにわざと穴を開けた白いレギンス。お堅いカソリック・スクールの女子学生そっくりだ。灰色の牙が二本出ている点を除けばだけれど。彼女はどこに行くのかわからず戸惑っているが、エディがすぐに彼女を建物の中に連れていく。

　痒みが、気をつけろ、と警告する。右手をポケットの中に素早く入れて、そこに薬があることを確かめる。すべて、そこにひっそりと無事に、ある。ぼくが選んだパートナーに飲ませる白い薬《ルーフィー》が（デート・レイプ・ドラッグとして有名）。これ以上は待てない。今夜、ぼくは『ジャックと豆の木』のジャックだ。茎が伸びてきたぞ。雲の上まで登っていくぞ。

　ジェスは晴れ着を着てクレイマー写真店の入口に立っていた。きつめの青いVネック・セーター。茶色の髪が顔のまわりにカーテンのように垂れ、J・C《イエス・キリスト》と彫られた十字架が、胸のふたつの丘のあいだにそっと載っていた。前に来て撮ったときと同じ装いだった。ぼくが唯一灯しておいたポーチの明かりに照らされて、彼女はふわふわした前髪を手でかきあげた。

「撮り直しに来たの」と彼女は言った。

「一時間の遅刻だ」。ぼくはドアのところで、見栄えのいいほうの横顔を彼女に見せながら言った。彼女は、J・Cを鎖の上で左右に動かした。試験中はきっとJ・Cを口に入れているにちがいない。

「ごめんなさい。学生委員会があったから」と彼女は肩をすくめた。

秋の一カ月半のあいだに、郡内のあらゆる学校から記念写真がクレイマー写真店にどっと送られてくる。一年の収益の半分にあたる仕事だ。十月は卒業アルバムの季節。ぼくは店の奥の、人から見えないところで働いていて、カラー・ガン（写真修正をするペン）で顔色を明るくしたりニキビを消したりしている。ぼくがこの手の修正を得意としているなんて、だれにも想像がつかないだろう。でも、あの事故の前からここで働いていたし、事故の後もクレイマーに雇ってもらえたので、修正の腕前が上がった。とてもよくなった。ぼくほど写真を丹念に見る者はいない。ぼくは毛穴までぜんぶ見る。ほんのわずかな余分な光や、第三の目のようなケロイドを見逃さない。人はたいてい肌で判断されるのだから。

ぼくはジェスを二階のスタジオに案内した。ドアに鍵をかけた。明かりを極端に暗くした。ぼくが踊り場にあったカタログに足をとられて手すりにぶつかったとき、ジェスはかなり間をおいてから「気をつけてね」と言った。互いの身を案じることに疲れきっているかのように。

クレイマーと他のスタッフはとっくに帰宅していたので、スタジオにはぼくたちふたりしかいなかった。ぼくは、スタジオをどうやって暗くするかをじっくり考えて計画を立てた。彼女がフラッシュライトに照らされ、ぼくがベルベットの布に覆われたレンズの陰にいる。そのうち彼女は意識を失うだろう。カーテンが引かれていたが、スタジオはひんやりして戸外にいるかのようだった。「森の空き地」が壁にかかっていた。これは、白樺や枯葉が写っている四メートル幅の紗幕だ。クレイマー写真店では、「星空」「四十二丁目通り」「森の空き地」が記念写真の背景に使われる。

「コーヒーを淹れたんだ」とぼくは言った。

コーヒーはライトテーブル（フィルムをチェックする際に使う、下から照明を当てるテーブル）のところに置いておいた。薬の味をごまかすためにとても濃くした。

「ありがとう。でもいらない」彼女は言った。

「ソーダは？　ソーダもいらない？　もっと強い飲み物のほうがいい？」ぼくは彼女が来る前に、神経を静めるために酒を二杯飲んでいた。

彼女はぼくの質問を無視した。人生のどこかで女の子たちは、投げかけられる質問にすべて答えなくてもいい、ということを学ぶ。そういうわけでぼくの計画は、その夜の野望は、潰《つい》えた。現像液に長いあいだ浸けていたプリントが真っ黒になるような具合に。でも薬は長いあいだ放置していたって大丈夫だ。

ジェスは、ぼくがライカを備え付けているあいだ、記念写真用のスツールに座ってくるくると回っていた。店主のクレイマーはデジタル・カメラを使わない。大判、大きなネガしか扱わない。そのほうが修正などが自在にできるのだ。ぼくはこのカメラをとても気に入っている。艶消しされた金属で、扱いにくいけど。ぼくは九十ミリのレンズに替えて、その倍率で彼女の顔にピントを合わせた。カメラのフレームに収まった彼女は、二本の前歯のあいだにわずかな隙間があった。皮膚はクリームのように白く滑らかだった。骨格は柔らかく盛り上がっている。それを枕にして頭を載せたいと思った。ニキビや傷跡はない——跡が残らないように手当てをしたのだろう。ブラシで修正する必要はほとんどないだろう。

「こんな森が背景だと、ジオラマにいるみたいな感じ」と彼女は言った。「いっそ、インディアンの格好をして槍を持っているべきね」

「きみの申込書《フォーム》には『森の空き地』ってあったよね？」

「わたしは形式《フォーム》なんかどうでもいい。形式を大事にしているのは母よ」

不意に、彼女はぼくのものだという感覚に襲われた。家族がいることを彼女に思い出させたくなかった。こんなに近くで、こんなに間近で、絞りを対象に向けて調整していると、自分だけがそれを見ていたいと思うものだ。ぼくはフラッシュを試してみた。再充電する悲しげな音が、最高音域まで昇っていく。他の生徒の写真も紛失してしまったのか、と彼女は尋ねた。ぼくは嘘をついた。

「みんな撮り直したいと思ってるはずよ」と彼女は言った。

「だろうね。でも、十七歳で頂点を迎えたくなんかないだろ」ぼくは言った。「四十五歳になって、この頃が最高だったなんて思いながら卒業アルバムを見たかないはずだよ」

「四十五歳で卒業アルバムを見たら、きっとこの目をくりぬいちゃうわ」

それから彼女はしばらく考えて、J・Cを首から外してライトテーブルに置いた。彼女の無頓着ぶりが垣間見えた。授けられてきたものを取り外す姿。その姿にぼくの心は震えた。一瞬の決断。カメラでは決して捕らえられないもの。

「ハロウィーンの計画は？」ぼくは沈黙を埋めようとして訊いた。彼女がエディに招待されていることを話したのはそのときだった。

「彼ってゲイなの？」と彼女が尋ねた。「だって、彼の興行で吸血鬼になってくれって言うし、お化粧するのがとても上手みたいだし」。突然、忘却の彼方から再びぼくの計画が浮かび上がってきた。だったら、そのときでいい。そのときに薬を使えるぞ、と。

「彼はゲイじゃないよ。もともとの基本に忠実だ」。ぼくがそう言うと彼女は笑った。まるでぼくに心を開いたかのように。

「じゃあ、いいかい?」ぼくは声をかけた。

笑顔を作るのはいつも難儀な仕事だ。笑みは口の形とは関係がないからだ。すべては目にかかっている。彼女の顔に笑みが浮かんだが、それは顔の下半分に限られている。なにかわだかまりがあるときにそういう顔になる。「ありがとう」と彼女は言って、階段を一段抜かしで下りて帰っていった。

「きれいな写真に仕上げてね」

ハロウィーンで沸きかえる消防署内は薄暗い。ぼくは黒いペンキで塗られた長い廊下を歩いていく。低いところにぶら下げられたちゃちなコウモリは夜までもたないだろう。廊下の先はキッチンで、シーツに覆われた子供が、テーブルの上に横たわっている。合図とともに、チェーンソーのモーター音が鳴り出し、サウル・チャーチが——街中の木を刈り込んでいる人物だ——ドアの陰から姿を現わす。音がとてつもなく大きくなり、ソルヴァンはキャリーの耳を塞いでやる。サウルが悲鳴を上げている子供の腹をチェーンソーで切り開くと、大量の液体と内臓がどっと空中に飛び散る。ソルヴァンが、自分の着ている防弾チョッキからその欠片を拾い上げる。焼いたパスタだ。

チェーンソーが静まると、腹を切り開かれた子供が両手を腹の傷口に突っ込んでその味見をする。サウルはその子の頭をコツンと叩く。「自分の内臓で遊んじゃいかんよ。効果が台無しだ」

次の部屋は中級者向けだ。ゾンビの姿をした十歳の子供たちの一団が――エディはここの演出にはかなり苦労しただろう――ぶつかり合いながら、ふらふらと歩きまわっている。十二歳くらいのパジャマ姿の悪霊がぼくたちにしがみついてきて、小銭をねだっているみたいに見える。キャリーがその子を払いのけるが、ぼくはその子の前に立ちはだかって言う。

「エディはどこ？」

その子は禿頭の鬘《かつら》をかぶりなおす。「あの女の人はどうしてぼくを突き飛ばしたの？」

「きみが突っかかってきたからだよ」

「エディがそう言ったんだよ、突っかかれって」

「で、エディはどこ？」

「屋上。他のみんなといっしょにいる」とその男の子は答えてから、キャリーに向かって怒鳴った。

「人を突き飛ばしちゃいけないんだぜ、おばちゃん」

ぼくたちは他の部屋を急いで通り抜ける。さらに大勢の子供たちが椅子やマットレスの陰から飛び出してくる。その部屋の中ではずいぶん年がいっているヴィデオ・キングの長髪マネージャーが、スペンサー・ギフトショップで買ったウンコ垂れのびっくり衣装を着て、小便に似た液体を撒き散らしている。シャワーのように降り注ぐ液体の中で、白いシーツに身を包んだ娘がハープを弾いている。ソルヴァンがその娘に目を留めると、その子はうれしそうに手を振る。キャリーがソルヴァンをからかう。

「いったい、どなたよ？」

「知らないなあ」とソルヴァンが言う。

キャリーは魔法の杖で彼の頭を叩く。

「やめろよ。杖でぶったら痛いだろうが」

奥の出口から外に出ると、屋上の声が聞こえてくる。ジェスもそこにいるに違いない。ぼくがソルヴァンとキャリーに、パーティにもぐり込まないか？　と誘うと、ふたりは夫婦者ならではの逡巡を見せる。つまり、彼女のほうは彼がどうしたいのかを知ろうとし、彼のほうは彼女がどうしたいのかを知ろうとしてぐずぐず五分間も費やし、結局、くたびれたから外出はしないという決断を下すといった具合だ。しかし、今回だけは、キャリーのほうが勝った。「家に帰ったところで何になるの？　ベビーシッターに任せておけばいいわ」

屋上は市営プールほどの広さがあった。飲み物が並べられた長いテーブル、チーズ味のスナック菓子を山盛りにした器、ランダムに曲を流すラジカセ。月面のようなうら寂しい床には通気孔と天窓がある。マリファナの煙が、それを吸っている者たちの上に雲のように垂れ込めている。別の隅では、グルーピーたちがエディを取り囲み、エディは「最初の一時間で千ドル以上稼いだ」ことを自慢している。彼の顎が、脳内で作られた何かの薬品で休みなく動いている。

「千ドルも？」サンダルをはいて首に矢を貫通させているキューピッドが言う。「大量のＣＤで」

ジェスがいる。屋上の縁によりかかり、発泡スチロールのカップに牙を突き立てて孔を開けていた。退屈そうに見えるのに、瞳は音量調節のつまみのように大きい——エディが黒いコンタクトレンズを彼女に装着させたのだろう。ぼくの肺から空気が吐き出される。

「ミスター・ランディ・ディシルヴァ！」エディがぼくを呼んだ。「やあ、ずいぶん久しぶりじゃないか」。手を振ってぼくを呼び寄せ、背中をぽんぽんと叩く。それから首を傾けてぼくの顔をまじまじと見るので、ぼくはオーディションを受けているような気持ちになる。

「なにを使った？」と彼が訊く。「ラテックスの糊か？」

ぼくは首を横に振る。「ラテックスじゃない」

「ゼラチン？」

「ガラスだよ」ぼくはあえてそう言う。「それから火」

その意味がわかるまでぼくは待とうとしたが、彼はかなりラリっていて理解できない。「はあ？」

ソルヴァンが現われて、話題を変える。「それで、エディ、アマンダ・ジェーンはここにいるのか？」

「あの、くだらん映画に出ていた娘か？」エディは言う。「ああ、いるよ。ビール樽のそばでウィジャ（「こっくりさん」のような降霊術）をやってる」

間抜けのソルヴァンは、その娘を探そうときょろきょろする。キャリーが、自分ではなく娘を探しているソルヴァンをじっと見ているので、ぼくの心はちくちくする。キャリーはソルヴァンに誠実だが、それは野良猫に餌付けをしようとして、餌の皿を外に出しておけば野良猫がやってくるものと思うようなものだ。ソルヴァンは森で育った。そのうち森に戻っていくだろう。このふたりは問題を抱えている。ソルヴァンから聞いたのだが、キャリーの体から赤ん坊が出てくるのを見てからというもの、勃起しなくなったという。「別のなにかが出てくるんじゃないかと思ってしまってな」と言った。

「トランプ・カードのせいだよ」ぼくは言った。「そいつがあんたを駄目にしてるんだよ」

ぼくはエディから離れて飲み物のテーブルに向かう。ポンプ式の樽からビールを二個の赤いプラスチック・カップに注ぎ、テーブルの角で青い錠剤を砕く。完全な粉末にならずに泡の中に浮かんでしまったので、それを指でかき混ぜる。あの子にたいした量はいらない。ぼくが近づいていくと、目を上げた彼女は、なにも見ていない虚ろな表情をしている。汗で痒くなってきた。その痒みが計画開始の命令を下す。

「ジェス」ぼくは話しかける。「ぼくだよ、ほら、いつだったかきみの卒業記念写真を撮った」

「ランディ、よね?」彼女は言う。打ち解けた顔つきになるのにちょっと時間がかかるが、そのうちぼくたちはきっと親密になれるはずだ。彼女の口から牙が所在なげに飛び出していて、ウサギのようだ。「ごめんなさい。わたし、なんにも見えない」と彼女は言う。「このコンタクト、本当に腹が立つわ」

「ビールを持ってきた」とぼくは言う。彼女はカップを受け取ったままで、口元には持っていかない。

「それで、あなたの衣装は?」

「普段の格好。『お隣の少年』の格好だよ」

「ああ、それは……難しいわね。時間のかかる格好」。彼女の手袋は、指の部分がちょんぎれている。青みを帯びた指先で、彼女はスカートのプリーツを一山一山折り重ねている。膝はすぐそこにあって、レギンスの裂け目から見えている。痒みが、そこから始めろ、と言う。

彼女は手を差し出す。

「これ、ほしい?」と言う。ミントグリーンの錠剤が掌に載っている。水槽の中にある小石みたいだ。強烈な麻薬だ。「エディが、アスピリンだって言ってた」

ぼくはそれをつまんで、駐車場めがけて高々と弾き飛ばした。

「エディは嘘つきだ。あれはアスピリンじゃない」ぼくは言う。

「それに、エディは靴下みたいに臭い」彼女が言う。

「それに、彼の映画は最低」とぼく。

「彼の映画は映画ですらない」と彼女。

それほど頭の回転がよくなくてもいい。自分は輝いていると女の子が感じられるようにすればいい。ジェスが顔をほころばせる。とっておきのその笑みを見て怯《ひる》んだぼくは、どうしてぼくの名を知っているのか、と彼女に尋ねるきっかけが摑めない。


彼女を見つけたのはこういう経緯《いきさつ》だった。

ぼくは双子のブロンコ兄弟の顔をめちゃくちゃにしてやったところだった。この双子はイースト・ラトランドの出身で、雪つぶての中に石や画鋲を入れていた悪ガキだ。ぼくはふたりの気取った姿を見て、こいつらには大きなニキビがお似合いだ、と思った。それでカラーガンで赤い点々を少し加え、肌色を消した。仕上がってみると、ケニー・ブロンコは重症の皮膚病患者みたいになった。

それですぐには彼女に気づかなかった。彼女の写真を仕上がりの容器に入れようとした。入れかけた。そのとき、ある像が写真として浮かびあがってくるような気がして、ぼくはまじまじと彼女を見つめた。青いセーターの上の頭部、茶色い髪、あの十字架。肌はトロフィーのような金色。なにかの続篇みたいに、見覚えがあるような気がした。

そのときぼくが見ていたのは彼女の顔ではなかった。脳裏に焼き付いている顔、「森の空き地」の前で撮った彼の顔だ。新聞の訃報欄で、彼女の兄の顔を知った。ぼくが退院して見る気が起きるまで、母がその欄をとっておいてくれた。でも継父が「ぼくのためを思って」それをゴミ箱に捨ててしまい、母は救い出さなければならなかった。油にまみれていたけれどはっきり見えた。エリック・デニング、十七歳とあった。彼は芝刈りの会社を始めたばかりで、大半の人々と同じように、ラトランドから出ていく計画を立てていた。ぼくも、怪物になる前は、出ていくつもりでいた。彼女と兄は双子みたいにそっくりだった。大きな目、ドライヴ・イン・スクリーンのように広くて親しみに溢れた額も同じだった。彼女の家族は全員、だらんとしたJ・Cを首にかけているのかもしれない。きっと、J・Cは彼女の兄にとってなんらかの役に立ったのだろう。

ぼくはわかったことを確かめるためにクレイマーの一覧表を調べた。ぼくの手にしている写真は、ジェシカ・デニングだった。ジェシカ、ぼくはきみのお兄さんには会ったこともなかったんだよ。ところが五年前、酒を飲んで退屈していたきみの兄さんは、ぼくの時間を歪めてしまった。兄さんの車が追越し禁止の中央線から飛び出して、ぼくの人生をまっぷたつに引き裂いたのだ。

ぼくはジェシカのネガを乾燥キャビネットから取り出し、同僚たちが全員昼食に出て行くまで待った。ネガに傷をつけるのは、カッターをさっと一度走らせるだけでよかった。これはぼくがこれから彼女にする行為のほんの手始めにすぎなかった。クレイマーが不意に部屋に入ってきたときは心臓が飛び出すかと思った。彼はオフィスの冷蔵庫めがけて突進していった。

「ミスター・クレイマー、これは撮り直したほうがいいですよ」とぼくは言った。「ネガに傷がついてました」

クレイマーは傷を見て口笛を吹いた。「じゃあ、来週撮り直すようその子と日程を調整してくれ」と彼は言った。「その子はおまえに任せた」

下の消防署の駐車場に、一台のパトカーが入ってきた。点滅するライトを目にしたとたん、屋上にいた者たち全員が、あたりの空気を手で扇いでマリファナやら何やらの匂いを追い払った。五秒くらいのあいだはそれがいいアイデアのように思えた。しかしその後一斉に走り出した。階段が人でごった返している。「ようこそ、くそったれ村へ」とエディが屋上にいるみんなに言う。彼はパンツを引っ張り上げて階段に向かう。「エドワード・カジマノの伝説を忘れるな！」と叫んだ。

「どうしたの？」ジェスが瞬きしながら言う。「なにも見えない」。彼女のビールが床に置かれる。もう飲むことはないだろう。

「警官だよ」とぼくは彼女に言う。

「ほんと？」彼女はマントを引き寄せる。「わたし、大学の入学申請をしたのよ」

ソルヴァンが突進してきて、ぼくの肩に腕を回す。「ねえ、きみ――きみはこの男を好きになるべきだよ」とソルヴァンはジェスに向かって言う。酔っていて、声がでかい。「ランディは愛する準備ができている」。そう言うソルヴァンは、落とし穴用の竹やりが刺さった姿だ。まるで彼の作った残虐なトランプ・カードみたいだ。

キャリーがやってきて彼を捕まえる。「この人、ゾンビの子と酒のみ競争をやったのよ。急がないと」

ジェスは牙を抜き取って言う。「わたしもいっしょに行く」

いきなり、彼女がぼくのものになる。壁に向かって進んでいくと、すっと壁を通り抜けられることがあるのだ。

ぼくはソルヴァンを肩に担ぐ格好になる。階段をなんとか降りて一階にたどりつく。外に出ると、エディが警官たちと言い合いをしている声がする。両腕を大きく振りまわしている。車がぼくたちのそばをびゅんびゅん通り過ぎて、駐車場から飛び出していく。ソルヴァンをぼくの車の後部座席にどさりと下ろす。振り向くと、キャリーがガウンで口を拭っている。その足元にどろどろのものがある。

「ちょっと吐いただけ」とキャリーがうろたえもせずに言う。

ジェスはそれをよけて歩く。「まるでショットガンね」

ぼくたちは、ボーナストラックに入っている曲を待つみたいに、押し黙って駐車場を後にする。ソルヴァンとキャリーを先に下ろさなければならないが、ふたりはウェスト・ラトランドの自動車修理工場の向こうに住んでいるので、ちょっとしたドライブの距離だ。車が私道に入っていくと、木造の階段にティーンエイジャーのベビーシッターが座っていた。彼女が車までやってくる。「あんたたちが戻ってくるのをずっと待ってたんだから。十時にわたし、パーティに行くことになってたのに」

ソルヴァンが外に吐く。ベビーシッターはうんざりして、十段変速の自転車に飛び乗る。「赤ん坊は寝てる――心配してるんならね」と言い捨てて去っていく。

しばらくぼくたちは車の中でじっとしている。「妊娠してるの」とキャリーが両手を見ながら言う。「だれかに知っておいてもらいたくて」

だれも口を利かない。ぼくがソルヴァンを家に連れていき、後ろからキャリーが黙りこくったままついてくる。ふたりの家はめちゃめちゃで、赤ん坊が模様替えをしたかのようだ。WWFのレスラーの等身大の切り抜きが――ソルヴァンは立ち直れないだろう――リビングルームに散らばっていて、ならず者で満ち満ちている。ソルヴァンを寝室のベッドの上に寝かせる。ウォーターベッドの水の動く音が、消化している胃のような音を立てる。

ソルヴァンの唇が灰色っぽくなっている。彼は目を開けると、ぼくの頭を自分のほうに引き寄せた。

「なに?」

彼はぼくの手を自分の勃起したモノの上に載せる。誇らしいのだ。科学実験はなんとかうまくいったわけだ。

「これが証だ」彼ははっきりしない口調で言う。

「なんの証?」

「死んでいない証」

キッチンで、キャリーが小さな食卓に着いている。悲しげな若い魔女。魔法の杖を弄んでいる。丸くなってしまった星のとんがりを直している。

「キャリー、ぼくは帰るよ」

彼女は魔法の杖で自分のお腹をぽんぽんと叩く。「パンッ。なにもかもお終《しま》い」

車に戻ると、ジェスが目からコンタクトレンズを取りはずそうとしていた。瞼を引き上げ、サイドミラーを引き寄せている。膝の裂け目は大きくなっているに違いない。すでに彼女はぼくのためにオープンな状態だ。

「これ、はずせない」と彼女が言う。「なんだか、怖くなった」

「どこまで送ればいい?」ぼくはエンジンをかけながら言う。

彼女はしばらく動きを止める。「家はいや。まだ帰りたくない」

それこそ、望むところだ。

二メートル四方足らずのところに、折りたたみ椅子が三脚だけ。治療を始めて四カ月。ぼくは中庭をゆっくり歩いていた。病院には鏡がひとつもなかった。医師たちは、患者に自分の姿を見せないほうがいいと考えていた。でも中庭の壁はガラスなので、陽が射しこめば自分の姿がそこに映った。顔の左半分を指でそっと押すと柔らかかった。どこも柔らかかった。ぼくの顔は、誰かがそこで卵を焼いて置き忘れてしまったようなものに見えた。絶対に人が目にしたくないものに見えた。

「それで、あの男はどうなったんだ？」背後から声が聞こえた。

彼はツリー・カウボーイ（伐採師）で、北部からやってきた樵《きこり》の仲間だった。引き締まったしなやかな体つきをしていた。彼は椅子に座ったまま地面を蹴って、椅子の後ろ脚一本でバランスをとった。口は小さかった。手術をして、パイプのような尖った唇をしていた。

「いまなんて言いました？」とぼくは聞き返した。

「あんたをそんな目に遭わせた男だよ。死んだんだろ？」

何と答えていいかわからなかった。ぼくに起きたことが公衆の目に晒《さら》されているような気がした。

「四年前に、うちのかみさんが家に火をつけてさ」彼は言った。「それから、ずっとここに通いづめだ。体から皮膚を切りとって、それを移植すれば、人並みに見られる顔になれるんじゃないかってことで」

ぼくたちは見つめ合った。傷だけを見ていた。

「人並みの顔になることはないだろうよ」と彼は言った。「あんたもな」

彼はポケットからなにかを取り出し、それを投げてよこした。ブリスター包装された薬だった。ラベルもマークもなかった。

「いくつだ?」

「二十二」ぼくは言った。

「取っとけよ」

「これは?」

「あんたが飲むんじゃない。相手に飲ませるんだ。女の子にな」

「女の子?」

「あんたが選んだ相手にだよ」

ぼくは首を横に振って、薬を返した。

「童貞か?」

「いや」

「ならよかった」彼は言った。「あんたはいまじゃ出来損ないだ。おれのようにな。ここに来るやつはだれもがそうだ。女から見向きもされなくなる。そのうちわかるさ。時間はたっぷりある。たっぷりあれば、おれの言ってることがわかるようになる。あんたがこの先やれる唯一のセックスってのはな、同情によるセックスさ」

そのとき、彼はぼくの中でなにかが変わるのを見たに違いない。薬を投げ返してきたからだ。

スターマートには、薬をこっそり混入させられるようなトイレがなかった。それで、ジェスを車の中で待たせて、マガジンラックのそばにしゃがみこみ、薬を二錠、棚にぶつけて粉々にした。今回はのにも見てない。掌の粉末をスポーツドリンクの中に入れてよく振る。金を払うとき、カウンターのインド人は、怪しいアメリカ人だな、という目つきでぼくを見た。彼の後ろには防犯カメラの画面がずらりと並んでいる。そのひとつは、マガジンラックを映している。インド人はすべてを見ていたのになにも言わない。

車に戻ると、ぼくは彼女の手にボトルを握らせる——本当に見えないのだ。「これ、あなたも飲んだ？」と言いながら、唇を鳴らす。「栓が開いてる」

痒みが、もうじきだ、と言う。

「少し飲んだ」とぼく。

ぼくはうらぶれたラトランド・ミッドシティ・モールに車を入れる。ここならだれにも見られない。このモールが捨てられてから何年にもなる。店のウィンドウの中を覗くと、丸められた何本もの粗悪なカーペットと蛍光灯が見える。初めからモールが失敗するとわかっていて、必要以上の金は一セントも使いたくないと思っていたかのようだ。街灯の明かりに照らされた広々としたアスファルト舗装のうえにいると、月面に駐車しているような気持ちになる。以前はよくここに来て、隠れて煙草を吸う者たちに加わった。道路脇の縁石のところを喫煙所にしていた。

「ここはぼくにとって特別な場所なんだ」とてもきれいな女の子に会ったのがこの場所でね、とぼくはジェスに言う。ハイキング用のスカートをはいて、手首にスカーフを結わえていた。メリッサは北部の出身で、ぼくたちの中で彼女だけがラリッていなかった。ぼくは彼女の膝に頭を預け、好きな映画音楽の話をした。ああ、彼女はぼくの髪を指で梳いてくれたのだ。ぼくをたちまち好きになった。でも、彼女は行かなければならなかった。友人のところに行くことになっていた。「いつまた会える？　絶対に会わなくちゃ」とぼくは言い、彼女は明日また戻ってくると言ったけれど、それはむしろ結婚の約束に近かった。ところが、エリック・デニングがぼくを見つけるほうが早かった。「ここは、自分が人間であることを最後に感じたところなんだ」とぼくは言う。

ジェスは薬の入ったドリンクを飲む。もしかしたら忘却はすでに始まっているのかもしれない。モールの向かい側に並んでいるダウンタウンの店やアパートメントはがらんとしている。「入居可」の看板がほとんどの窓にテープで貼られている。

「わたしの兄はね、四コマ漫画家になりたかったの」と彼女。「兄の描いたものは全部大事にとってある」

外は風が強い。紙で作ったハロウィーンのお化けが街灯からぶら下がっているが、ぼくたちといっしょに車の中にいるお化けには意味がない。ジェスがボトルのラベルを剝がす。ほとんど空だ。彼女はぼくがだれなのか知っている。

「あの後、一度、あなたの家に行ったの」彼女は言う。「十一歳のとき。ひとりで行った。とっても怖かった」。彼女は手の甲で目のまわりの黒い部分を拭う。「でも、いたのはあなたのお母さん。家に入れてくれなかった」。彼女の手がぼくのほうに伸ばされる。「ごめんなさい」

ぼくは身を遠ざける。「やめろ」

彼女はとても重たそうに瞬きする。もう体がだるくなっているのだ。ぼくはどのくらい薬を入れたのだろう。彼女はどのくらい長く意識を失っているだろう。

「気持ち悪い」と彼女が言う。

そして頭を窓にもたせかけて意識を失う。胸が同じ間合いで上がったり下がったりしている。唾液が一筋、ブラウスの胸元に垂れる。吐く息で窓が曇り、呼吸するたびに曇りは広がっていく。彼女の携帯が鳴る。さらに鳴る。だれかが探しているのだ。この世界のどこかにいるだれかが。ぼくはシートベルトを外す。そうするのはかなり大変だが、ぼくは痒みの潜む頭を、温かな魅力ある場所に押しつける。彼女をずっとこのままにしておきたい。

モンスター、万歳！

モンスター

ケリー・リンク

六号バンガローの子供たちの中で、野外のテントで寝泊まりしたいと思っている子はひとりもいなかった。雨が降っていたので、バックパックと寝袋が濡れないようにゴミ袋で覆わなければならないが、そうしたところでなんの役にも立たない。寝袋はびしょびしょになる。そうなれば、小便くさくなる寝袋もでてくるし、それにテントはとっくに黴くさいし、うまくテントを張れたとしても、雨水が下に敷いたシートに溜まってしまう。ひとつのテントに三人で寝て、濡れずにすむのは真ん中の子だけだ。端のふたりはテントの横に押しつけられる格好になり、ナイロン地に触れれば必ず水が横から染み込んでくる。

そのうえ、四号バンガローのだれかが森でモンスターを目撃したのだ。四号の子たちが戻ってきてからずっと、その話でもちきりだった。これではもう、六号バンガローの子供たちに勝ち目はない。もし六号の子がモンスターを目撃しなければ、これまでどおり四号の子たちの天下で終わる。もし六号の子がモンスターを目撃したら——だが、いくらそのことをみんなに言い触らすことができるにしても、モンスターを見たがる者などどこにいる？　六号バンガローにはひとりもいなかった。いや、モンスターをカッコイイと思っているジェームズ・ロービックだけは別だった。しかし、ジェームズ・ロービックは変わり者で、家はシカゴにあり、足が異常にくさくなる病気にかかっていた。これもみんながテントで寝るのを嫌う理由だった。ジェームズ・ロービックと鼻が曲がるほどくさい足に、だれかが耐えなければならないのだ。

六号の子たちがモンスターを目撃したところで、すでに四号の子が先に見てしまっているのだから、その後でモンスターを見てもなんの意味もない。もしかしたら四号の子がモンスターを怒らせるようなことをしでかしているかもしれない。モンスターは、もっと大勢の子供たちがオナー・ルックアウトにやってくるのを、ひらすら待っているかもしれない。オナー・ルックアウトは、木が一本もないこんもりした丘を取り囲むように、松の木という松の木が反り返った格好で生えていて、夜にキャンプファイアのまわりに寝転がってそれを眺めていると、目眩《めまい》がしてくるような場所だ。

「モンスターなんかいやしなかったんだよ」とブライアン・ジョーンズが言った。「いたとしても、四号の奴らを見て逃げていったに決まってる」みんなは頷《うなず》いた。ブライアン・ジョーンズの言うことはもっともだった。六号の子たちは、四号の連中がひどい意地悪で、そのせいで四号の指導員が女の子みたいにわんわん泣いたのを知っていた。その指導員はエリックという名の二十歳の大学生で、ものすごいニキビ面だ。しかもキャンプのキッチンで働く地元の女の子たちのことを、「その寂しそうだが美しい乳房は溶けたアイスクリームのごとし」などと詩に書いていた。その詩を見つけた四号の子が、朝礼のときにみんなの前で大声で朗読したのだ。もちろん、キッチンの女の子たちもいた。

四号の連中がコウモリに殺虫剤を吹きかけて火をつけたために、バンガローが全焼しかけた。

四号についてはもっとひどい話もあった。

四号の連中は手に負えない悪ガキだから、その顔を何週間も見なくてすむようにと親にキャンプに放り込まれたのだ、とみんなは言っていた。

「モンスターには大きな黒い翼があるんだってさ」とコリン・シンプソンが言った。「ヴァンパイアみたいに。それで飛び回るんだよ。長い爪もついてるんだ」

「歯がいっぱい生えてるって」「バーンハードが嚙まれたってさ」「あんまりまずかったから、モンスターは嚙んだあとで吐いちゃったんだってよ」

「昨日の夕食にバーンハードを見かけたけど」コリン・シンプソンの双子の弟が言った。いや、いま言ったのがコリン・シンプソンで、翼や爪のことを言ったのが弟のほうだったのかもしれない。ふたりを見分けるのは至難の業だった。「腕の内側にバンドエイドを貼ってた。なんか気味悪かった。真っ青な顔をしてて」

「さあ、みんな」担当の指導員が言った。「いいか、おしゃべりはおしまいだ。荷造りをして出かけるぞ」六号の指導員はテレンスといって、とってもクールだった。キッチンの女の子たちがテレンスと話をしたくて六号バンガローのそばでうろうろしていたが、テレンスはすでにオハイオにガールフレンドがいた。その娘は一八五センチもあるバスケットボール選手だった。テレンスは消灯前に、その娘が書いてよこした手紙を子供たちに読んで聞かせることもあった。テレンスのキャンプベッドのところには、タイで象に乗っているその娘の写真が飾ってあった。娘の名はダーリーンといった。象の名はだれも知らなかった。

「ここに一日中いるわけにはいかないだろ。さあ、急げ急げ」テレンスは言った。

みんなは一斉に文句を言い出した。

「たしかに雨は降ってる」とテレンスは言った。「だが、ここで過ごせるのはあと三日しかないから、『オーバーナイト・バッジ』が欲しければ、これが最後のチャンスだ。それに、雨は止むかもしれない。おまえたちは気にしないだろうが、四号の奴らはきっとこう言うな、あいつら、びびっちゃったんだよ、だから野外テントで泊まれなかったんだ、ってな。おれとしては、おまえたちが、四号の馬鹿な奴らが作ったばかばかしいモンスターの話に怖じ気づいただなんて、だれにも思われたくない」

雨は止まなかった。六号の子たちは、まともに歩けなかった。水の中を進んでいったのだ。水を撥ね散らして進んでいった。いくつもの丘を滑り降りた。雨は、じとじとべとべとした冷たいシーツのように降っていた。シンプソンの双子の片割れが道のぬかるみにはまってしまった。膝まで泥に埋まった右足を引き抜こうとしたら、シュボッという大きな音がして右足だけが出てきた。それで、テレンスが泥の上に腹這いになり、右腕を泥の中に突っ込んでシンプソンのテニスシューズを引っ張りあげようとした。そのあいだ、男の子たちは雨に濡れながら待つ羽目になった。

ブライアン・ジョーンズが傍らに立って、テレンスの耳の中に雨が入らないように自分のシャツをかざした。ブライアン・ジョーンズはノースカロライナから来た。人なつこい顔をした背の高い大きな子で、スプレーガン、BB弾銃、レーザーガンが好きで、自分のパンツを引き下ろして尻を出して見せたり、他人の歯ブラシに辛味ソースをつけたりするのが好きだった。

ときどきブライアンは、ジェームズ・ロービックの顔の上に尻を押しつけておならをしたが、場を面白くしたくてやっているのがみんなにはわかっていた。ただ、ジェームズ・ロービックだけは別だった。ジェームズはブライアンを忌み嫌っていた。四号バンガローの子のほうがまだましだと思っていた。ジェームズはときどきこんな夢想をした。このキャンプのあいだにブライアン・ジョーンズの両親が奇怪な事故で死んでしまい、みんなはブライアンにどんな言葉をかけていいかわからず、なんとなく彼を避けているのだが、ジェームズがブライアンのところに行ってその場にふさわしいことを言うと、ブライアンは穏やかな気持ちになる。もちろん、本当は穏やかな気持ちになどなれるわけはないが、言った内容がどんなものであれ、ジェームズが話しかけてくれたことにブライアンは感謝する。そして当然のことに、ジェームズの顔の上でおならをして申し訳なかったと思う。そしてふたりは友だちになるのだ。だれもがブライアン・ジョーンズと友だちになりたがっていた。ジェームズ・ロービックも例外ではなかった。

テレンスが泥の中から最初に引っ張り出したのはシンプソンの双子の靴ではなかった。長細くてごつごつした棒だった。テレンスがそれを地面に打ちつけると、泥が少し剝げ落ちた。

「うわあ」とジェームズ・ロービックが言った。「骨みたいだ」全員が雨の中に立ちつくし、その骨を見ていた。

「なんだそれ?」

「人間の?」

「恐竜のかも」とジェームズ・ロービックは言った。「化石みたいだ」

「牛の骨だろうな」とテレンスが言った。彼はその骨を泥の中に突っ込んで探っていたが、ようやく脱げた靴を引っかき出した。靴を受け取ったシンプソンの双子の片割れは、探し出してもらいたくなかったような顔つきだった。靴をひっくり返すと、寂しげに溶けたアイスクリームのように、泥が流れ出てきた。

テレンスの体の右半分はすっかり泥まみれになっていたが、ブライアン・ジョーンズのおかげで、少なくとも耳の中には雨が入らずにすんだ。テレンスはその怪しげな骨を茂みに向かって放り投げようとしたが、動きをとめてその骨をもう一度しげしげと見た。そしてレインジャケットのポケットに突っ込んだ。骨の半分がポケットから突き出た。牛の骨には見えなかった。

オナー・ルックアウトにたどり着いたときには雨は止んでいた。「ほらな?」とテレンスは言った。「だから言ったろ」これでなんの問題もなくなったかのように言った。これでなにもかもうまくいく。オナー・ルックアウトのキャンプ地から永遠に身を反らしている哀れな松の木の葉から、水滴がぽたぽたと垂れていた。

六号バンガローの子たちが集めた薪は、湿りすぎていて焚き火には使えなかった。取りだしたテントと支柱と杭は、ぬかるみのなかをどこまでも沈んでいきそうだった。べたっとへばりついてぶるぶると震えて、いまにも動き出しそうな泥の上にシートを敷き、その上にテントを広げた。チョコレート・プディングの上にテントを張るような感じだった。子供たちがテントの中に入ると、シートが泥の中に沈みこんだ。そこで眠れるとは思えなかった。ひたすら沈み続けていきそうだった。

「おーい、気をつけろ!」とブライアン・ジョーンズが言った。「雪合戦だ!」彼が投げた茶色い泥団子がジェームズ・ロービックの顎の下に当たり、ジェームズの眼鏡が泥まみれになった。すると、だれも彼も、テレンスまでもが、泥を丸めて投げ始めた。ジェームズ・ロービックもひとつ投げた。ほかにすることがなかった。

腹が空いたので、昼に冷たいホットドッグを食べた。食べているうち泥が乾いてひびが入り、腕や脚や顔からパラパラと剝がれ落ちた。子供たちはマシュマロとチョコレートを載せたグラハム・クラッカーを食べ、さらにテレンスがマシュマロをライターで焼いて、欲しい子供に食べさせた。焚き火ができないので、その代わりに泥の像を作った。テレンスが作ったのは女の子を乗せた象だった。その象は実物の象によく似ていた。ところが、シンプソンの双子が原子爆弾を作り、テレンスの象とガールフレンドの上に落とした。

「いいじゃないか」とテレンスは言った。「なかなかクールだ」しかしクールではなかった。彼はその場を離れて泥だらけの岩に座って骨を見つめた。

双子は泥の原子爆弾を山ほど作った。そして外壁や建物などすべてが揃った町をひとつ作ることにした。ほかの子供も何人か双子の町作りを手伝ったので、暗くなる前にその町を爆弾で破壊することができた。

ブライアン・ジョーンズは泥を塗った髪を捻《ひね》って鋭く尖らせた。眉毛にも泥がついていた。ばかみたいに見えるが、そんなことはどうでもよかった。なぜなら彼はブライアン・ジョーンズであり、ブライアン・ジョーンズのすることはばかなことではなかった。クールなことだった。「よお」とブライアンはジェームズに声をかけた。「キャンプの洗濯紐から盗んできたものを見に来いよ」

ジェームズ・ロービックは泥だらけでへとへとになっていたし、足は強烈なにおいを発しているかもしれないが、六号の大半の子より賢かった。「なんでだよ」ジェームズは言った。

「ついて来ればわかるって」とブライアンが言った。「まだ他の奴に見せたくないんだ」

「わかった」とジェームズは言った。

それはワンピースだった。大きな青い花が散りばめられている。ジェームズ・ロービックは悪い予感がした。

「どうしてそんなもの盗んだのさ」ジェームズは尋ねた。

ブライアンは肩をすくめた。そしてワンピースを盗んですっかり満足したかのように笑った。満面の、会心の笑みで、見た者に伝染する笑みだったが、ジェームズ・ロービックは笑い返さなかった。

「面白いだろうと思ってさ。それを着てみんなに見せようぜ」とブライアンは言った。

「いやだ」とジェームズ。大まじめであることを見せつけるために、泥だらけの腕を組んだ。

「遠慮すんなって」とブライアンは言った。「さあ、ジェームズ、着ろよ。みんながやってくる前に。みんな大喜びするぜ」

「だろうね。でもぼくは着ない」

「あのな、おれだって着たいんだよ、マジで。でも着られないんだ。体が入らない。だからおまえに着てもらいたいんだよ。着てくれよ、ジェームズ」

「いやだ」


ジェームズ・ロービックは、どうして父と母がノースカロライナのキャンプに自分を送りこんだのかわからなかった。彼は来たくなかった。シカゴに森がないわけではない。シカゴに友だちがいないわけではない。キャンプというのは、ヴァイオリンのレッスンや空手の稽古と同じで、親が子供にしてやれることだと思われているのだ。ただ、キャンプはまるまるひと月も続く。それに、両親に素晴らしいことをしてもらったとでもいうように、ありがたがらなくてはいけないらしい。キャンプ費用は高いのだ。

それで、彼は工作の時間に革の財布を作り、一日おきに泳ぎに行った。湖がおかしな臭いを放っていても、水泳の指導員が変人で、キャンプに来た子たちに目をつぶらせて突び込み台に立たせるのを好んでいても。その指導員はこっそり近づいてくると、子供たちを水の中に突き落とした。でも、彼が近づいてくるのがわからないわけではなかった。突び込み台が揺れるからだ。

ジェームズは友だちを作らなかった。いや、厳密に言えば、そうではない。彼は友だちになろうとしたが、六号バンガローの子はだれひとり彼と友だちになろうとしなかったのだ。テレンスが明かりを消すと、だれかが「ジェームズ、ジェームズったら、今日の髪型、すごく決まってたぜ」とか「ジェームズ、ジェームズ・ロービック、おまえみたいにアーチェリーがうまいといいのになあ」とか「ジェームズ、明日、水筒を貸してくれよな」とか言って、みんなで嘲笑った。そのあいだジェームズは眠ったふりをしているのだが、とうとうテレンスが明かりをつけ、「ジェームズをからかうな。早く寝ろ。さもないと、罰点五をつけるぞ」と言うことになった。

ジェームズ・ロービックは、これくらいならまだましだ、と思っていた。六号バンガローではなく四号に配置されていたらもっとひどい目に遭っていたかもしれないのだから。


少なくとも、ワンピースは泥まみれではなかった。ブライアンはジェームズに、ジーンズとTシャツを脱げとは言わなかった。「ヘアスタイルは任せろ」とブライアンは言った。そして泥を手で掬《すく》うと、ジェームズの頭になすりつけ、泥だらけの髪を尖らせ、ブライアンの頭とそっくり同じ形にした。

「行こうぜ」とブライアンが言った。

「どうしてこんな格好をしなくちゃいけないんだよ」とジェームズは言った。服を汚さないように、両手を脇から離した。いかにも滑稽だ。滑稽どころの騒ぎじゃない。情けなかった。あまりにも情けなかったので、ワンピースを着ていることなどどうでもよくなった。

「そんな格好、しなくてもよかったのになあ」ブライアンは、これほど気の利いたジョークはないとでも思っているような口調で言った。たしかに気の利いたジョークだった。「おまえは喜んで着ちゃったもんなあ、ジェームズ」

シンプソンの双子の片割れがそこいら中を走り回っては、たわんで皺のできたテントに原子爆弾を落としていた。そして横滑りしてきてブライアンとジェームズの前で止まった。「おまえ、なんでそんな服着てんの？」双子の片割れが言った。「おい、ジェームズが女の服を着てんぞ！」

ブライアンがジェームズをぐいっと押しやった。強い力ではなかったが、泥だらけの手の痕が服についた。「そうだ、ゾンビだ。食堂のポーチでおれたちが四号の連中とプディングがらみで喧嘩したことを、キッチン・ガール・ゾンビごっこをしようぜ。おまえは、六号のみんなの脳味噌を食べにきたキッチン・ガール・ゾンビだ。で、泥の中から這いだして来たってわけだ。おれもゾンビになるからさ。あいつらを追い回そうぜ」

「わかった」ジェームズ・ロービックは応じた。ゾンビになると思ったとたんに嫌な気分は吹きとんで、花柄の服がたちまち魅惑的なものになった。その服がゾンビの強さを与えてくれた。瞬く間に。両手を前に突きだし、ブライアンといっしょに他の子供たちのところへふらつく足取りで近づいていった。子供たちはジェームズを笑おうとして、「うへえ、ジェームズを見ろよ！　あいつ、女の服着てんぞ！」と口々に言ったが、そのうち事情が呑み込めた。ジェームズとブライアンがゾンビごっこをしていることがわかってみんなは逃げ出した。テレンスまで逃げ出した。

しばらくして全員がゾンビになった。そのあとで水を浴びに行った。ジェームズ・ロービックだけは別だった。というのも、ワンピースを脱ごうとしたら、ブライアン・ジョーンズがそれを押しとどめたからだ。「だめだ。着てろ。明日、キャンプに戻るまでそいつを着ていられるもんならやってみろよ。な、やってみろ。明日おれたちは朝食の時間に戻っていって、こう言う。モンスターを見たぞ、そいつが追いかけてきた。それでおまえが食堂に現われる。すげえことになるぞ。泥だらけでその服を着てると、ものすごく気味が悪い」

「寝袋が泥だらけになるよ」とジェームズは言った。「こんなの着たまま寝たくないよ。間抜けもいいとこだ」

湖に入っている子全員が叫びだした。

「ジェームズ、その服を着てろ、わかったな?」

「脱ぐなよ! いいな、ジェームズ!」

「脱いでみろ、ただじゃおかない」とブライアンが言った。

「こっちだってただじゃおかない」とジェームズが言い返した。

「なんだと? おれをどうするって?」

ジェームズは一瞬考えた。なにも思いつかなかった。「わからない」

テレンスが仰向けに浮かんでいた。その顔をもたげていった。「言い返せ、ジェームズ。ブライアンの言いなりになっちゃだめだ」

「いいじゃないか」ブライアンが言った。「すげえクールだぜ。な、やろうぜ」

そういうわけで、ジェームズ・ロービックを除いた六号バンガローの子たちは全員が水を浴びた。彼らは水をかけあい、泥をきれいに落として水から出てきたが、ジェームズ・ロービックだけが、六号の子供たちのなかで乾いた泥を体につけたままだった。ジェームズ・ロービックだけが、髪を泥で塗り固めて尖らせたままだった。ジェームズ・ロービックだけが、女の服を着ていた。

太陽が沈み始めた。子供たちは火のつかないキャンプファイアを囲んで座った。バンガローの子供たちが一泊の野外活動に出るときにいつもキッチンの女の子たちが作ってくれるピーナッツ・バターのサンドイッチとホットドッグの残りを食べた。明日キャンプに戻り、ジェームズ・ロービックがモンスターのふりをして食堂に駆け込んでいったら、ものすごく愉快なことになるぞ、と子供たちは話しあった。

暗くなった。子供たちは、例のモンスターのことを話した。「狼男かもしれない」

「スカンク人間かもな」

「宇宙から来たのかも」

「ものすごく寂しいだけなのかもね」ジェームズ・ロービックが言った。彼は、ブライアン・ジョーンズとシンプソンの双子の片割れのあいだに座り、ようやく六号バンガローの仲間になれた気がして、満ち足りた気持ちでいた。それに乾いた泥のせいで体がむずむずした。

「どうしてこれまでだれもそいつを見たことがないんだろう」

「見たのかもしれないよ。でも見た人間はみんな死んじゃったんで、だれにも伝えられなかったんだ」

「まさか。死人が出てたら、こんなところに来させないだろ」

「たぶん、キャンプの連中はモンスターのこと、だれにも知られたくないんだ。だからなにも言わないんだ」

「おまえら、怯えすぎ。四号の連中は無事に帰ってきたじゃないか。それに四号は嘘つきの集団だし」

「おい、ちょっと待て。あの音はなんだ?」

みんなは黙って耳を澄ました。ブライアン・ジョーンズがおならをした。不吉に響く不快な音だった。

「ブライアン、ひでえよ」

「なんだ? おれじゃないぞ」

「モンスターがやってきたら、ブライアンが相手になればいいんだ」

「おい、なんの音だ?」

なにかが鳴っている。「まさか。おれの携帯電話だ」とテレンスが言った。「ここは圏外のはずなんだけどな。もしもし? やあ、ダーリーン。どうした?」彼は懐中電灯をつけると、子供たちにそれを向けた。「みんな、おれはちょっと下に行って来る。彼女の様子がおかしいんだ。車とチワワになんかあったみたいだ」

「わかった」

「気をつけて。モンスターに忍び寄られないように」

「ダーリーンに、きみはテレンスなんかにはもったいない、って伝えて」子供たちはテレンスが小さな光の輪といっしょに泥道を歩き去っていくのを見ていた。光はどんどん小さく、どんどん遠くなり、とうとう見えなくなった。

「あれがダーリーンからの電話じゃなかったら?」と言ったのはティモシー・ファーバーという名の子供だった。

「どういう意味？」

「かけてきたのがモンスターだったら？」

「ばか言うな。あるわけないだろ。モンスターがテレンスの携帯の番号をどうやって知るんだよ」

「マシュマロはまだある？」

「ないよ。グラハム・クラッカーだけ」

子供たちはグラハム・クラッカーを食べた。テレンスは戻らなかった。声も聞こえなかった。子供たちは怖い話をした。


「それで手を伸ばすと、彼女の犬がぺろぺろ舐《な》めるから、大丈夫だと思ったんだ。でも朝になって、バスタブを見に行くと、犬がそこで死んでた。血の海で、その血で『はははは、引っかかったな』って書いてあった」

「あるとき、ぼくのお姉ちゃんがベビーシッターをしに行ったんだけど、おかしな奴が電話をかけてきて、そこに悪魔がいるかどうか知りたいって言ったんで、お姉ちゃんはすっかり怯えちゃったんだよ」

「おれのじいさんが列車に乗ってたら、原っぱに真っ裸で立っている女の人を見たんだって」

「お化けだったのか？」

「さあ。じいさんはこの話をしたがるんだよ」

「原っぱに牛はいた？」

「わかんないよ。牛がいるかどうかなんてわかりっこないだろ」

「テレンスはもうじき戻ってくるかな？」

「なんで？　おまえ、怖いのか？」

「いま何時？」

「十時半にもなってない。火がつくかどうかもう一度やってみようか」

「まだ濡れてる。火なんかつかないよ。それに、モンスターがほんとにあのあたりにいて、ここで火を熾《おこ》したら、こっちの姿が丸見えになっちゃうだろ」

「どうせマシュマロはもうないしな」

「待てよ、火の熾し方なら知ってるぜ。四号の連中はコウモリに火をつけたんだろ。殺虫剤を吹きかけて――」

みんなは口を閉ざし、尊敬の眼差しを向けた。

「うわあ、それだよ、ブライアン。特別貢献バッジものだな」

「ほんと、毒屁バッジといっしょにな」

「へんな臭いがするよ」とジェームズ・ロービックが言った。しかし、火が燃えたのでよかった。火がついて闇の濃さが薄れた。もちろん、だから焚き火をするのだ。

「焚き火の明かりで見ると、おまえってものすごくへんだな、ジェームズ。泥まみれでそんな服を着て。なんかおかしいし、気味が悪い」

「それはどうも」

「そうだよ、ジェームズ・ロービックはいつも女の服を着るべきなんだ。すごくホットだ」

「ジェームズ・ロービック、おまえってすごくホット、なわけない《ノット》」

「ジェームズのことは放っておけよ」ブライアン・ジョーンズが言った。

「去年、ものすごく嫌な夢を見たんだ」と言ったのはダニー・アンダーソンだった。ダニー・アンダーソンはインディアナ州テルホートから来ていた。彼は六号バンガローの仲間のなかで、テレンスを除けば一番背が高かった。「ある日学校から帰ってくると、だれもいなくて、男がひとりいたんだ。その男はリビングルームで椅子に座ってテレビを見ていた。それでぼくは『あんたはだれだ？』ここでなにをしてるんだよ』って言った。そうしたらそいつは顔を上げて、なんとも気味の悪い笑みを浮かべて、『やあ、ダニー、おれはアンジェリーナ・ジョリー。おまえの新しいパパだ』って言うんだ」

「冗談だろ。おまえのパパがアンジェリーナ・ジョリーになった夢だって？」

「違う」ダニー・アンダーソンは言った。「よく聞けよ。ぼくの親は離婚なんかしてない。パパはぼくとおなじ名前だ。その男は、新しいパパだ、と言ったんだ。そいつが自分のことをアンジェリーナ・ジョリーだと言ったんだよ。でも、れっきとした男だよ」

「へんな夢だな」

「そうなんだ」とダニー・アンダーソンは言った。「でも、毎晩のようにその夢を見た。男はいつもキッチンをうろうろしてて、そいつの子供になったぼくといっしょにすることを、いろいろと話して聞かせるんだ。本当に気味が悪いんだ。そうしたらさ、ママから今日電話があって、パパと離婚するつもりだって。ママには新しいボーイフレンドがいるんだと思う」

「それは、大変だな」

ダニー・アンダーソンはいまにも泣きそうだった。「で、そのボーイフレンドがぼくの新しいパパになったらどうしよう。あの夢みたいに」

「おれの新しい父さんはとってもかっこいいぜ。ママとよりよっぽど仲がいいときもある」

「この前、おれはジェームズ・ロービックが女の服を着てる夢を見たぜ」

「あれはなんの音？」

「なにも聞こえないよ」

「テレンスはなかなか戻らないな」

「キャンプに戻ったのかも。おれたちを置いてけぼりにしたのかな」

「焚き火、ひでえにおい」

「くさいな」

「殺虫剤って毒じゃないよな？」

「だいじょうぶさ。毒なら売ってやしないだろ。肌に直接つけるものなんだから。人の肌に毒を塗るようなことはしないよ」

「あ、ほら見て。流れ星だ」

「たぶん宇宙船だ」

子供たちはみな空を見つめた。空は黒々と澄み、明るい星が瞬《またた》いている。だがそれは一瞬のことで、雲が流れてきて、たちまち黒い空全体を覆い尽くし、星は跡形もなく消えた。子供たちが見上げなければ、空は晴れ渡ったままだったかもしれない。しかし彼らは見上げてしまった。そして雪が降り出した。初めはわずかで、泥だらけの地面とキャンプファイアと子供たちをほんのり白く染めただけだったが、そのうちどんどん降ってきた。雪は静かに激しく降ってきた。明日は六月十三日。キャンプ最終日の前日で、ジェームズ・ロービックはその日にワンピースを着た泥だらけの姿で食堂に現われ、みんなを恐怖に陥れることになっていた。

その雪は、六号バンガローの子供たちの身に起きたいちばん気味の悪い出来事だった。シンプソンの双子の片割れが言った。「おい、雪が降ってきた」

ブライアン・ジョーンズは笑い出した。「こりゃあすげえや」と彼は言った。「最高だぜ！《オーサム》」

ジェームズ・ロービックはさっきまで晴れ渡っていた空を見上げた。牡丹雪が仰向けになった顔に落ちてきた。泥だらけの腕で自分の体を抱きしめた。「恐ろしい《オーサム》」とジェームズは言った。

「テレンス！　おーい、テレンス！　雪が降ってきたぞ！」

「だれも信じないだろうな」

「寝袋に入ったほうがよくない？」

「雪で砦を作るってのは？」

「おい、真面目な話、どんどん寒くなって凍え死んだらどうするよ。おれ、ウィンドブレーカーしか持ってきてないよ」

「平気さ。すぐに溶けちゃうよ。夏なんだぜ。ちょっとした異常気象ってやつさ。写真撮っとこうぜ、そうしたらみんなに見せてやれる」

これまで子供たちは泥の写真や、泥だらけのゾンビになった子供たちの写真、ジェームズ・ロービックが髪を泥で固めてワンピースを着てモンスターになった写真などを撮った。テレンスは、牛の骨ではない骨の写真を撮った。シンプソンの双子の片割れがマシュマロを口一杯にほおばっているところを、だれかが写真に撮った。ブライアン・ジョーンズの丸出しにした尻をデジタルカメラで撮った者もいた。

「どうして四号バンガローの奴らはモンスターの写真を撮らなかったのかな」

「撮ったんだよ。でも、なにも映ってなかった」

「雪はモンスターよりクールだよな」

「違うよ。モンスターのほうがはるかにクールだ」

「テレンスが戻ってこないのはおかしいよ」

「おーい、テレンス！　テレンス！」

子供たちはしばらくテレンスの名前を呼んだ。雪は降り続いている。暖を採るために彼らは雪の中で少し踊ってみた。火の勢いはどんどん衰え、消えかかってきた。しかし消える前に、モンスターが泥まみれの雪の道に現われた。子供たちに笑いかけながら、道を歩いてくる。そしてダニー・アンダーソンが懐中電灯を向けると、子供たちにはそれがモンスターのふりをしたテレンスではなく、本物のモンスターであることがわかった。それまで六号バンガローの子たちは一度もモンスターを見たことがなかったが、これでモンスターがどんな姿をしているか全員がわかった。顔は白く、手は赤く、濡れそぼっていた。動きが素早かった。


キャンプではさまざまなことが学べる。矢を小刻みに動かして尖端の金属を外さずに藁の的から抜く方法。毛糸と小枝でスカイキャッチャーというものを作ること——なんといっても毛糸と小枝はそこらじゅうにたくさんあるし、それを使って何かをすることを考え出さなければならないのだから。自分が二段ベッドの下にいて、上のだれかが身を乗り出したときに、頭上のマットレスを勢いよく足で押し上げて、上の奴をベッドから転げ落とすこと。馬に乗っているときに小径に蛇が現われたら、馬は後ろ足で立ち上がること。馬は蛇が苦手なこと。コウモリを捕まえるにはテニスのラケットが一番いいこと。濡れた衣類をトランクの中に何日も入れておくとどうなるか。ロケットの作り方、そのロケットをだれかに取られて踏みつけられても平気なふりをすること。自分が物笑いの種にされているときに寝たふりをすること。ひとりぼっちになること。

雪は降り続き、子供たちはオナー・ルックアウトを逃げまどった。悲鳴を上げ、両腕をばたばたと動かし、倒れ伏した。

モンスターは子供たちを追いかけた。あまりにも迅速な動きで、飛んでいるように思えるときもあった。とびきり愉しいゲームででもあるかのように、モンスターは笑っていた。雪はまだ降り続き、さらに暗くなってきたので、モンスターが子供たちをつかまえて何をしているのかよく見えなかった。ジェームズ・ロービックはじっと座っていた。眠っているのだ、あるいはここにはいないんだ、と自分に言い聞かせた。シカゴにいる親友に手紙を書いているつもりになった。その親友はこの夏休みをビデオゲームと図書館通いと漫画を描くことで過ごしていた。「アレック、元気？　キャンプはもうすぐ終わるので、うれしいよ。ヒドイ夏だった。雨の中ハイキングに行き、指導員が骨を見つけた。ガキ大将にオンナの服を着せられた。モンスターがいてみんなを食べた。マンガはうまくいってる？ぼくが考えついた、寝ているときにだけ飛べるスーパーヒーローのこと、マンガに入れてくれた？」

モンスターはシンプソンの双子を両脇に抱えた。双子は悲鳴を上げている。モンスターはふたりを道に放り投げた。そしてブライアン・ジョーンズの体の上に覆い被さった。ブライアンの体の半分はテントの内に、残り半分は雪の中にある。何かを啜っている音がする。しばらくするとモンスターが立ち上がった。そいつは振り向いてジェームズ・ロービックは目をきつく閉じた。目を開けるとモンスターがすぐそばで見下ろしていた。赤い目をしている。腐った魚と灯油のようなにおい。それほど背は高くない。モンスターとはかくあるべき、と思っているほど高くはない。それを別にすれば、四号バンガローの子たちが言ったことよりはるかにひどかった。

モンスターは見下ろしたままにんまりした。「おい」と言った。その声は蜂にたかられた枯木のように響いた。耳に優しく、濡れたような、騒がしいような声。モンスターは長い黒い爪でジェームズの肩を小突いた。「おまえ、なんなんだ?」

「ぼくはジェームズ・ロービック」ジェームズは答えた。「シカゴから来た」

モンスターは笑った。鋭く尖った恐ろしい歯が現われた。モンスターが服に触れたところに赤い染みができた。「おまえほど頭のおかしい奴は見たことないぞ。その服だろ。その髪だろ。ツンツン尖ってる。泥か? どうして泥だらけなんだ?」

「モンスターごっこをしてたんだ」とジェームズは言って、唾を呑み込んだ。「悪くとらないで」

「気にすんなって」とモンスターは言った。「すげえな。シカゴに行かなくちゃだな。おまえみたいな面白い奴は見たことがない。何時間でも眺めてられる。笑いたくなったときにな。おまえのおかげで今日は最高だぜ、ジェームズ・ロービック」

雪はまだ降っていた。ジェームズはがたがたと震えた。歯がガチガチと大きな音をたてるので、粉々になってしまうのではないかと思った。「ここでなにをしているの?」とジェームズは言った。

「テレンスはどこ？　テレンスになにかしたの？」

「丘の麓まで下りてきた男か？　携帯電話で話してた？」

「うん。彼はだいじょうぶ？」

「ダーリーンとかいう女の子と話してたな。おれがその子と話そうとしたら、悲鳴を上げ始めたんで、耳の奥がジーンとなった。それで電話を切った。あの女の子のいる場所、おまえ、知ってるか？」

「オハイオのどっかだよ」

「ありがとな」モンスターはそう言うと黒いメモ帳を取りだして、何か書きつけた。

「あなたはだれ？　名前は？」

「おれはアンジェリーナ・ジョリーだ」モンスターはそう言ってウィンクをした。

ジェームズの心臓が止まりそうになった。「ほんとに？　ダニー・アンダーソンの夢と同じ？」

「いいや」とモンスターは言った。「ただの冗談だ」

「なんだ」それからふたりは黙って座っていた。モンスターは長い爪で歯をせせった。嫌なにおいのする脂っこいげっぷをした。ジェームズはブライアンのことを考えた。ブライアンなら、すぐさまげっぷをお返しするだろうに、と思った。いまも頭がついていたらの話だけれど。

「四号バンガローの子たちが見たモンスターはあなたなの？」ジェームズは訊いた。

「二、三日前にここに来たガキたちか？」

「うん」

「暇つぶしに遊んでやった」とモンスターは言った。「おまえの友だちか？」

「違う。あいつらは最低の奴らだ。だれにも好かれない」

「それは残念だな」モンスターはげっぷをしていないときでも、ジェームズがこれまでに嗅いだことのないひどいにおいがした。魚と灯油と腐ったメープルシロップを次々に体中に注がれているようなにおい。ジェームズは息をしないようにした。

モンスターが言った。「おまえの仲間は気の毒だったな。おまえの友人たち。おまえに女の服を着せた友人たちさ」

「ぼくを食べる?」

「さあ、どうかな」モンスターは言った。「たぶん、食わないな。かなり大勢いたからな。もう腹は減ってない。それに、女の服を着たガキを食らうのって、ばかばかしいだろ。おまけにおまえは汚いしな」

「どうして四号バンガローの子を食べなかったのさ」ジェームズは胃がむかむかした。モンスターを見ると吐き気がし、モンスターから目を逸らすと、松の木の下にはダニー・アンダーソンが俯《うつぶ》せになっていて、その背中まで雪に埋もれている。別のほうを見ると、ブライアン・ジョーンズの脚がテントから突き出ている。ブライアン・ジョーンズの頭も。片方の靴が脱げている。それでジェームズは、ここに来る途中でシンプソンの双子の靴が脱げて、テレンスが腹這いになって泥の中を探っていたことを思い出した。「どうしてあいつらを食べなかったのさ。あいつらは最低の奴だよ。意地の悪いことばっかりやってて、だれにも好かれてない」

「わお」とモンスターは言った。「そいつは初耳だ。知ってたら食ってたのにな。まあ、たいてい、おれはそういうことは気にしないんだ」

「気にするべきかもしれないよ。気にしたほうがいいよ」

モンスターは頭を掻いた。「そう思うか？　おまえたちがホットドッグを食べてるのを見てたけどな、おまえたちはこれはいい犬か悪い犬かなんてことを気にしながら食べてるのか？　意地の悪い犬だけを食べるのか？　悪い犬だけを食べるのか？」

「ホットドッグって犬でできたものじゃないんだ」とジェームズは言った。「人間は犬なんか食べないよ」

「そいつは初耳だ。だがよ、おれがそういったことを気にしてたら、つまりいま食べてるのがいい奴なのか悪い奴なのかってことを気にしてたらだ、食べれる人間なんかいなくなっちまう。そうなると、腹が減って仕方がない。だから、まあ、正直に言えば、そんなことはどうだっていいんだ。おれが気にしてるのは、追いかけてる奴が大きいか小さいか、速いか遅いかってことくらいだな。あるいは、そいつにユーモアのセンスがあるかどうか、だな。これは大事なことだぞ、わかるだろ。ユーモアのセンス。笑えるってことが大事なんだ。四号バンガローのガキと暇をつぶしていたとき、けっこう愉しかった。おれはからかってただけだけどな。四号のガキが、おまえたちがやってくると教えてくれた。おれがあいつらに、これからおまえらを食おうかなと言ってからかったら、あいつら、次に来る子供たちを食べればいいよ、と言った。そのほうがきっと面白いよ、ってな。おれはユーモアのセンスがあるほうだ。気の利いたジョークが好きなんだ」

モンスターは手を伸ばしてジェームズの頭に触れた。

「触るな！」とジェームズは叫んだ。

「悪い、悪い。尖った泥の頭ってのがどんな手触りか知りたかっただけだ。おれが女の服を着て、頭に泥をたくさんつけたら面白いと思うか？」

ジェームズは首を横に振った。女の服を着たモンスターを思い描こうとしたが、頭の中に浮かんだのは、オナー・ルックアウトにだれかが登ってくるところだった。その人物は、ピンクと赤の紙吹雪のように散らばっているジェームズの断片を見つける。そしてここで何が起きたのか考え、自分たちの身に起きなかったことに感謝する。もしかしたらキャンプに来た者たちが、六号バンガローの子たちに降りかかった災難について話すこともあるだろう。でもだれもそんな話は信じない。子供のひとりがどうして女の服を着ていたのか、だれにもわかりはしない。

「おまえがガタガタ震えてるのは寒いからか、それともおれが怖いのか?」とモンスターは言った。

「どうだろう」ジェームズは言った。「その両方さ。悪いけど」

「そこらを走り回ったほうがいいかもな」とモンスターは言った。「追いかけてやるよ。そうしたら体が温かくなる。おかしな天気じゃないか。だがよ、素晴らしい天気でもある。雪があらゆるものを隠してきれいにしていくのはいいもんだな」

「おうちに帰りたい」ジェームズは言った。

「シカゴだったよな?」モンスターは言った。「ちゃんと書き留めたんだ」

「ぼくの住んでるところを書いたの?」

「別のバンガローの連中のもな」とモンスターは言った。「四号バンガローのガキのだ。奴らに住所を書かせたんだ。おれは旅行が好きでね。人を訪ねるのが好きなんだよ。それに、あのガキたちが最低の奴なら、是非とも訪ねるべきじゃないか? だろ? いい気味だと思うよな?」

「うん。いい気味だと思う。そうなったらものすごく面白いよ。は、は、は」

「そいつはよかった」モンスターはそう言って立ち上がった。「おまえに会えて愉しかったよ、ジェームズ。あらら、泣いてるのか？　泣いてるみたいだな」

「泣いてなんかいない。雪のせいだ。雪で濡れてるんだよ。もう行くの？　ここにぼくを置いて？　ぼくを食べないの？」

「さあな」モンスターは少し体の向きを変えた。ある方向に走り出そうとしていたが、途中で気が変わってジェームズのほうに急いで戻ってきたとでもいうように。ジェームズはべそをかいた。「おれには決められんな。コインを投げて決めるってのはどうだ？　コインはあるか？」

ジェームズは首を横に振った。

「そうか」とモンスターが言った。「じゃあ、こんなのはどうだ？　おれが一から一〇までの数字を思い浮かべる。おまえがその数字をあてる。あたっていたら、おれはおまえを食わない」

「いやだ」

「じゃあ逆に、あたっていたら食うっていうのはどうだ？　絶対にズルしないって約束する。たぶん、ズルはしない」

「いやだ」そうは言ったものの、ジェームズは数字を思い浮かべないわけにはいかなかった。まず四を思い浮かべた。四が、巨大なネオンサインのように、頭の中に浮かんでは消え、浮かんでは消えた。四、四、四。四号バンガロー。あるいは六。六号バンガロー。あまりに見え透いていやしないか。数字を思い浮かべちゃだめだ。モンスターは人の心を読めるに違いない。もしかしたら、四という数字を思い浮かべたのは、モンスターがそう仕向けたからかもしれない。六。ジェームズはそれを六〇〇という数字に変えた。これなら一から一〇までの数字にあてはまらない。ぼくの心を読まないで、ぼくを食べないで、と彼は念じた。

「じゃあ、六〇〇まで数を数える」とモンスターが言った。「それからおまえを追いかけることにする。きっと面白いぞ。おれに捕まらないでキャンプまで戻れたら、おまえの身は安全だ。いいな？　おまえが先にキャンプにたどり着いたら、そのときは四号のガキを食ってやる。いいな？　いや、こうしよう。おまえがキャンプに戻れなくても、ガキたちは食ってやるよ。いいな？」

「でも真っ暗だよ」とジェームズは言った。「雪が降ってるし。女の服着てるし」

モンスターは自分の爪をじっと見た。そしてジェームズがとびきり面白いジョークを言ったかのようににやりとした。「いち」とモンスターは言った。「に、さん、し。走れ、ジェームズ！　追いかけっこだ。捕まったら食われちゃうっていう遊びだ。ご、ろく。ほら、ジェームズ！　走れ！」

ジェームズは走った。

泥人間《マッドマン》

ベンジャミン・パーシー

トーマスが庭で草取りをしていたときのことだ。大切なラッパズイセンを枯らしてしまうウマノチャヒキとオヒシバを掻き切り、雑草のかたまりを引きはがしているとき、銀色の弧を描いて振り下ろされた熊手が、ざくりと地面に突きささり、彼の手に突きささった。トーマスは作業に集中していなかった。別のことを考えていた。一年のこの時期、人々がオフィスに大挙してやってきて、輪ゴムで束ねた様式Ｗ－９（米国納税者番号の要請および証明書）の書類と皺くちゃになった領収書を彼の机の上に放り投げるこの時期には、いつも別のことを考えてしまう。贈与税の減額、遺産と信託に対する新たな課税免除、条件付き不動産の評価などなど、頭の中は数字と書式のことでいっぱいで、インクまみれの指には紙で切った細い傷がいく筋もついている。寝ないでいられたらいいのに、とよく妻にこぼした。一日が二十四時間以上あれば。おれがふたりいればどんなにいいだろう、と。

それで手を怪我したことにしばらく気づかないまま、分割還付金の問題のことばかり考えていた。トーマスは悪態をつかず——彼は悪態をつくようなタイプではない——すぐに手袋を剝ぎとって傷の具合を確かめた。親指と人差し指のあいだが深くえぐれ、中指の爪が剝がれて赤い糸を引いている。骨の先端が覗いている。痛みは電熱となって一瞬遅れでやってきた。手がどくんどくんと脈打っている。血の滴が指先に集まり、ぷっくり膨らみ、それからラッパズイセンの花のカップの中に滴り落ちて、花が血を流す口と化した。

　トーマスは、実用的という点でチューリップよりラッパズイセンのほうが好きだ。チューリップは当てにならない。穴をいくつも掘って、計画どおりに球根を配置すれば、普通はさまざまな時期にさまざまな色の花が庭中に咲く。ダーウィン・チューリップや縁が縮れたフリンジ咲き、パロット咲きやトライアンフ系のチューリップが。ところがそんなことは起きない。望みどおりになどならないのだ。リスが球根のにおいを嗅ぎつけ、柔らかい土を掘り返し、落ちたリンゴのようにそれに齧りつく。そしてようやく春が来てみれば、チューリップの花があっちに一本こっちに一本とぽつぽつと咲いていて、それもたちまちウサギに齧られて歯形だけが残る。

　ラッパズイセンは信頼できる。リスはこの球根を嫌い、ひどい味なのでウサギは葉や花に寄りつかない。だからトーマスはラッパズイセンを植える。ラッパズイセンが咲き終わるとアイリスと忘れ草が咲き、牡丹と苧環《おだまき》、立葵《たちあおい》、ギボウシが咲く。庭全体がみごとに配色され、雑草が取り払われ、非の打ちどころなく整然と区画分けされ、まるで彼自身の生活さながらだ。

　トイレには雑誌がアルファベット順に並べられている。靴下はきちんと小さく丸められて白と茶色と黒に分けられ、たんすの引出しに整然と並んでいる。土曜のたびに黄褐色のホンダのエスコートを洗車し、フロントグリルの前にしゃがみこんで中から虫をつまみ出し、ホイールキャップについた錆を爪でこそぎ落とす。買い物リストは食料品店の通路順に書き記す。芝を刈る順番も決まっていて、南北、東西、対角線という組み合わせを繰り返す。こうすれば車輪の跡がついて芝に縞ができることはない。

　そういうわけで、手が使い物にならないことのほうが、その痛みよりはるかに気がかりだった。彼が爪を剝がして飛ばすと、種のように土の上に落ちた。

トーマスの生活に音楽はない。音楽は神経を逆撫でするし癇に障る。長い距離を運転するときですらラジオをつけない。唯一の音らしい音はエンジンの唸る音とエアコンのかすかな音。それでタオルを手に巻き、口を引き結んで病院へと車を走らせているあいだも、唇を嚙みながら、この怪我で無駄にする時間を計算している。午後に庭で費やした時間だけでなく、この先何週間も数字を打ち込んだりファイルをめくったりするオフィスでの時間も。

自宅に戻った彼の手は包帯でぐるぐる巻きにされ、包帯の下の皮膚は化膿止めでべとつき、黒い粗糸で縫われている。その糸は、蠅に生えている毛にそっくりだ。彼がもう一度庭に出て道具や手袋や膝当てクッションを片付けているときに、血まみれになったラッパズイセンにたかって、ブンブン唸りながらあさましく血を啜って、水仙の花を小刻みに揺らしたり波打たせたりしている蠅の群れにも、そんな毛が生えている。

そのとき、爪を捨てたあたりの土がこんもりと盛り上がり、花が何本か横倒しになって根元から浮いているのがトーマスの目に留まる。盛り上がったてっぺんのところで土が割れ、真ん中から泥にまみれた緑色のごつごつしたものが突き出て伸びている。なにかを摑もうとしている指のようにも見える。トーマスは靴の先でちょっと突《つつ》き、「なんだ？　これは」と呟いてみるが、よく見ようとしゃがみ込もうとしたとき、妻がキッチンの窓から声をかける。中に入って、火曜のキャセロールが出来たわ、と。

翌朝になると、捩《よじ》れた木のようなもの――幹と蔓《つる》と葉っぱのあるがっしりした昆布のような、人の腕によく似たもの――が、地面からぬっと出ている。たった一日でそれはどんどん大きく太く広がり、とうとう蹲《うずくま》っているような人間の形になる。トーマスがその姿を目にしたのは、帰宅後に芝刈機を裏庭に運んでいくときのことだ。

最初トーマスは、芝がそよいだり、草むらが震えたりしているのは風のせいだと思った。目を眇《すが》めて小首を傾げながら、蹲った格好のものを、いつの間にか入り込んできた雑草だろう、くらいにしか思わなかった。ところが、それが意志を持って動いているではないか。風に逆らって身を起こし、ゆっくりと体を伸ばし、震わせている。何度か動きを止めながらもそれはまっすぐに立ち、トーマスと同じ背丈と体格の人の姿になる。がっしりした肩も、肉付きのいい腰回りもトーマスと同じだ。

その泥の人間は、浅いクレーターの中央に立っている。関節には、長いあいだ火に焼かれると幹から噴き出す松脂に似たぶつぶつが出来ている。土くれがばらばらと地面に落ち、スイセンとギボウシに斑点ができる。風が吹いているのに、それは樹木のような静寂さをまとい、体から垂れている蔓や葉は髪のように揺れ、豪雨の後に歩道を覆うミミズのようなにおいを発している。泥人間の目は、腐った胡桃《くるみ》の実の内側のように黒い皺が刻まれている空洞で、まともに見えているとは思えないが、それでもトーマスを見つめているらしい。

泥人間が一歩前に踏み出すと、トーマスが一歩後ろに下るので一瞬、鏡に映った自分を見ているように思える。泥人間が片腕を上げてごつごつした指を広げ、トーマスは、相手が握手をするつもりなのかと思う。ところが泥人間の手は芝刈機を摑む。紐をぐいっと引っ張ると、エンジンが唸りを上げる。すぐに泥人間は芝生を刈り始め、暗緑色の小道を残しながら柵際のところまでいき、そこで芝刈機を手際よく反転させてトーマスのところに戻ってくる。トーマスは目を瞬《またた》き、疼《うず》く皮膚を包む包帯を引っかきながら、立ちつくすばかりだ。

トーマスの頭は一時《いっとき》たりとも休まず計算し続けている。主寝室の浴室の床に貼ってあるタイルの数を知っている。十五枚だ。ホンダ・エスコートにはいつもメモ帳とペンが入れてあり、ガソリンを入れるたびに一ガロン（約三・八リットル）あたりの燃費の計算をする。市内道路では三十四キロ、高速道路では五十一キロ。今夜の食事を基に、明日の便通の回数も驚くほど正確に推測できる。ミートローフなら一回、フィッシュフライなら二回、メキシコ料理だと三回半。ＮＣＡＡのバスケットボール・トーナメントが始まる何週間も前から、チームの成績、負傷者、監督の戦略をつぶさに調べてトーナメント表を作る。きっちりと計算すれば気分爽快となり、自分のするべきことがほぼすべてわかる。いまも、彼は腕時計を見ながら、芝生を刈って歩道にちらばった葉屑を掃除するのに必要な四十分という時間を節約できた、と思い、このぶんなら夕食前にアンダーソン宝飾店のポートフォリオを終わらせることができる、と考えている。

泥人間は庭の端の芝生を刈りそろえる。泥人間は新しい堆肥を撒く。泥人間はゴミを捨てる。泥人間は車庫を掃除する。泥人間は暖炉にたまった灰を取り除く。泥人間は地下にあるシャワー室の、タイル目地の黴をこすり取る。泥人間は樋を掃除して湿った枯葉を掻き出し、スズメバチの巣を駆除して紙つぶてでもあるかのように脇に放り出す。泥人間は食器を洗おうとするが、水が肉汁のように濁るので断念する。

初め、トーマスの妻はいい顔をしなかった。「近所の人たちにどう思われる？」彼女は言う。「家事をしていないと思われるでしょ？　わたしがなにもしないで一日中のらくらしてるって」。しかし、泥人間がダイエットコークにレモンの輪切りを添えて差し出し、洗濯室に山となっていた皺くちゃのシャツやブラウスにアイロンをかけ、テレビ画面の真ん中にぎざぎざの線が入らないように衛星のアンテナを調整するに及んで、妻は、トーマスが気にもとめない些細なことを忘れない泥人間をだんだんと好きになる。「ありがとう」と彼女は言う。

仕事から帰ってみるとあらゆる仕事が完璧に終わっているので、トーマスはすっかり気分爽快になる。彼は笑みを浮かべて泥人間の肩を労をねぎらうように軽く叩き、それから掌についた不潔な泥を擦《こす》り落とすために浴室に向かう。

トーマスには、オーウェンという二歳になる息子がいる。父と息子は一緒に時間を過ごすことがあまりない。たまにトーマスがジグソーパズルをしたり砂場でおもちゃのトラックを押したりして息子と遊ぼうとしても、お互いに苛立つ羽目になる。オーウェンは決まりを守らない。オーウェンは最初に縁の部分から並べられず、砂を空中に投げつけて庭を汚す。それでトーマスはひっきりなしに、「だめ、だめ」と言い続け、しまいに子供は顔を真っ赤にして癇癪を起こす。

トーマスはオーウェンの存在を忘れるときがある。一度、帰宅してキッチンに入ったとき、冷蔵庫の扉のマグネットで遊んでいた息子に躓《つまず》きそうになった。「ここでなにしてる？」とトーマスは言ったが、その言葉には多くの意味がこめられていた。

オーウェンは頭でっかちで短足だ。手の関節のところが小さくくぼんでいる。濁った色の目は髪の色に合っている。この男の子は、泥人間を愉快なペットのように、追いかけたり困らせたりするものだと思っているようだ。泥人間の脚のあいだを駆け抜ける。泥人間の体から葉っぱをむしりとって緑色の紙吹雪のように空中にばらまく。一日の終わりには、泥人間の手をつかんで、おもちゃを集めるのを手伝ってと頼む。泥人間は決して不平を言わない。自宅の書斎からトーマスは、三輪車から転げ落ちた息子を泥人間が立たせてやり、頭をよしよしと撫でてやるのを見る。

この夜オーウェンは居間の床で、猫ほどの大きさのプラスチック製のドラゴンと遊んでいる。背中の赤いうろこを押すと、ドラゴンが力強く歩き出し、口を開け、唸り声を出す。しかし電池がなくなっていて、足取りは弱々しく、声は喉を締められた鳥のようにかすかだ。

トーマスが牛乳を飲もうと書斎から出ると、息子がおもちゃのことでめそめそ泣いている。「ちょっと待ってなさい」とトーマスは言い、電池と工具箱の入っている棚のところに行く。それから息子のそばにしゃがみこむ。「ぼく、手伝う」とオーウェンが言い、トーマスは「だめだめ。そこで見て覚えるんだ」と言う。

しかし包帯の巻かれた手ではドラゴンをうまく摑めず、怪我をしていないほうの手は、一日中ペンを握っていたために震え、ドライバーをうまく扱えない。ドライバーが、電池の入っているドラゴンの腹部にある小さなねじ穴には大きすぎる。ドライバーを三度回し損ねて、彼はじっと両手を見つめる。ひたすら両手を見る。まるで壊れた機械の制御装置を見るかのように。

そのとき、芝生に肥料をやり終えた泥人間が家の中に入ってくる。玄関のマットで足をよく拭くと、マットの繊維に緑色の堆積物が残る。囁き声に似た音をたてながらトーマスのほうにやってくる。躊躇《ためら》うことなくドラゴンとドライバーを手に取り、古い電池を取りだして充電された新しい電池に入れ換えると、他の仕事をするために別の部屋へ行き、泥人間をじっと見つめるトーマスだけが残される。

四月になり、トーマスはかつてないほど忙しくなる。クライアントの多くが十五日を納期日に設定しているせいだ。そのうちの三人は中小企業の社長で、「ターボタックス」というソフトを使おうとして、給与支払の迷宮に入り込んでしまった。彼らは控除に関して一家言あった。「でもどうなんだろう……」という言葉から彼らの主張は始まる。自分たちのミスの責任はトーマスにあるかのような言い方だ。トーマスは心のうちでは彼らを憎んでいるが、米国政府《アンクルサム》をなじる彼らの冗談を聞くと、頷《うなず》いてかすかに笑みを浮かべる。そして、すぐにでも仕事にとりかかるので、延期を申請する必要はないと約束し、どうやってその時間を捻出しようかと考える。

妻が新しい香水をつけて帰ってくる。エスティローダーの製品だ。妻はキッチンでトーマスに身を寄せ、どう思う、と尋ねる。トーマスはどれどれと妻の匂いを嗅ぐ。「花みたいな匂いだ。とてもいいよ」と言う。ところが突然、鼻の中に無数の蟻が集まって穴を掘っているような感覚に襲われ、大きなくしゃみがひとつ出る。妻から離れても、次から次へとくしゃみは続く。とうとうカウンターのところまで後退するが、それ以上は遠ざかれない。涙が流れる。鼻の下が鼻汁で湿っている。妻が、ティッシュいる？　と訊き、彼は腕を振り上げて妻を追い払う。

泥人間が近くの廊下にいる。掃き掃除の手を止めている。両手で箒の柄を剣のように握っている。洞《うろ》のような目でレベッカを見つめている。鼻の穴を膨らませている。そのとき泥人間の額から、ピンク色のミミズの頭が現われる。大気を求めて、血管のように脈動している。

泥人間が作った復活祭の料理は、マッシュ・ポテト、フルーツサラダ、ホイートロール、そして庭から取ってきたローズマリーとニンニクで飾りつけられたラム・ローストだ。テーブルには結婚祝いの上等な磁器が並ぶ。薄緑色のキャンドルが二本、開いた窓から入ってきた風に煽られ、チリチリと音を立てる。泥人間が銀の大皿に載ったローストを運んできてテーブルに置くと、だれもが――幼いオーウェンですら――「うわあ」という声を上げる。泥人間が肉切りナイフを手にした瞬間トーマスがいきなり立ちあがったので、椅子がひっくり返りそうになる。「おれがやる」そう言うとトーマスはナイフをひったくり、肉を切り分け、分厚い赤いスライスをそれぞれの小皿に置く。「さあどうぞ」と彼は言う。「さあどうぞ」

泥人間は説明を待っているかのように、その様子をじっと見つめる。トーマスはテーブルの上座の席に着き、ナプキンを顎の下にたくしこんで言う。「これが原理原則ってものさ」

寝室の窓の外に街灯がある。月の出ていない夜でも、ブラインドを下ろしているときでも、部屋の中に青白い明かりが満ちる。自分の会社を営業停止にした会計監査の嫌な夢を見て目を覚ますと、窓のそばに黒い人影があるのに気づく。すぐに、それが街灯に照らされた泥人間の影だとわかる。

「おまえか」トーマスは声を落として訊く。「何の用だ？」

泥人間はなにも言わない。一言もしゃべらない。開いている窓から春の冷気が入り込み、その瞬間風の流れが変わり、ブラインドが音を立てて枠にぶつかる。部屋の中が一瞬暗く翳る。

トーマスが帰宅するとステレオから大音量でローリング・ストーンズの曲が流れている。居間で泥人間が踊っている。膝を曲げ、両腕を上下に動かしている。その横で、オーウェンが飛びはねながら調子っぱずれのタイミングで手を叩いている。そして妻もいる。両手を頭上に掲げ、くるくると回っている。目を閉じ、口角が微笑んでいるように上がり、友人に耳元でなにか囁かれているかのような幸せそうな顔つきだ。

トーマスはステレオのところに行ってスイッチを切る。全員がその場で動きを止め、その静寂の中で彼は言う。「もう気がすんだだろう」

仕事場で、彼は農場経営者に、たとえ飼い犬がネズミを駆除し、雌の仔牛を牛舎へ追い込む手伝いをしているからといって、その犬と餌と犬用おもちゃ《チュートイ》の費用を経費で落とすことはできない、と言う。仕事場で、彼はミュージシャンに、オレゴン州、ワシントン州、アイダホ州、カリフォルニア州、ワイオミング州それぞれの州税の違いを説明し、彼がおこなったコンサートすべてについての確定申告をしなければならない、と伝える。仕事場で、彼は自分の姿が亡霊のように歪んで映っているミラーサングラスをかけた大学生に、項目別控除について説明しようとする。

三人とも口をぽかんと開けてトーマスを見つめている。冬のせいで青白い彼らの顔は、溺死人のようだ。

帰宅すると家の中にだれもいない。妻の名を呼んでも、その声は弱々しく廊下を伝って消える。トーマスは寝室に行き、ネクタイを外して着替える。ベッドが乱れて泥だらけになっているのに気づく。ベッドまで歩いていくと、固い床にローファーの靴音が響く。シーツを摑んで引き寄せ、顔のところに持っていき、においを嗅ぐ。草と石と雨とミミズのようなにおいがする。

彼は突然、骨を抜かれ、三枚におろされた感じがする。目眩《めまい》に襲われ、脆《もろ》い氷層を落ちていく男のように両腕を広げ、ドレッサーにもたれて転倒をまぬかれる。そのときだ。窓の外に妻と泥人間がいるのを目にする。ふたりは彼のラッパズイセンのあいだに膝をつき、草むしりをしている。ガラス窓越しに、かすかに鳴っている音楽が聞こえる。外に持ち出したラジカセから流れているのだ。妻は頭を上下に動かしている。そのそばの砂場で息子がおもちゃのトラックを動かしている。唇を引き結んでいるが、エンジン音を出しているのは間違いない。空は瑞々しい青さで、ところどころに厚い雲が浮かんでいる。窓には格子が取りつけられている。ふとトーマスは、自分だけが彼らと引き離されて監禁されているような気がする。

数学的原理の範疇から完全に外れているものを処理するのは難しい。親指を舐《な》めて国税局のマニュアルをめくって調べることも、答えを求めて政府のウェブサイトからPDFの書式をダウンロードすることもできない。計算機に数字を打ち込んだり、シャーペンに芯を入れたり、間違いをくすんだピンク色の消しゴムで訂正したりすることもできない。

ほかにどうすればいいかわからないので、トーマスは包帯の巻かれた手をドレッサーに打ちつける。激痛が腕を駆け上がり、その圧倒的な力に彼は慰めを見出す。べそをかきながら、包帯から溢れ出す血の熱さを感じられるまで、何度も手をドレッサーに打ちつける。香水瓶が傾いて倒れ、ドレッサーから床に転がり落ち、粉々に割れたガラスが四方に飛び散る。

庭で泥人間が、窓の内側にいるトーマスの声を聞いたかのように――あるいは感じたかのように――顔を上げる。二十メートルほどの芝生を挟んで、ふたりの視線がぶつかる。トーマスは目を逸らすまいとするが、濃厚な香水の霧に包まれ、一度、二度とくしゃみをする。溢れ出した涙が頬を伝い落ちるので視界がぼやけているが、泥人間のいつもの緩んだ表情が引き締まり、怒った顔つきをするのを見た。トーマスを厄介な夢の欠片《かけら》、あるいは引き抜いて捨てるべき雑草、最初からそこにいるべきものではなかったと考えている顔つきを。

ダニエル

アリッサ・ナッティング

ナンシーはいまではたびたび、ダニエルが生まれた日のことを考えていた。破水したのは、ラブラドールのビルコが十四歳で死んだ数時間後のことだった。到着した救急医療班は、ダイニングルームの床のシートに覆われた死体に注意をそらされた。被害者の死体だと思って急いで駆け寄った彼らは、ぐにゃりと力の抜けた毛むくじゃらの前足が二本、死体ならではの角度で丸まってシートからはみ出しているのを見て、息を呑んだ。その音がナンシーには聞こえた。

ストレッチャーに乗せられるときナンシーは、キッチンのほうを指差した。「わたしの犬が向こうで死んでる」と言った。その口調はなんらかの透視能力によるお告げのようだった。医療班は彼女から目を離さなかった。彼女は失血していた。

せわしない動きと音が彼女の頭上で幾重もの層を作った。救急車の後部では処理におおわらわだった。しかし、その混沌の中で、ナンシーは奇妙なほどの安らぎに包まれていた。もしかしたら、人生で二度と味わえない心穏やかさだったかもしれない。赤ちゃんの命を救うために最善を尽くしますから、と言われたとき、ナンシー・ホームズはこう思った。わたしの犬は死んで、わたしの赤ちゃんに生まれ変わろうとしている、わたしが産もうとしているのはわたしの犬なのよ、と。

ナンシーの息子ダニエルは、自分は吸血鬼だと信じて疑わなかった。かかりつけの歯科医ボシュ先生は、何カ月にもわたってダニエルにしつこく懇願されて、エナメル色の歯冠を上の左右の犬歯にかぶせることにしぶしぶ同意したが、それにはダニエルが母親の許可を取り付けることと、外したくなっても自分で勝手に外さないと約束することが条件だった。ダニエルは署名を偽造した許可証を渡したが、ボシュ先生の秘書が確認のために家に電話をかけて嘘がばれた。結局ダニエルがハンガーストライキを四日間続けたところで、ナンシーは、自傷行為と見なしている処置を受け入れた。

歯冠がかぶせられると、ナンシーはダニエルが十歳から十二歳までの二年間に歯科矯正にかかった費用の領収書を息子の寝室のドアに貼り付けた。最後の行に、マーカーで次の言葉を書き加えた。「あなたは両親に六二一八ドル四三セントの借りがあります」。「少なくとも、永久歯ってわけじゃない」とナンシーは夫のクリスに言い続けた。「でも、たまらない。きれいな歯にするのにあんなにお金をかけたのは、牙に戻すためだったなんて」。ダニエルの乳歯が抜けると、そこにはいかにも不釣合いな大人の歯が生えてきた。人間とかけ離れた生き物だけに生える歯だった。それを人間らしい歯にするのは容易ではなかったが、歯の処置は着々とおこなわれた。抜歯し、削られ、整えられた。

「あの子は怪物の口を別の怪物の口にしたのよ」

「あの子が使える特別な歯ブラシがあるかな?」クリスが落ち着いた口調で尋ねた。彼はいつもとても実務的だ。ナンシーにはそれが残念でならない。クリスは決して怒りを露わにしない。怒ってもなんにもならないと思っている。「虫歯にならないように目を光らせていなくちゃと思ってね」

「あの牙は本物の歯じゃないのよ。ただの歯冠。帽子みたいなもの」。そもそもの過ちはクリスと結婚したことだ、とナンシーは思っていた。ダニエルは腐った林檎だ、下手に縫い合わされた彼女の畑から刈り取られたもの。つまり、望みはないということだ。ダニエルは呪いから逃れられない。「永久歯ってわけじゃないから」ナンシーは繰り返した。

彼女は夫の顔を見る気になれない。夫は両面に硬い毛のついた特殊な歯ブラシのデッサンを描き始めている。機械類に強くても、頭が少々足りないのではないか、とナンシーはよく思う。デートしていたときには、クリスの寡黙さと、そのおかげで距離を保っていられることに感謝していた。だがその寡黙さは、頭が活発に動いているせいだとも思っていた。いまではそんなふうには思えない。

肉づきのいいパグの老犬ピックルが、部屋に入ってきてクリスの足元に横たわった。これもその証拠じゃないの？ とナンシーは思った。動物は頭の足りない人が好きなんじゃない？ そういえば、ウェットスーツを着た夫がおしゃべりなイルカの群れと泳いでいたときもそうだ。イルカは夫が姿を現わすとたちまちご機嫌を取り始めた。灰色の体に囲まれて子供のように笑う夫の声がいまも耳に残っている。それとわからずに夫に知能テストを受けさせる方法があるかもしれない。その結果がボーダーライン上なら、無条件で離婚できるかもしれない。

ピックルは悲しそうに後ろ足で立ち上がり、大きなローファーを履いたクリスの足にそろそろと体を載せ、困ったように床を見つめてから腰を動かし始めた。クリスは犬を振り落とし、ノートのページをめくった。

ピックルはぴたりと寄り添ったまま、傷ついたような面持ちで靴をじっと見つめ続けている。

「たぶん彼のせいじゃないよ」とクリスが言った。ナンシーは夫が言っているのが犬のことか息子のことかわからなかった。

「どうしてパグ犬にしたの？ クリス。この子、前後から圧縮されてぺしゃんこにされたみたいに見える」

ビルコを失って数年後の母の日に、クリスからパグ犬をプレゼントされてからというもの、言い方を変えながら同じ質問を繰り返してきた。そのたびに、クリスからは違った答えが返ってきたが、どれも納得できるものではなかった。

「ダニエルが選んだんだよ」。クリスは今回、頭にくるほど率直に答えた。「ダニエルが、コイツはヘンな犬だから母さんを笑わせられるかもしれないよって言ってね」

「ラブラドールはいなかったの？　それならひどいいたずらには見えないのに」

いきなり上の階からオルガンの曲が大音量で流れてきた。ダニエルだ。「あの子ったら、また悲惨な映画音楽を作曲しているわ」ナンシーが言った。そのせいでふたりの会話が、衝撃的なことがいまにも暴かれようとしているような、ドラマチックで危うい雰囲気になった。まさにそのときだった。

「ラブラドールでは辛すぎるかもしれないと思ったんだ」

クリスが愛情をそれとなく示すような優しい口調になると、ナンシーは心穏やかではなくなる。夫に関する限り、彼女はずいぶん前から単なる健康管理上の義務として受け入れるようになっていた。たとえば、毎朝彼女は夫のビタミン剤を用意するが、運動しなさいと迫ったりはしない。彼女にしてみれば、クリスにはそれほど長生きしてもらわなくてもいいのだ。夫が胸に激痛を覚えでもしたら、もちろん、病院に電話する。でもそれは、必要最小限の善意を施すのが自分の義務だと思っているからで、クリスにも妻に同じように接してもらいたいと思う。優しさを見せられると、こっちが冷淡に思えるばかりだ。

「そんなことなかったのに。あいにく、わたしにとって大事なのは現在だから」

彼女は急いでトイレに行き、ドアを閉めたが、少しだけ開けておいた。ピックルがすぐにやってきて、くんくんとにおいを嗅ぎ、隙間に鼻を押し入れてこじあけ、中に入ってきた。そしていっしょに腰を下ろした。ナンシーは便座に、ピックルは床に。彼女も犬も、自然災害を待っているように見えた。

ナンシーはあの日のことを、ダニエルが生まれた日のことを考えた。ダニエルがこうなったのはあのせいかもしれない。ある種の神経損傷は出産時に起きる。でも、幼い頃のダニエルはそこそこ正常に見えた。もちろん、歯以外は、ということだが、歯科医はこれは遺伝によるものだと言った。だから、ダニエルの歯があんなになったのは自分のせいだという気がずっとしていた。その歯を治そうとした。治せたと思った。今度もまた、ダニエルがあんな歯にしたのはわたしのせいなのだ。

あの日、ビルコが死んだ後にやろうとしたことは自慢できるようなことではない。でもたとえ過去をやり直せたとしても、たとえダニエルがおかしいのはわたしがしたことのせいだというのが確かだとしても、やり直しなどしないだろう。自分の人生はろくでもないし、この先少しもよくなりそうにないし、これまでだってそうだった。夫を少しでも愛せるようになっていたら、夫はわたしのいちばん大事な望みを叶えてくれただろう。「このことは二度と話したくない」彼女はあの日、あのことがあった後、病院で夫に言った。そして夫も二度とそのことを尋ねなかった。それをないことにするために、ふたりはみごとなチームプレーを発揮した。

ダニエルは自分のペニスを見ながら、体が成長するにつれてここももっと大きく太くなるかもしれないと思った。ペニスはとても白く、そのために青い静脈が実際よりも皮膚のすぐ下にあるように見える。これまで一度も日の光を浴びたことがない。ダニエルはそれがとても気に入っている。日に当たっていないから素晴らしいのだ。ペニスはこれまでずっと理想的な状態だった。体のほかの部分もそうなってほしいと思う。滑らかで奇妙なほど白いペニスを見ていると、縮んだり萎《な》えたりしないように明るい光を決して当ててはならないと思う。窓に掛かっている分厚いベルベットのカーテンを開けて日光に晒《さら》し、どうなるか実験してみようか、と一瞬考えた。もちろん、近所の人に見られるかもしれない。ペニスを日に晒す実験をしていたなどと、母親に告げ口されてはたまらない。

ダニエルにとって、新しい牙をつけたことは大きな喜びだったが、同時に具合の悪いさまざまなホルモンを発生させるきっかけになった。とはいえ、自分の体になにが起きているのか最初はよくわからなかった。その日の午後、不思議なことが起きたのだが、それを理解できるだけの心の準備ができていなかった。ベッド脇のテーブルから水の入ったコップを取って口に持っていき、人工の牙を差し入れて飲んだとき、その牙がまるで二本のストローのように水を吸い上げたのだ。

ナンシーはそんなことになるとは思ってもいなかったが、夏休みに入ってからダニエルはますます気味が悪くなってきた。いっしょに食卓につくこともなくなり、数日前には、これから昼夜逆転の生活を送ると宣言した。さらに、頭をすっかり刈り込んで、顔と首と頭に白いクリームを薄く塗るようになった。「白血病のピエロみたい」ナンシーは夫に嘆いた。

「陽に当たるとひりひりするんだ」ダニエルは母親に言った。牙が二本、薄桃色の頬に映えてきらきら光った。彼の食事もすっかり変わった。生肉、サラミ、トマトをベースにしたジュースだ。ナンシーがある朝ドーナツを出すと、ダニエルはガラスの破片が入った器を出されたかのような目つきで母親を見た。彼はひっきりなしにビーツを食べるようになり、ナンシーはその理由にようやく思い当たった。大量のビーツを摂ると血のように赤い尿が出るのだ。

「もうビーツは買わないわよ」とナンシーは言った。「体を手品のトリックに使っちゃだめよ」

ナンシーは唇を噛んだ。体を手品のように扱うことや、血のことについては、彼女のほうがダニエルよりはるかに詳しかった。自分を傷つけたあの日、長いあいだ隠されていた泉の中にどれほど大量の血があるかを知って、嬉しい驚きを感じたことをいまでも忘れずにいた。死ぬつもりだったのに、気がつけば自分が手品に使われていた。彼女は、ウサギを引っ張り出すための帽子だったのだ。目が覚めると腹部には切開された傷があり、それは自分で手首につけた傷よりはるかに大きく、はるかに痛かった。それにもかかわらず、そばの椅子に座って微笑んでいるクリスは、どこからともなく現われたかのように見える赤ん坊を抱いていた。

十四歳の誕生日にダニエルはコウモリがほしいと思った。ペットとして飼うのではない。ペットとして飼うのは違法だ。もっとも、母親が反対する理由として違法というのはいちばん弱いだろうが。ダニエルがコウモリを手に入れるために算段してたどりついた案はこういうものだった。大勢の野生動物愛好家が、バットボックスと愛情を込めて呼ぶ、コウモリを守るための巣箱を作っている。来るべき誕生日のプレゼントは、その巣箱を湖のそばにある祖父母の土地に設置するのがいいと思った。

ダニエルはかなりの時間をかけて説得の準備をした。写真をコラージュ風にポスターボードに貼り付け、母親を安心させるためにおびただしい数の事実の言葉を書いた。たとえば、「コウモリは人間を攻撃しないいし、髪の毛に絡んだりしない」「毛に覆われていて怖そうに見えるフロリダの白コウモリは、夏の間にはめったに現われない」「吸血コウモリはアメリカには生息していない。名前は吸血でも血を吸ったりはしない」などなど。とはいえ、この吸血コウモリも人の皮膚にできたすり傷の血を舐《な》めたりするといった不愉快な事実は隠しておいた。それに、巣箱に入りたがるのはたいていブラジルのオヒキコウモリで、これには発達した臭腺があって、その臭いだけで識別できるほどだ、ということも伏せておいた。

耐えがたい思いを振りきって出ることにした朝食の席が、計画を実行するチャンスだ。両親はまだ寝起きのぼんやりした状態にいるから、それほど強硬に反対しないだろう。銀色の一筋の光が寝室のドアの下にしだいに現われてくるのを、ダニエルは震えるほどの不安なまなざしで見つめた。これは、いまでも部屋の中に入り込んでくる唯一の日光だ。いつもならこの時間には眠りについているのに、今日、光が射し込んでくるのをじっと待っているのは、食卓への遠征には聖書にあるような重要な意味合いが含まれているからだ。ゲッセマネの園のイエスのように、光という迫害者の手に自分を委ねようとしているのだ。これにはそれだけの犠牲を払う価値がある、と自分に言い聞かせた。

母親をなだめるために、彼は絵がたくさん描かれたポスターボードを、第二段階のポスターボードの後ろに隠した。第二段階のポスターボードには、巣箱を作るために必要な資材と費用が細かく書かれていた。工務店のウェブサイトを見ながら計算したのだ。ダニエルが咳払いをして説明を始めようとしたちょうどそのとき、父親がスクランブルエッグにケチャップをたっぷりかけたので、思わず唇を舐めていた。ケチャップはいま中毒になっている食べ物で、毎日、無性に食べたくなる。

「そのポスターはなんなの?」と母親に訊かれて、ダニエルははっとして注意を戻した。

「これのこと?」彼はしらばっくれて言った。「ああ、訊いてもらってよかった」

彼の説明が終わると、母親は甲高い声でそれは絶対に許せないと喚きはじめた。この長たらしい非難の演説を聞いているうちに、ダニエルは自分の母親が「ガミガミ屋」だということがよくわかった。これが母親のいちばん大きなカテゴリーであり、ダニエルが母親のことを考えるときに、どんな思い出や絆や感情よりも真っ先に頭に浮かんでくるものなのだ。母親がコウモリの絵が描かれたポスターボードを手に取った後しばらくして、それを真ん中から破るまでの間にダニエルは次のような生物学的分類をした。ドメイン——ガミガミ屋。界——騒音界。門——喚き門。網——ヒト網。目——メス目。科——ホームズ科。属——母親属。種——くそばばあ種。

父親はわずか一メートルほどのところで、たっぷりのケチャップの中から卵をフォークで掬《すく》いとっていたが、ダニエルは母親のことで父親の助けを当てにしてはいなかった。そんなことをしても無駄だと、もう何年も前から身にしみてわかっていた。それでダニエルは、問いかけるような視線を父親に向けた。どうしてこの女が、このナンシーが、この騒音がここにいるの？　この女がぼくたちふたりにどんないいことをしてくれた？　と。父親は食べかけの皿から身を引くと、じゃあ行ってくるよ、と言って部屋から出ていった。

ダニエルはいつものようにひとりで、母親に向き直った。「グローバルに考えてみてよ、母さん。コウモリは絶滅寸前になってる。このやり方でその状況をがらりと変えられるんだよ。それに、コウモリは害虫を食べてくれる。たくさんの害虫を。害虫は少ないほうがいいでしょ？」

ナンシーは夫の皿を手に取り、中身を生ゴミ処理機の中に空け、いつもより長い時間をかけて粉砕してから大量の水を入れて流した。ダニエルには、母親が乱暴にゴミを粉々にする姿をあえて見せることで憂さを晴らしているように見えた。メタファーみたいだ。おまえの希望と夢なんか、こうしてやるよ（スイッチ、ポン）。

「ゴキブリを駆除する方法はネズミを家に招き入れることじゃないのよ、ダニエル。もうこの話にはうんざり。二度と聞きたくない」ナンシーはグラスに水を注ぎ、そこに食物繊維の粉末サプリメントをスプーンに三杯分入れ、かき混ぜ、飲んだ。

「わかったよ」ダニエルは小声で言った。そして立ち上がるとさもがっかりしたというふうに足を引きずって階段へ向かった。「ぼくの誕生日、祝ってもらわなくてもいいから」彼は、うまい捨て台詞を言ったと思いながら、階段を上り始めた。しかし、母親の反応が素早すぎて、あるいは声が大きすぎたせいかもしれないが、その声が耳に飛び込んできた。

「ダニエル、空飛んで糞をするげっ歯類を家に入れるなんて、パーティの計画にはないわよ。文明社会にもう一度参加したいなら、親には日焼けローションと水泳パンツをねだりなさい」

階段の四段目で立ち止まったダニエルは、突然激怒した。牙が脈打ち、口の中に唾液が溢れた。今日で終わりにしよう、と思った。今日は、いつもそうするように自分の部屋に駆け込んでいったりしない。今日こそ自分の気持ちをあの女にぶつけてやる。

ところがキッチンに戻ってみると、母親がバスルームのドアをぴしゃりと閉めるのが見えた。食物繊維の飲み物は効き目が速いのだ。

目眩《めまい》がするほど激しい痛みに頻繁に襲われて、自分の体が自分のものに思えなかった。体中に締めつけられるような痛みを感じはじめたときには、珍しい癌にでもかかったのか、正常に成長していないせいなのか、と不安に駆られた。しかし、その痛みの照準が牙の歯冠にぴたりと合うと、別の考えが浮かんだ。骨が形成される痛みではないか。そのほうがいいに決まっているが、癌よりもっとありそうにないことだった。歯冠は、きつすぎるか虫歯になったかのような、不快な圧力をかけてきた。しかし、それを外されるのを恐れ、そのことを人に話したり、歯医者に駆けこんだりする気にはなれなかった。

とはいえ、いちばん困った事態は、ピックルだった。

ピックルはたいていダニエルのベッドで寝ていた。この犬はゼイゼイと苦しそうに呼吸するので、どんな状況でもぐっすりと熟睡できる成長期のティーンエイジャーでもなければいっしょには寝られなかった。この無骨な犬がベッドの上にもそもそと懸命によじ登ってきて、彼のかたわらで四肢を伸ばし、体全体をベッドいっぱいに広げて枕のように横たわる様子に、ダニエルの心は和んだ。「ピックルは一日二十二時間は寝ている」と一度父親に言ったことがある。

しかしいまでは、ピックルの隣で眠れない。聞こえてくるのは犬の心臓の音ばかり。ゆっくりとした重苦しい鼓動は、ときおりリズムが乱れて数秒後にぎこちなく再び動きだす。ピックルの首を覆うようについている脂肪のひだに牙を、もちろんそっと、犬の苦しげな呼吸を乱さない程度にそっと突き立てたいという衝動は、夜毎に強まっていった。犬の鼓動を聞くと、歯が、牙だけが、脈を打ち始める。勃起するときにそこだけが熱く脈打つように。

そして、ダニエルはこう思っていた。ピックルの首を噛んで血を吸ったりしたら、犬は痛がってぼくを怖がるようになるだろうし、大量に吸えば失血死してしまうだろう、と。しかし、この衝動には独自の力が働いているようで、これは正当な行為だと命じていた。どうしても血を吸わなければならない。彼の心と脳は、新しい司令部の背後に引っ込んでしまったらしい。性器の切ない疼《うず》きから二本の人工の歯へと直結する軌道の背後に。牙がだんだん弱くなっている気がする。いままでは水を飲むときに必ずその牙を使っているが、それが求めているのは皮膚の弾力であり抵抗感なのだ。噛みついて血を飲まなければ、枯れ木から萎《しな》びた実が落ちるように牙が落ちてしまいそうな気がする。

そう思った瞬間に心臓がどきどきし始め、ピックルの鼓動と同じくらい大きな音を立てているのがわかった。ただ、こっちの動悸のほうがはるかに速い。ピックルの鼓動が、追いかけてくる足の遅い無情な殺し屋のようで、こっちはどんどん速くなる。ピックルの脂肪に覆われた首の皮膚をつまみ、密集している毛に息を吹きかけ、歯の先端で盛り上がった皮膚にそっと触れてみた。そして待った。

犬の苦しげないびきには何の変化もなく、途切れることもない。ダニエルがそっと力を加え始めると、いきなり、わずかな液体が牙の中に満ち、思いがけない感覚が押し寄せてきて、一瞬彼は怯《ひる》んだ。鼻から呼吸している感覚はあるのに、溺れているような感じだ。ピックルは反射的に、かすかに身を震わせたが、目は覚まさない。ダニエルはしばらくのあいだ、二本の牙をフォークのように犬の首に突き立てたままピックルの寝息を聞いていた。それからおもむろに吸いはじめた。

たちまち、その喜びがどういうものかわかった。祭日に祖母が作ってくれたビスケットを初めて食べたときのように、ひとつひとつの味の粒子の繊細さ、口の中でじわじわと溶けていく甘みに圧倒された。五秒経ったら牙を抜こう、と自分に言い聞かせたが、複雑な喜びを味わううちに、ついつい七秒も経ってしまった。口を離すと、血が小さなビーズのような粒となって皮膚の穴を覆った。ダニエルはその穴の小ささに驚いた。牙のわずかな先端だけが皮膚に入っていたのだ。牙の根元まで入れずにすんだことに感謝した。

すっかり満足した彼は、ピックルに寄り添って眠りに落ちた。求める喜びを互いからことごとく味わって、空想にふける必要もない新しい恋人たちの満ち足りた眠り。目を閉じるだけで安眠した。

ハエが大量に発生する時期だった。ハエは玄関のガラス窓に群がり、交尾し、死に、干からびていた。ナンシーは掃除機を玄関ポーチに引っ張り出した。掃除機をかけるのは気に入っている。自分が力強く感じられる。そんなとき、もっと大きなもの、たとえば人や家や街などを吸い込めたらいいのにと思う。この世界をまるごと吸い込めたら。

ナンシーは窓の周りから掃除を始めた。ガラスを縁取っているゴムパッキンをなぞるように掃除機をかけてから、四角いバスケットに移った。そのバスケットは、彼女にそれだけのエネルギーがあったなら、七月には花で一杯になっていたかもしれない。そのとき、掃除機が不穏な唸り声を立てた。なにかおかしなものを吸い込んだのだ。

ナンシーはスイッチを切り、ホースを外した。ホースを持ち上げて望遠鏡を覗くように内部を見たが、先まで見通せない。なにかが詰まっている。

「なんてこと」ナンシーは言った。そのとき一台の車が通りかかり、クラクションが鋭く鳴ったので、ナンシーは思わず跳びあがった。レイチェル・キャノンが豪華なステーションワゴンの中から手を振っている。後部座席には子供がふたり、大きなヘッドホンを着けてゲーム機をじっと見ている。ナンシーはレイチェルに応えようと、掃除機のホースをわずかに上げた。未開人が獲物を仕留めた後で槍を突き上げる格好にちょっと似ている。親愛の情とも敵意の表われともとれる動きだ。

ナンシーは、ホースに詰まったものを突《つつ》き出せるものはないかと庭を見回した。すぐそばにある熊手の柄《え》に目がとまった。おずおずとホースを両足のあいだに挟みつけ、熊手の柄を押し入れて詰まったものを出そうとした。柄は少しずつ入っていき、何かが動く手応えがある。最後にぐいっと押し出したとたん、地面に転がり出たものを見て、彼女は悲鳴を上げた。

死んだ鳥の頭だった。

「それ、なに?」パジャマ姿の、明らかに起きたばかりのダニエルが、戸口に立っている。その顔が信じられないほど真っ白だ。

しばらく前なら、ナンシーは日中にダニエルを屋外に出そうとしてあらゆることをしただろう。だがいまではその段階は過ぎ、息子を恥ずかしいと思う気持ちが、息子に日光浴をさせたいという母親らしい健全な願いに取って代わっていた。「中に戻りなさい」と彼女は唸るように言い、熊手の柄で息子を押し戻したいという衝撃をかろうじてこらえた。

突然、クラクションがまた高らかに鳴った。短い音は、ちょっとこっちに来て、と促している。ナンシーは振り向いた。ぞっとしたことに、レイチェルはすでに車を停めて、私道をこちらに向かって歩いてきている。ナンシーはダニエルのほうに向き直り、中に入りなさい、という仕草をした。「それでね、あなたがわたしみたいに香料入り蠟燭に夢中になっているかどうかわからないけど」とレイチェルが話し出した。「ご近所の奥様やわたしは――」

レイチェルは口をぽかんと開けて絶句した。日焼けした体から血の気が失せている。手を口に当て、金切り声を上げ始め、喘いだ。「この子は……これは……」

ナンシーは熊手と掃除機を放り投げ、失神しかけたレイチェルに駆け寄った。彼女の華奢な腰をぎゅっとつかんだが、上半身が後ろに反り返った。ステーションワゴンからかすかな悲鳴が聞こえる。「大丈夫よ!」とナンシーは大声で言い、ぐったりしたレイチェルの体を芝生に横たえようとした。しかし目を上げると、子供たちが見ているのは自分たちの継母でもナンシーでもなく、その後ろのポーチだった。ナンシーが振り返ったちょうどそのとき、ダニエルが鳥の頭を口に持っていった。ナンシーはレイチェルの体から手を離した。車のふたつのドアが同時に開いたとたん悲鳴が上がった。その悲鳴はあまりにもすさまじく、そこらじゅうから一斉に、音の大気となって聞こえてきたかのようだった。

レイチェルの意識がようやく戻った。初めはぼんやりしていたが、子供たちの悲痛な叫び声を聞いて、混乱状態からたちまちパニック状態になった。

「なんでもないのよ。なんでもないの」ナンシーの言葉には、張り詰めた異常な響きがあった。「うちの子はちょっといたずらをしてるだけ」ナンシーは子供たちをなだめた。「それで家の中に戻るように言ってたところなの」

ナンシーの憤怒の顔を見て、ダニエルは急いでドアに向かった。そしてドアに鍵をかけたので、ナンシーが狂ったようにノブを回し、力まかせにドアを叩いていると、レイチェルの車が動き出す音がした。振り向くと車が猛スピードで走り去っていくのが見えた。ナンシーは頭をドアに押し当てた。「ダニエル、ひどい目に遭わせるつもりはないわ」彼女は言った。「お願いだからドアを開けて。そうしたら中に入ってお酒が飲めるから」

それに応えて、カチリという音がした。ナンシーは掃除機と熊手を庭に放り出したまま、とにかくドアを閉め、壁に囲まれていたいとひたすら思った。ダニエルはとっくに寝室に引っ込んでいた。「クリスのせいよ」彼女は決めつけた。そう考えると救われた。グラスに入った白ワインにも救われた。ふわふわした心休まるローブにも救われるはずだ。それでブラウスを脱ぐと、ダニエルが生まれてから初めてのことだが、ブラだけの姿でバスルームに向かった。「あの子が鳥の頭から血を吸えるなら」妙に冷静に考えた。「わたしだってブラだけの姿で歩き回れる。あの子がわたしを傷つけた以上にわたしがあの子を傷つけることなんてできやしない。いまはもう無理」少しずつ、その考えは薄れていった。わたしはしくじったかもしれないけれど、ここに来てようやく努力するのをやめられる、と。

ピックルの血を味わってからというもの、血への欲求はますます強くなった。いまやそれにテレパシーまで備わったのだ。母親の悲鳴を聞いて寝室のドアを開け、半ば夢遊病者のようにふらふらと階段を降りて死んだ鳥のところまでいった。我に返ってみれば目の前に鳥の死骸があり、掃除機のホースの中から出てきたその頭と、こびりついたその血から目が離せなくなっていて、それからは本能的に動いてしまった。

その夜、ダニエルが目を覚まして階下に行くと、暗闇の中、母親が椅子に座っていた。

「ねえ、あれは確かに、いたずらみたいなものだったんだ。あの人たちがあんなにびっくりするなんて思わなかった。悪かったよ」

ナンシーはかすかに頷《うなず》いた。それでダニエルは黙った。どうして悲鳴を上げないのだろう?

「大丈夫?」

「あなた……あの血を口に入れた?」質問を投げかけるような、冷静ともいえる口調だった。

「ううん。そういう格好をしただけ」。嘘をつくと落ち着かない気持ちになる。普段彼は嘘をつかない。真実を話すほうが彼にはより反抗的な態度なのだ。

「死んだ鳥の血なのよ。死んでどれくらい経っているか、わからないでしょ。病原菌がいたかもしれない」

母親にじっと見つめられたダニエルは、自分が幽霊のような気がした。ナンシーは目の前にいるのが何者なのかわかりかけたところで、突然それが消えたとでもいうように、ダニエルの体の背後や周りを見て、その姿を摑もうと目を眇《すが》めている。「立ち上がらせて」とナンシーは静かに言い、手を差し出した。母親から甘酸っぱいアルコールの匂いが漂っている。酔っているのだ、とダニエルは思った。

「二階までいっしょに行こうか?」

「大丈夫、なんでもない。ひとりで行ける。平気だから」ナンシーはローブの裾を引きずりながら、手すりを伝ってゆっくりと上っていった。

ナンシーがベッドに入る気配でクリスは目を覚ました。デジタル時計の赤い文字をちらっと見る。いつもより遅い時刻だ。

「ねえ」ナンシーが口を開いた。「あなたとダニエルはもっといっしょに過ごすべきじゃないかしら。あの子は手本となる強い人物を求めているんだと思う」間を置いてから言った。「それにきっとあの子はわたしのこと好きじゃないから、あなたがするほうがいいと思う」

この発言は、クリスには奇妙に響いた。彼はその意味を理解するのに手間取ったが、ナンシーが打ちとけようとしていることに気づいた。彼女はある特定の分野のことを言い、そこに限れば彼のほうがうまくやれると提案しただけなのだ。

「そうかな」彼は言った。「巣箱をいっしょに作るっていうのはどうだろう」。ダニエルは家から出たがらないし、昼間は起きてこようとしない。いまの状態から息子を引っ張り出すことができるほど魅力のあるものは、巣箱を作る計画だけのように思える。

「吸血鬼と関係のないことのほうがいいかもしれない。あの子はやりすぎているわ、クリス。そのうち村の人たちが松明《たいまつ》と干草用フォークを手に家にやってきてもおかしくない」

「あの子が喜んでやりそうなことがほかにあるかい?」

そう問いかけられて、ナンシーは悲しみを吹っ切ったようだ。彼女がこちらに寝返りを打ったので、その動いている目の輝きがクリスには見えた。「そうね。あなたの言うとおり。じゃあ、あの子にとびきり怖い体験をさせてやって。あの子が作りたがっているばかげた気味の悪い巣箱を必死になって作らせて、わざとあの子の手をハンマーで叩いてやるのよ」その声には狂気じみた響きがあった。これこそ気の立ったナンシーだ。これこそ本物のナンシーだ。自分は全能であると感じているナンシーだ。

「やってみるよ」

ナンシーは明かりを消して背中を向けた。ベッドカバーの下で下半身がこんもり盛り上がっている。クリスはふと、妻とどうやって愛を交わしたらいいかもうわからない、と思う。どうやってその行為に及べばいいのかまったくわからない。それは、息子とどうやって付き合えばいいかわからないのと同じだ。だからといって、自分が駄目な人間だというわけではない。それどころか、この困難な状況で事をやりとげる善良な男なのだ。そう自分に言い聞かせた。

ダニエルは昨夜もまたやってしまった。そんなつもりはなかったのに。テレビを見ていると、ピックルが膝の上に乗ってきた。ダニエルはちょっと味をみようと身を屈めたが、血を吸い始めたら止めるのがとても辛くなった。それでおののいた。止めるのがこんなにも難しいとは。その後で急いで冷蔵庫に行き、ランチミートを何枚か持ってきてピックルを喜ばせた。犬を貧血症にしたくなかった。

いまピックルは枕の上でいびきをかいていて、その姿をダニエルは愛憎相半ばする思いで眺めている。なぜこの犬はぼくの部屋にそれでもやってきて、ぼくの後をついてまわったり、そばにいたりいっしょに眠ったりするのだろう。防衛本能というものがないのか？　ぼくより野性的であるはずなのに。ぼくを煽っていることが、自分の命を危険に晒《さら》していることがわからないのか？

ドアを叩く音がしてダニエルは跳びあがった。両親が不意にドアを叩いてこなくなってからだいぶ経つ。混乱した頭でダニエルはこう思った。母親がドアの向こう側で鳥の死骸を手にして立っているのだ。そして部屋に入ってくるなり鳥の喉に空いている小さなふたつの穴を指差し、それから嘆き悲しみながらぼくの心臓に杭を打ち込んで、ぼくを叱るときのいつもの声で、おまえのためにはこうするしかないのよ、と言うのだ。

「ダニエル？」

ダニエルはほっとして、牙の中に温かな液体が満ちてくるのを感じた。父親だ。

「いま休んでいるのはわかってるんだが、邪魔してすまないな。おまえに伝えたいことがあってね。いい知らせだといいんだが。母さんを説得したんだよ」

これは効いた。ダニエルがドアを開けると父親がかすかに笑みを浮かべた。「巣箱を作ってもいいそうだ」

巣箱。何のことか思い出すまでしばらく時間がかかった。この数週間の出来事のせいで、巣箱のことをすっかり忘れていた。

ダニエルは、自分のまわりを飛び交うコウモリと、その夜に吸った新鮮な血で膨らんだコウモリの脈動する小さな腹部を思い描いた。いまここにその一匹がやってきたら、お行儀よくしていられるだろうか。

ダニエルは黙っていた。すぐに返事をしなくてもかまわないし、返事を急がなくてもいいんだ。父親のこういうところが好きなのだ。

「日中に外に出ることを心配してるのかい？」父親が訊いた。

ダニエルは目を上げて微笑んだ。父親は本当に思慮深い人だ。「暗くなってから作るのは無理なんだよね？」

父親はしばらく黙った。「必要なら、照明器具を持ってきてやればいいさ。それならおまえの生活のリズムが狂うこともないからね」ふたたび間を置いた。「この前新聞で読んだんだが、急にリズムを変えると体によくないんだそうだ。大混乱を引き起こすって」

「でも、そうしたら父さんの生活のリズムが狂っちゃうよ」

クリスは口に手を持っていった。どうやら、そのことについては考えていなかったらしい。「大丈夫だ」ようやく父親が言った。「父さんは大人だし、もう成長することもないからね。それによくない副作用は、電解質をたくさん取るとかいった革新的な方法で帳消しにできる」

「じゃあ、夜にやってもいいんだね？　本当に？」

「もちろん」

ダニエルは、自分でもいささかびっくりしたことに、とっさに父親に抱きついていた。その背中を父親の大きな手が優しく叩いたので、ダニエルは涙を必死でこらえた。泣いているのを見られたら、なにもかも知られてしまう。しかし泣くまいとすればするほど、父親の胸を摑んでいる両手にいっそう力がこもり、思わずすすり泣きの声が漏れた。か細い音だが、聞き間違いようがない。

「ダニエル？　どうした？　おい、大丈夫だよ」

そして、静けさに満ちた五秒間が訪れた。いまここで一連のことをすればなにもかもが変わる、そういう間だ。ダニエルはもう少しで、なにか一言漏らしてしまいそうになった。一言明かせば次から次へとすべてを告白してしまうだろう。そして父親を部屋の中に引き入れ、ピックルが眠っている枕を示し、窓を覆うどっしりしたタピストリーを持ち上げ、アルミホイルを引き裂いて、そこに隠してある鳥の死骸を見せてしまう。そして今日という日を、なんの疚《やま》しさも感じずに終えられる。しかし同時に、自分の未来がそれほど明るくないという重い事実を知って終えることにもなる。それに、新たに変化したこの体はこのままでいられるかもしれないし、無理やり奪い取られるかもしれない。

ダニエルが黙ったままだったので、父親が後を引き取った。

「ダニエル、悪かったね。きみの生活のリズムに合わせて何かすることがそんなにも大事なことだとは知らなかった。父さんたちはもっと努力していくつもりだ、家族としてね。約束する」

ダニエルは体を離して激しく頷いた。「泣いたりするつもりじゃなかった」

クリスはダニエルの肩に両腕を回した。ダニエルは小さい頃こうされるのが大好きだった。互いに繋がっている感じがした。「泣くのは悪いことじゃないんだよ、ダニエル。本当のことを言えばね、父さんはもっと泣けたらいいのにといつも思っている。ときどき自分がひどく、こう……うまく言えないな。人間らしくなくてもいいんだよ。おかしな言い方かもしれないけれど、なんと言えばいいかよくわからない。ときどき、母さんがひどく感情を昂ぶらせて、叫んだり泣いたり喚いたりいろいろやるだろう——あんなふうに父さんもできたらいいのにと思う。泣けるのは素敵なことだ。最後に泣いたのはいつだったか思い出せない。おまえが生まれたときに泣くだろうと思ってた。人生でいちばん幸せな日だったから。でもおまえが生まれたとき、これまでずっといっしょにいたような感じがしたんだ。初めておまえを抱いたとき、ちっとも初めてという感じがしなかった。ああ、脱線しちゃったな。ダニエル、父さんが言いたいのはこういうことだ。泣けるときは泣きなさい」クリスは息子の肩をとりわけ愛情をこめてポンポンと叩いた。

ダニエルは寝室のドアを閉め、鏡のところに行き、蠟燭に火を灯し、その炎の光をいろいろな角度から牙に当ててその様子を確かめた。長くなっている気がする。口を閉じると、顎の下にまで届くほど長くなっているように感じる。唇を突き出して小声で呟いた。「ぼくは吸血鬼だ」。現実のことに思えた。初めて、見た目よりもずっと現実味のあるものに感じられた。

それにしても、ナンシーから生まれたのは愛犬ではなかった。犬ではなく人間の赤ん坊だった。ピンク色で静脈の走る肌、赤ん坊とはそういうものだと恐れていたとおりの、大声で泣き喚く赤ん坊だった。クリスが畏敬の念に打たれつつ、臍《へそ》の緒を切るために手袋をはめた手をナイフに伸ばすのを見て、ナンシーはひそかにこう思った。クリスがその子をペーパーガウンを着た胸に押し抱き、そのぬめぬめした存在といっしょにドアから出ていって、二度と戻ってこなければいいのに、と。彼女はあの犬が死んでしまったきりでいることが信じられなかった。妊娠しているあいだ、心のどこかでいつも、あの犬が赤ん坊を育ててくれるという希望に満ちた未来を思い描いていた。もちろん授乳したり、おむつを換えたりするのは無理だけれど、いつもあの犬がかたわらにいて、皮肉好きで励ましてくれる存在として、ナンシーにあれこれ指図してくれることを。赤ん坊が泣き始めれば、彼女は犬になったつもりで、「赤ん坊がほしがるものを与えなさい」と自分に言う。「頼むから、赤ん坊を黙らせて」。そう犬の目が訴える。

初めて授乳したときナンシーは、クリスと結婚した直後に抱いた恐怖をふたたび味わった。あの時、結婚前にわかっていたさまざまな悲惨なことが、式の後に魔法のように消えたりはしないことがわかったのだ。あの恐ろしい、満たされない思いは、子供ができたからといって消えることはなかった。それどころか、恐怖心はさらに強まり、ひどくなった。赤ん坊の口が乳房を探しあてると、赤ん坊に精も魂も吸い取られているような、すでに分け与える余裕もないわずかな気力を搾り取られているような気がした。だからお乳を与えるためには、床に横たわっていたあの心穏やかな時間に戻り、目を閉じて、ダニエルは存在しないと自分に言い聞かせるしかなかった。うまくいったのだ、防げたのだ、液体が出ているところは乳房ではなく手首で、その液体はお乳ではなく温かな血なのだ、と。

ゾンビ日記

ジェイク・スウェアリンジェン

一日目。墓地で騒動が起きたっていうニュースはやっぱり本当みたいだ。ゾンビはいまではそこらじゅうにいる。ぼくは他の生存者たちとオフィスビルにこもっている。派遣社員は最低の扱いだ。しかもよりによってｉＰｏｄを家に忘れてきてる。退屈だ。可愛らしい女の子がここに避難している。フィアンセがゾンビに嚙まれたので、彼女は彼氏の頭を車のドアに挟んでつぶさなければならなかったらしい。慰めてあげたい。せめて非常食のチーズ・イットをいっしょに食べたい。気が早すぎるか？

二日目。ここにいるのは四十人ほど。同僚たちは仕切り部屋を使うと言ってたけど、ぼくは派遣だから、管理会社の職員と宅配便の男とロビーで最初の夜を過ごした。職員のひとりが夜驚症で、宅配の兄さんは侵入者みたいなものだから、ぼくは予備クローゼットの中に入ろうと思っている。昨夜ゾンビが一匹入り込んできたので、みんなで追いかけて捕まえなければならなかった。ダリルっていうのがぼくらのリーダーっぽい奴なんだけど、そいつがカッターナイフでそのゾンビの頭を切り落とした。休憩室から持ってきた電子レンジでその頭をつぶしたのはぼくなのに、みんなはダリルが真の英雄だと思ってる。どうしてだ？　あの頭は切り落としたって人間に嚙みつけるんだぞ。あの可愛い女の子はメアリーという名。

三日目。今日、サワー・クリーム・アンド・オニオン味のポテトチップスを開けてメアリーと分けた。彼女は看護師だ。ぼくは、人々を助けるのがいかに大事か、ということを話した。彼女はぼくの横に座って、ダリルがみんなに向かって話をしているのを聞いていた。ダリルはゾンビが入り込まないように協力して警戒にあたるべきだ、と言った。その演説は何度も練習したように聞こえた。メアリーは、ケガした人がいるとすすんで手当てをした。とても感じがいい。

四日目。ゾンビがぞろぞろやってきたので、大忙しだった。奴らは正面入口のドアの開け方がわかったわけだから、どんどん知恵をつけてると思う。結局四人が嚙まれた。これって大失敗だ。ぼくはダリルのカッターナイフで、ゾンビに変わる前の人間の頭を切り落とした。それでぼくはひでえ奴ってことになってる。ゾンビになるまで待ってから殺すべきだということらしい。ぼくは全員がちゃんとわかってるもんだと思ってた。ゾンビがオフィスの中にいるのはごめんなんだ、と。どんな姿であれ。それに、どうしてダリルのカッターナイフなんだ？　だれが使ってもいいだろ？　メアリーはいまはもうぼくと口を利かない。

五日目。いたって静かな一日。自動販売機が空っぽで、ガムしか出てこない。それでガムをめぐって熾烈な殴り合いがあった。駐車場の向こうにオフィスビルがある。ぼくはあのビルまで行って食料を探して来ることを申し出た。がっかりしたことに、ぼくを引きとめる者も、いっしょに行こうと言う者もいなかった。メアリーとダリルは昨夜いっしょに過ごしたらしい。窓の外をゾンビが歩き回っているのを見ると、奴らは運がいいよな、ここの低能たちといっしょに過ごさなくてもいいんだからな、と思う。

六日目。ステープルガンはカッターナイフの代わりにはならない。そのことでダリルと三十分言い合ってから、彼の手からナイフを奪い取って正面玄関から出た。何度か噛まれそうになったが、ゾンビはとことんのろまで馬鹿だ。向かいのビルには生存者がいるのがわかった。彼らは、無理もないが、ぼくたちに食料を分けるのは嫌だと言った。ここのビルにいるのは五人ほどで、しかもぼくの知っているあっちのビルのだれかさんたちのような低能じゃないみたいだから、彼らと運命を共にすることにした。

七日目。あっちのビルの奴らは激怒しているんだよな。窓のところに張り紙が貼りつけてある。「約束通り、食料を持って来い」、その下に「それからおまえが盗んだ（傍点部分、原文のママ）カッターナイフもだ」だってさ。まあ、相変わらずのクズだな。スナック菓子の袋をひとつ、あっちのビルの入口のところに放り投げて、あいつらがあえて取りに出て来るか見ていてやろう。新しく参加したぼくを祝って、みんなでフルーツパイのひとつを分けあった。アップル味だった。とってもうまかった。

八日目。あっちの窓にまた張り紙がある。昨日よりトーンが落ちてる。「腹ぺこだ。こっちに供給品（傍点部分、原文ママ）を届けてくれ」。こっちのリーダーのトムがあっちと交渉したいと言い出した。ぼくは反対した。あいつらはクズのクズだ。

九日目。今日はあっちのビルに何の張り紙も見えない。こっちでは、みんなでずっと話し合っている。リンダは、ゾンビはなにも食べなければ死ぬと思っている。ぼくは、奴らはすでに死んでるんだぜ、と教えてやった。もしもゾンビに噛みつかれたら、たった三秒で脳が死んでしまうだろう。トムの計算では、食料はあと二週間分はある。今日、古いラジオと電池を見つけた。ほとんどのラジオ局は放送していないが、「タイム・オブ・ザ・シーズン」を何度も何度も流し続けている局がある。ほら、あのザ・ゾンビーズの曲だ。笑っちゃうだろ。奴らがこのクソＤＪの頭を食ってくれることを祈るよ。あっちのビルではなにが起きているんだろう。

十日目。西部戦線は異常なし、だ。トムは、どういうわけか、ギターを持ってる。こんなことになる前、彼は教会の青年部のリーダーだったので、賛美歌を知っている。で、賛美歌ばかり歌っている。ｉＰｏｄがないことが悔やまれてならない。

十二日目。長いこと日記を書けなかった。実は、戦争中だ。あっちのビルのダリルとホモたちが二日前にこっちに総攻撃をかけてきた。もしも（１）正面玄関のドアに鍵をかけてデスクでバリケードを築いていなかったら、（２）あのくそゾンビたちが奴らの脳味噌を食べたがらなかったら（おまえのことだよ、脳死状態の低能ダリル）、その作戦はうまくいっただろう。つまり、奴らの半数は一回目の攻撃のときにゾンビに噛まれてしまい、残りの奴らはビルに撤退して、噛まれた奴らを外に締め出さなければならなかったわけだ。屋上からそれを見ているのはなかなか愉快だった。だが、二回目の攻撃のとき、受付のデスクを抱え、それを使ってＶ字形隊列を組んでゾンビの中を突破してきた。うまくやりやがった。それからこっちのビルのガラスをぶち破って、強引に建物の中に入ってきたわけだ。この時点で、向こうは十七人、こっちは六人。事態はあまりよろしくなかった。しかしトムが実にいいアイデアを出した。つまり、コピー機をロープで吊り下げたカウンターウェイトみたいなものでやっつければいいじゃないか、と。もともとゾンビ用に作ったものだが、人間にも効くだろう。それでぼくたちは奴らをロビーに閉じ込めた。で、いまちょうどバリケードの向こうに奴らがいる。ダリルが大口を叩いているのが聞こえる。もしここであいつの大事なカッターナイフを放り込んでやったら、五秒もしないうちに向こうのだれかがそれを引っつかんでダリルの頭をグサリと刺すだろうよ。昼飯はビーフジャーキー四切れとダイエット・コーラ（まだ製造されてるんだ！）を半缶。

十三日目。ビルの内部でトラブル発生。トムが、下に閉じ込められている奴らに大赦を与え、組織体系を整えて食料などを手に入れる算段をつけるべきだという。基本的にいっしょに行動して、物品を分け合うべきだと。ばかばかしい。ぼくに異存はないが、ただし奴らがまずはダリルと縁を切るのが条件だ。ぼくはトムに言った。どうせダリルはあらゆるものを支配しようとするだけだぜ、と。ぼくの意見を受け入れたようだ。他のことはともかく、ぼくらは下にある汚物を処理する必要がある。少なくとも、奴らにバケツを渡して使わせるとかしないと。

十四日目。くそう、しくじったぞ。昨夜トムとダリルが話し合って、なんらかの合意に達したのだ。ふたりはリンダのミニヴァンで食料品店に行き、日用品や薬などの必需品を手に入れたがっている。それで他の者たちは、ぼくの反対を振り切ってバリケードを壊した。ダリルが、メアリーを腕に抱えて現われ、ニヤリとしながらカッターナイフをよこせとばかりに手を差し出してこなかったら、そしてぼくの目に赤い霧がかからなかったら、ぼくはこの事態をうまくやり過ごすことができたはずなんだ。ところが次にぼくが覚えているのは、奴が顔を両手で押さえて激怒していて、メアリーと他の者たちが怒鳴りまくり、血がそこらじゅう、いたるところに飛び散っていたことだ。まあ、かいつまんで言えば、ぼくはなんとか捕まらずに建物から脱出して、いまこうして最初のビル、もとのオフィスビルに戻ってきてひとりでいるってわけだ。ありがたいことに、ポケットにコンボスの袋がひとつあったから、少しは食べ物にありつけたけど、長くはもたないだろう。先のことはわからない。カッターナイフはまだあるけど、こんなのは無意味な勝利だ。テレビかなにかがあればいいのに。

十五日目。ミニヴァンが出て行って、戻ってきた。ということは任務完了ってことなんだろうよ。

向こうから奴らの声が聞こえてくる。ダリルは顔に大きな包帯を巻いているが、大丈夫そうだ。奴らがブッシュ・ライト・ビールのケースを車から下ろしているのも見た気がした。ラジオをつけたらしい。「タイム・オブ・ザ・シーズン」があっちで流れている。くそ野郎どもが。腹ぺこだ。

十六日目。相変わらず腹ぺこ。ゴミ入れでバスケットボールの真似事をしている。いまのところ、1567回やって782回入った。デスクの引出しにジンが隠してあった。酔っ払いたい。

十七日目。二日酔い。二日もなにも食べずにいるのは本当に辛い。休憩室をあさっていたら、インスタント・ラーメン用の調味料袋を見つけた。蒸したプリント用紙にそれをかけてみる。けっこうラーメンっぽい味がする、マジで。

十八日目。どうするか当ててみな。ぼくは外に出る。昨夜はずっとゾンビが足を引きずりながら歩き回っている様子と、あっちのビルで奴らが動いている様子を見ていた。もしかしたら戻れるかもしれない。泣いて頼んで土下座して、意味のないことをあれこれ言い募れば、中に入れてくれるかもしれない。だが、待てよ。ゾンビたちはどこにも行かない。この生存競争はそう長くは続かない。せいぜいひと月かふた月。その後は、飢え死にするか自殺するか、ゾンビになるかだ。で、そうなることにしたわけだ。残っているジンを全部飲んで、それから外に出て行って噛まれる。で、ゾンビたちといっしょにほっつき歩く。そして待っている。どっちみち、奴らもビルの外に出なくちゃならない。あるいは、ぼくたちが中に入っていくか。そのあとで教会かどこかを襲いに行く。先のことはわからん。時間はたっぷりある。

あなたの隣にモンスター

フランケンシュタイン、ミイラに会う

マイク・シズニージュウスキー

アニーは古代エジプトの研究者だった。ぼくはそうではなかった。ぼくはソルトレイクで陶芸の授業を取っていたが、ふたりでシカゴに来ることが決まったときにこう言って彼女を説得した。シカゴに行くべきだよ、きみを愛しているからきみのこのチャンスをつぶすような真似はしたくない、ぼくの夢を犠牲にしたってかまわない、と。アニーはカイロで七カ月に及ぶ発掘調査から帰ってきたばかりで、ぼくはその間彼女の帰りをひたすら待っていた――それがどんな意味であれ――ので、その見返りに、シカゴに来てからはたいして働かずにすんだ。

アニーが仕事に出かけているあいだ、ぼくは湖まで散歩したり、コインランドリーで仕入れたマリファナをふかしたり、チェコ人の爺さんたちとチェスをしたり、夕飯を作ると言ってはアニーの金でテイクアウトを買ってきたりしていた。昔一度か二度見た古いテレビ番組にすっかり夢中になり、エリート高校の校庭でバスケットのシュート練習をし、毎朝腕立て伏せを二十五回していると言うためだけに毎朝腕立て伏せを二十五回やっていた。アニーはこう言った、陶芸を教える学校はシカゴにたくさんあるのよ、コロンビア大学やロヨラ大学、あのシカゴ美術館附属美大だって受講できるのに、と。それでぼくは、来期には受講するよ、と言ったが、二度そんなやりとりが繰り返されると、彼女はなにも言わなくなった。で、ぼくが陶芸をやっていた証といえば、鍵や余った小銭入れに使われている、玄関脇の艶やかな皿だけ。わが家の家計を支えているのはアニー。前線で戦っているのは彼女だ。ぼくはアニーが仕事から帰ってきて、もう出ていってくれないかしら、と言うのを待っているだけだった。

いい肩書きのおかげでアニーは、博物館のどこにでもいつでも自由に出入りできる。「自由に」というのは、彼女がすべての鍵を持っているので、文字どおりあらゆる展示ケースを開けて好きなもの（古い羊皮紙や、宝石がちりばめられた純金の王冠やミイラですら）を持ち去ることができる、という意味だ。そう、アニーの頭がおかしくなったら、ミイラを盗んで家に持ち帰り、キッチンのテーブルに立てかけることだってできる。どういうわけか、ぼくはそれを自慢に思っている。

アニーにできないことがひとつだけある。閉館しているときに（午後五時になるとミサイル格納庫のように厳重に封鎖される）、非従業員を館内に入れることだ。展示品は、文字どおり、天文学的な価値があるもので、金で買えない工芸品やかけがえのないコレクション、世界の歴史の半分がその屋根の下に収蔵されている。その屋根ですら天文学的な金がかかっている。そこに入れるのはアニーとそのボス、そして他の学芸員だけ。これに例外はない。

ただし、スカウトの夜は別だ。隔週水曜日に、カブスカウトのためのお泊まり会を開いている。普段の夜は異常なくらい警戒が厳重（レーザー・トラッキング、モーション・センサー、シカゴ警察へ防犯カメラ生中継）なのに、スカウトの晩はすっかり開放される。父親に連れられた、寝袋持参の三十人の小さな兵士たちは、ティラノザウルス・レックスの下でキャンプを張り、忍び笑いをしたり屁をひったりして朝を迎える。スカウトの夜には警備が緩むので、ぼくはアニーに館内に入れてもらい、ふたりで徹夜をする。それがデートのようなもので、アニーはそれほどまでにエジプトとその財宝に入れこんでいた。

ぼくは考古学に大して興味を抱かなかった。ぼくには過去は過去でしかなかったが、彼女といっしょにぶらついたり、彼女の仕事ぶりを眺めたりして、あと二週間は彼女の気を引いていられるのが楽しかった。ぼくがスカウトの夜に博物館に行かなければ、彼女との関係は終わってしまうだろう。ぼくは彼女の横に座り、彼女の口述を書き記し、五千年前の古い石を持ち運び、彼女が階段を上がっていくときにはエスコートした。アニーは、西棟にある動物の剝製をひどく怖がっていた。そこには、作り物の住環境でポーズを取る地球上のあらゆる動物が詰めこまれていて、ビー玉のような目でじっと見返していた。実は、ぼくだってその剝製が怖かった。たとえ昼間であろうと。でも、その展示場まで後三十メートルというところになるとアニーは、ぼくがこれから戦争に行く兵士でもあるかのようにしがみついてくる。一度だけ、彼女が勤め始めたばかりのある日、彼女のボスがなにかの祭典でダウンタウンに行って留守になったので、研究室でセックスしようと彼女を説き伏せた。彼女の机の上にぼくが仰向けになり、彼女がその上にまたがった。いちばん興味をそそられるのは、一メートルほど離れたところの調査台の上で、密閉されたガラスの棺に納まっているミイラだった。ピラミッド近くの墓で発見された本物の王女のミイラ。まるで3Pをしているような具合だった。最初は、このミイラはレイチェル・ワイズだと想像していたが、そのうちエリザベス・テイラーになった。で、五分ももたなかった。

アニーの仕事でぼくが毛嫌いしているのは、アニーのボスのエル・サイード博士だ。その男にいやなことをされたわけではない。彼はアニーをいいポストに就かせてくれたし、セクハラをしようとしたこともない。エジプトの歴史についてだれよりも詳しい。靴をはいていても背丈は百六十センチ、頭は『X－メン』のプロフェッサーXみたいにつるんつるんで、眉毛はイノシシのように跳ねている。そしていつも必ず、例外なく、黒のタートルネックを着ている。ぼくはスカウトの夜のときしか彼を見たことがないが、アニーが証人だ。ぼくたちはこう考えていた。彼のウォークイン・クローゼットには黒いタートルネックしかなく、もしかしたら、ボタンを押すとラックが移動するようなクローゼットで、そこに彼が吟味して選んだまったく同じ黒いタートルネックが無数にかかっているのだ、と。アニーとぼくは、彼が研究室に入ってくるたびに、思わず忍び笑いをもらした。

しかし毎日同じ服を着ているから気味が悪いわけではない。ぼくがぞっとしたのは、ある夜のこと、アニーがスカウトの子供たちを連れて博物館の中を案内しているとき、ぼくは研究室のトイレに入った。するとエル・サイード博士が研究室にやってきてドアに鍵をかけ、ミイラを相手に話し始めたのだ。彼が何をしているのかはわからなかったが、彼の言葉は携帯電話で話しているようにはっきり聞こえた。そういえば、アニーはそのミイラを「ティナ」と名づけていて、「さてと、ティナ、今日はどんなことを教えてくれるの？」と話しかけ、ミイラをぐるぐる巻いている包帯を毎日四分の一センチずつ切っては六時間に及ぶ分析をおこなっていた。しかし、エル・サイード博士は、「間もなくだよ、マイ・ラヴ、もうじき私たちはまたひとつになれる」と言い、それから張り詰めたような声でアラビア語かペルシャ語か、とにかくそんな言語でなにか唱えていた。

ぼくはトイレで身動きもできずに辛い四十五分を過ごした。アニーが戻ってきて、エル・サイード博士に、ぼくがどこにいるか訊き、トイレのドアの下から明かりが漏れているのを見て、ようやくぼくはそこから出ることができた。エル・サイード博士は居心地の悪い思いをさせて悪かったね、大歓迎だよ、きみはアニーのお客さんだし、好きに研究室を使っていいんだ、と言った。彼がぼくの腕を軽く叩き、ぼくたちはどっと笑った。寒いなか四十五分間もズボンを下ろしたまま、尻を丸出しにしてトイレの便座に座りつづけていたとは、なんともおかしいではないか。

しかし、アニーが背中を向けたとたん、博士の表情が一変した。あの太い眉毛で強調された飛び出し気味の目でじっとぼくを見た。彼には、ミイラに話しかけている声をぼくが聞いていたことがわかっていた。間違いなく、ぼくの身に恐ろしい危険が迫っていた。

エル・サイード博士はミイラなのだ。その晩以来、ぼくはそう思うようになった。彼は邪悪な司祭かなにかで、殺されてミイラにされたが、なんらかの事情で蘇り、いまはゴールドコーストに住んで、タートルネック偏愛者になっているのだ。ガラスケースに入れられたミイラのティナは、彼の昔の恋人だったのかもしれない。もしかしたらエル・サイード博士はアニーの肉体を求めているのではないか。彼は魔術を使ってこの死んだ王女の魂を地獄から呼び出し、ぼくの恋人の体に入れようとしているのではないか。おかしなことになったものだ。

アニーにそのことを話したくて仕方がなかったが、なかなか話せなかった。彼女はエル・サイード博士を心から尊敬し、彼に会う前から、あの人はわたしのヒーローなの、と言っていた。だからそんなことを話そうものなら、アニーはきっと、あなたは頭がおかしいのよと言って、事態はもっと悪くなるだろう。それに、彼女が博士にそのことを話すかもしれない。そうなれば博士は、ぼくを精神異常者だと思うに決まっている。

そう思わない場合は、ぼくたちふたりを殺すかもしれない。
落ち着け、とぼくは自分に言い聞かせた。もっと辻褄の合う理由を考えろ。おそらく、博士はストレスを発散させていただけなのだ。もしぼくが彼のような仕事をしていて、四六時中ミイラといっしょに過ごしていれば、ぼくだって自分には死者を支配する無限の力があると思い込むかもしれない。ぼくだってひとりでいるときに鼻をほじったり、襟足のむだ毛をむしりとったり、ケニー・ロジャースの歌を歌ったりしている。エル・サイード博士は古いミイラ映画の台詞を口に出していたのだろう。マリファナ狂に聞かれていたと知って、彼もさぞやうろたえたことだろう。ぼくをあんな目つきで見たのは無理もない。彼は有名な科学者だ。いちばん見られたくない姿を知られてしまったのだから。

その二週間後、ぼくはまたアニーの研究室に行った。行きたくはなかったのだが、エル・サイード博士がなにかを唱えていたことについて、納得できる理由をなにひとつ見つけられなかったので、アニーに「行かない」などと言えなかった。ミイラにされたり、食べられたり、生贄にされたりするより——ミイラがその犠牲者になにをするにせよ——もっと悪いことは、博物館に行く習慣を今変えることだった。博士は別にして、この二週間で異常なことが起きていた。アニーはこのところずっと、ぼくを仕事に就かせようとしてきた。それも万が一助成金が打ち切られた場合に備えて、節約を始めるために。ラップトップで大学の出願用のウェブサイトを開きっぱなしにしたりもした。折に触れて、ぼくに陶芸のことを尋ね、あなたの作品がとても好きとか、もっとあなたの作品を見たいとか言っていた。

最悪なのは、アニーが赤ん坊をほしがっていることだ。ぼくたちはずっとセックスをしてきた。たくさんした。楽しい類《たぐい》のセックスではない。互いにひしと抱き合って、獣のように欲望のおもむくままにおこなうセックスではない。ポルノビデオを見たり、画面に映る人たちの行為を真似たりするようなものでもない。シャワーを浴びているぼくを彼女がマスターベーションしてびっくりさせるといったものでもない。カチカチと刻むアニーの体内時計に従ったセックスだ。トイレに閉じこもった日の二日後に、帰宅したアニーは、どうしても妊娠したい、さもなければ次の段階を考えると宣言した。彼女は三十二歳になったばかりで、ぼくは三十三歳だった。これは試練だと思った。ぼくは勇気を奮い起こして彼女を妊娠させるか、夜毎のセックスを拒否し、マリファナをふかして『バフィー』の再放送を見るほうがいいとほのめかして異を唱えるかしかなかった。彼女は十時か十一時に帰宅し、ぼくは歯を磨いた。正上位で黙々とセックスした。アニーは、我慢しないでできるだけ早く出して離れてちょうだい、ときっぱりと言った。そのあと彼女は閉じ合わせた両脚を天井に向けて、ぼくの精液が奥まで届くようにした。

「次の段階を考える」というのがどういう意味か尋ねなかった。

そういうわけで、隔週ごとにおこなわれるお泊まり会は、ぼくの日課を著しく乱すので行かれない、などとアニーに言うのはもってのほかだった。予定どおり博物館に向かった。駅のホームでも、電車に乗ってダウンタウンを走っているあいだも、白い階段を上っているときも、エレベーターに乗って研究室に向かっていくときも、ぼくはずっと自分にこう言い聞かせていた。「ミイラなんていない。ミイラなんていない。ミイラなんていない」

研究室のドアをノックするまでは、そのことを信じていたと思う。研究室にたどり着くと、アニーはおらず、エル・サイード博士がドアを開けてぼくを迎え入れ、ドアに鍵をかけた。あっという間に追い詰められたぼくは、ティナの入っている調査用のガラスケースを背にして立ち、目の前にはエル・サイード博士が立っていた。

「デイヴィッド、きみの出番だ」

そのときぼくは間違いなく、博士がさっと手を振ってぼくに催眠術をかけるか、毒蛇を呪文で呼び出すかすると思った。

ところが彼はぼくに仕事をくれたのだ。

次の水曜日のお泊まり会は十月二十九日で、博物館がハロウィーン・パーティのお膳立てをすることになっている。本物のTレックスの骨の下、大理石の床で眠るだけでは子供たちは少しも怖くないし、物足りない。とはいえここには、アニーが怖がるライオンとヌーと鰐《わに》が獰猛な姿のまま固定された剥製もあった。東棟には内臓機能の展示室もあり、巨大な身体のあちこちの部位が脈打っていた。SUVほどの大きさの輸胆管が、子供たちを食べるのを待ちきれずに胆汁を運んでいた。いちばん怖いのはアニーのエジプト展示室だった。十体以上の本物のミイラが、まさに正真正銘の映画のモンスターが、子供たちのキャンプからほんの二十メートルしか離れていないところに展示されていて、いまにも目を覚まして石棺から這い出し、おぞましいことをやりだしそうだった。博物館は一年中怖い場所なのだ。

だが、エル・サイード博士はそれで満足しなかった。彼はぼくに扮装させて子供たちを追いかけまわし、その後で幽霊の話をしてピーナッツバター・チョコレートを配ってもらいたいのだと言った。

「どんなモンスターの格好で?」とぼくは訊いたものの、彼がどう答えるかとっくにわかっていた。

「フランケンシュタインの怪物だよ」エル・サイード博士は言った。「子供たちをチビるほど怖がらせてもらいたいんだ」

もしぼくがだれかに、あるいはなにかに似ているとすれば、それは例の大きな緑色をした薄のろだ。肌の色は別にして、ぼくの身長は百九十センチ、腕は異様に長く、肩が張っていて、髪は真っ黒だ（しかも、滅多にしないことなのだが、いまはてっぺんを平らにカットしている）。無意識のなせる技なのだが、歩くというより、食べかけのアメリカンドッグをケツに突っこんでいるみたいにしてどしんどしんと歩く。それに、頭の横に、むかしウォーター・スキーの事故で負った大きな傷があった。アニーは女優のエリザベス・シューに少し似ていた。ぼくの母は、ポーラ・ディーン（料理本を出し、料理番組や映画にも出演するシェフ）にそっくりだった。ミシシッピーに住む従兄のジェラルドは、「ジョン・ステイモス（『フルハウス』「ＥＲ緊急救命室』などに出演しているＴＶ俳優）そっくりさんコンテスト」で優勝し、実際にジョン・ステイモス本人に会うことになり、チリ・レストランでツーショットを撮ったことがある。しかし、このぼくは？　例の衣装を着たボリス・カーロフ（『フランケンシュタイン』他のモンスター役で有名な俳優）そっくりなのだ。小学校では「フランケンシュタイン」「フランク」「モンスター」「ハーマン・マンスター」「デかいぶつ」と呼ばれ、さらに巧妙な「つぎはぎ」というあだ名すらあった。大学に行くまでその呼び名はつきまとったが、大学ではしょっちゅうマリファナをふかしていたので、「バド」（マリファナのこと）と呼ばれることが多くなった。だから、エル・サイード博士にフランケンシュタインの怪物の格好をしてくれと言われたとき、驚きはしなかった。ただ、昔の嫌な記憶がちょこっと蘇りはしたけれど。

エル・サイード博士は、ぼくの顔を緑色に塗って平らな頭にするだけでは満足しなかった。本物の衣装を着てもらいたい、と言った。博物館には多額の寄付金があったので、パーティを開くときには手を抜くことをしなかった。ウクライナ村にそういう店があるというので、パーティ前の月曜日にぼくはフランケンシュタインの衣装を手に入れるためにそこまで出かけていった。

「ムスタファから聞いて来たんだな」。ぼくが入っていくと、カウンターの奥にいる男がそう言った。ぼくには、彼がなにを言っているのか、ムスタファがだれなのかさっぱりわからなかったが、その男にはぼくがやって来た理由がわかっていた。その男は小柄で、エル・サイード博士と同じくらいの背丈で赤毛の長髪、赤く感染した鼻の穴に鼻輪を通していた。彼はぼくが求めているものをすべて用意し、あんたはうってつけの人物だな、と言い、十一月二日までに全部を返却してもらいたい、さもないと博物館は遅滞料を一日につき二十五ドル払う羽目になる、と言った。ボルトにはとりわけ気をつけてくれよ、一本なくすごとに三十ドルを支払ってもらうからな、そしてこの衣装を借りていった者はみな、少なくとも一本はなくすんだ、と言った。

「じゃあ、ボルトはここに置いていこうかな」ぼくは言ってみた。

赤毛のヒッピーは鼻を鳴らし、そんなことをしたらエル・サイード博士は気に入らないだろうな、全然気に入らないだろう、と言った。「エル・サイード博士は筋が通っていなければ満足しないぞ。ボルトがなければ全然意味をなさない。フランケンシュタインの怪物には首からボルトが突き出ているものだ。エル・サイード博士は、基本に忠実にやるべきだと思ってる」

「わかったよ。おれだって、ピシッときめたいからな」そう言ってぼくは、衣装を家に持って帰った。

水曜日に、箱に衣装を詰めこんで博物館に向かった。それを着て電車に乗りたくなかった。ウィルソン駅で何度か引ったくりに遭ったことがあるので、進んでターゲットになるなんてごめんだった。

外は寒いし、シカゴ・ベアーズは腐ってるし、腹の虫はおさまらないし、十月二十九日の午後四時にハロウィーンの扮装でいる者などひとりもいない。博物館に着くとアニーがぼくの肘にキスをし――その肘に顔までくっつけた――ぼくをバスルームに送り込んだ。子供たちが来るのは七時、博士はいま調べ物をしてる、後で進行表を渡すそうよ、と言った。

「素晴らしいものになるわよ」と彼女は言った。

アニーの研究室の小さなトイレで着替えるのは、たとえランニング用のパンツをはくだけであったとしてもたいへんな苦行だ。クローゼットくらいの広さしかなく、トイレと小さな流し台があり、トイレットペイパーのディスペンサーが途中にあるので、お尻を拭くために脚をまともに開いて立つことすら満足にできない。ぼくと大きな衣装箱をそこに入れるのは、棺桶の中でツイスター・ゲームをするようなものだった。

トイレから出るときに、怪物そっくりの動き方をしてみた。両手を前に突き出し、膝を伸ばしたまま、「ふがああ」と唸り声を上げて歩いたのだ。びっくりしたことに、白い姿で立っていたのはアニーではなかった。エル・サイード博士だった。しかも初めて見たのだが、黒いタートルネックを着ていない彼だ。ミイラの格好をしている。しかも死後の世界で、再び権力を握った姿だ。チュニック、腰布、サンダル、さまざまな種類の純金のアミュレット、宝飾品、アンサタ十字、ツタンカーメン王が着けていたような、横縞と首をもたげたコブラがてっぺんについている頭飾りまで揃っている。フランケンシュタインの衣装と同じように、これもウクライナ村の同じ店で手に入れたのかもしれないが、ぼくの見る限り、博物館が収蔵している本物の遺物を持ち出してきたもののようだった。前にも言ったが、彼らはどこにでも出入りできるのだ。

さらに、エル・サイード博士はうなじのところにタトゥーを入れていた。ロックバンドのジャーニーのロゴで、翼の生えたハートにゴールデンゲイト・ブリッジだ。タートルネックしか着ない理由がこれでわかった。

「きみがひとりになるのを待ってたんだよ」博士が言った。

ぼくはぎこちない大股歩行を中断した。ぼくはミイラの姿には動じなくなっていたが、てっきりこう考えていた。エル・サイード博士はぼくをおできで覆い尽くして生命力を吸い取るつもりでいる、と。

ところが、彼はぼくにメイクを施したいだけだった。ぼくをアニーのスツールに座らせ、緑色のクリームにスポンジを浸した。ぼくの顔と手と首を緑色に塗りたくると、今度はゴム糊とフォームラバーを使って手首と頭に傷跡をこしらえた。そうしているあいだずっと、今夜のイベントのことを話し続けた。スカウトの少年たちはさまざまな衣装を着てやってきて、お菓子に夢中になったり、もっとすごいことが起きるんじゃないかと期待に胸を膨らませたりするだろう、と。そのすごいことというのが、『アボットとコステロがフランケンシュタインに会う』という映画を上映している途中、ぼくがギフトショップから、さっきトイレから出てきたように、どしんどしんと出ていくというものだ。

「きみの姿を目にしたら、子供たちはおもらししたパンツを取り替えなくちゃならなくなるぞ！」と博士は言った。

博士はさらに、自分の子供時代のことを話した。エジプトのアレクサンドリアで育った彼は、ハロウィーンの記事を雑誌で読み、怪物の格好をしたりパーティを開いたり、近所の人たちからお菓子をもらったりしている子供たちの写真を見た。近所の人たちがお菓子をくれないと、その家をめちゃめちゃにしてもかまわない。アメリカで暮らしたいと思った理由のひとつがハロウィーンだった、と博士は言った。アメリカ人だけが死を面白いものに変える、と。そして、彼はぼくの陶芸について尋ね、アニーがきみは本当に才能があると言っている、と言った。かたや自分は、ハーヴァードで一度宝石造りの授業を取ったんだがDをつけられて、二度と芸術科目は履修しなかった、と。そしてユタ州のことや砂漠のことを訊かれたので、ぼくはあらゆるところで暮らしていたから、ユタはぼくのいちばん新しい停留地にすぎない、と言った。彼は、何年も前に死んだ妻のこと、三人の息子のことを話し、もっと子供がほしかったよと言った。ぼくは、子供の頃に腎臓を移植したことや、アービーズで働いていたときに揚げ物油で腹に火傷を負って、尻の皮膚を臍《へそ》があったあたりに移植したことまで話した。きみは運がよかったな、臍がないのは天使だけだから、アニーは自分の天使を見つけたわけだ、と言った。

突然、エル・サイード博士が悪魔に見えなくなった――つまり、ぼくが思い描いていた人物には見えなくなった。彼はぼくを殺したりはしない。彼は自分の恋人の魂のためにアニーの体を使ったりはしない。そんなひどい男じゃない。小さな子供を怖がらせて、おもらしさせることに異常な情熱を傾けているだけで、ぼくがどうとでもできる類の悪さだ。

「博物館は一週間くらいうんちの臭いが抜けないだろうね」とぼくは請けあった。
「すごいよ、きみ」博士は言った。「信じられない出来映えだ」

博物館の一階のあちこちにブースがあり、扮装した博物館の職員たち――フレディ・クルーガー、ジェイソン、エルヴァイラ（いずれもホラー映画の主人公）、狼男がひとりずつ、吸血鬼がふたり、ゾンビの格好をした者が少なくとも四人——がお菓子を配ったり、歴史的な由来を話したりし、子供たちはひたすら食べていた。ぼくはちょっと妬ましく思った。ぼくが子供のときには、カウボーイや浮浪者のような古臭い扮装をして、父に連れられて「お菓子をくれなきゃ、いたずらするぞ《トリック・オア・トリート》」と言いに近所の家を回った。しかしたいていの場合、ぼくの両親があまりにも猜疑心が強かったので、まともに楽しめなかった。アン・ランダーズ（シカゴの新聞のコラムニスト）が、林檎の中には剃刀《かみそり》の刃が入っているとか、粉末ジュースのピクシー・スティックスには青酸カリが入っているといったひどい噂を撒き散らしていて、ぼくの両親は信じこみやすい人たちだったものだから、すっかり神経質になってしまった。他の子供たちは何週間にもわたってお弁当箱にハーシーなどのチョコレートバーを入れてきたのに、ぼくのささやかな収奪品は、家に帰るや否や没収されて捨てられたのだ。母にいたっては、二十年来の知り合いのご近所さんを疑ってかかり、お隣のミセス・ロムニーがぼくを巧妙に殺すためにハロウィーンの日が来るのを待っている、と信じていた。ぼくの両親は騙されやすかっただけだと思うし、あるいは、理詰めの説明——それはただのお菓子であって、ぼくをお隣の芝生に近寄らせまいとする恐ろしい陰謀ではないという説明——よりも大げさな煽り文句を鵜呑みにしたくて、そういう物語に引きつけられたのかもしれない。ぼくはこの種の陰謀説を真に受けるつもりはなかった。

　上映する映画で最初に怪物が登場する場面が、ぼくの出の合図だった。子供たちが怪物を見ているときに、ぼくは一歩前に踏み出した。大理石の床に金属がぶつかる音が、まるでだれかが浴槽でボーリングの球を落とした音みたいに恐ろしいほど大きく響きわたった。さらにもう一歩、もう一歩、もう一歩。なにが起きているのかだれもわからずにいた。ぼくはエル・サイード博士の指示に従い、映画のスクリーンを突き破って出ていき、両腕を振りまわし、唸り声を上げながら、少年たちのいる方にどしんどしんと歩いていった。子供たちはたちまち蜘蛛の子を散らすように四方八方へと逃げ出した。全員が悲鳴を上げ、全員が泣き叫んだ。逃げ惑ってあらゆる方向へ走った。本当に子供たちが襲われると思ってぼくに立ち向かってきた父親も何人かいた。混乱状態が続いたあとで、このどんちゃん騒ぎの首謀者であるエル・サイード博士が飛び出してきて、これは余興だと告げた。そしてぼくを呼んで正体を明かし、ぼくに「やあ、みんな！　ハッピー・ハロウィーン」と言うよう促した。それでも、子供の何人かは大声で泣き喚いていた。あたりは真っ暗で、博物館は渓谷のようによく音が響き、子供たちは映画の始まる一時間ほど前から、顎の下から懐中電灯を照らしたりしながら幽霊話をしていたのだ。父親たちはやりすぎだと言って激怒した。確かに、グリーンランタンに扮した子は、おしっこを片足から、うんちをもう片足から漏らし、家に帰らなければならなかった。

しかししばらくするとみんなは落ち着きを取り戻し、すごく面白い出し物だったと口々に言った。エル・サイード博士はみごとな演技だったとぼくを褒め称えた。父親の大半も、あくまでも大半だけれど、よかったよと言ってくれた。少年たちはぼくの衣装を突っついたりし始めた。蹴飛ばす子もいたが、ぼくはなにも感じなかった。衣装がものすごく分厚かったのだ。子供たちが、唸り声を上げてとか、両手を振ってとか、追いかけまわしてとか言うので、一時間ほどそうやって過ごした。

なによりも、アニーは喜んでくれたらしい。そのためにやったようなものだ。このアルバイトで二百ドルを稼げるので、家計の足しにもなる。カブスカウトの男の子を心底怖がらせたことで、ぼくの父親力も実証できた。これまでよりいっそう彼女を身近に感じられた。彼女もいつもよりずっと燃えていると言ってもいいくらいだった。セクシーなクレオパトラの格好をした彼女は、エル・サイード博士の片割れの役だった（後でわかったが、博士の扮装はミイラの司祭ではなくファラオだった）。

彼女の衣装は露出度がかなり高く、スリットから腕や脚が見えていた。その姿を見て、子供の頃に野球カードを入れていた葉巻の空箱を思い出した。蓋の内側に描かれたクレオパトラは、玉座に座ってアントニウスと会見していて、金色のドレスの胸元から片方の乳房がこぼれていた。オレンジ色の丸いものの上に赤い点がついているだけだったが、おそらく、ぼくが初めてマスターベーションをしたモノがその野球カードの箱だ。クレオパトラのアニーを見て、再びあのときの淫らでいけない感情が蘇ってきた。一刻も早く家に連れ帰って、胸をさらけ出させ、ぼくの種を彼女の中に植え付けて、彼女が脚を高く上げてV字に開く姿を見たかった。

ハロウィーン・パーティが終わっても、アニーは遅くまで仕事をしなければならなかった。ぼくは顔や手をきれいに洗ったが、フランケンシュタインの衣装のままで歩き回っていた。その格好でいると筋肉隆々に見えるのが気に入っていたし、アニーもこのゴム製の胸に手を這わせたり、すれ違うたびにぼくの股間を撫でたりしたがるだろうと思った。それでぼくの股間の状態がわかるってものだ。もしエル・サイード博士が帰宅してくれたら、博物館でのお楽しみをもう一度味わえるかもしれない。ガラスケースの中からミイラのティナが見ているところで、フランケンシュタインがクレオパトラとファックするのだ。

ところが、博士が帰宅する気配はなかった。どうやらこのイベントのせいで、目録を作るといったきわめて面白い作業に大幅な遅れが出てしまったのだ。ぼくはふたりを研究室に残して歩き回った。博物館の警備は手薄になっていた。スカウトの少年たちは一階で眠っていたし、あるいは少なくとも眠ろうとしていた。だからぼくは、宝石が展示されている二階に行った。宝石館のいいところは、常設展示のために学芸員が見回ることがなく、人っ子ひとりいない点だ。宝石は気味が悪くないし、起き上がって人間を食べたりもしない。つまり、そこでマリファナをふかしても、だれにも見咎められないわけだ。ぼくは煙感知器や防犯カメラの死角を探し、展示ケースの陰に身を押し入れてマリファナに火をつけた。

気分が高揚しかけてきたとき、人の声が聞こえた。夜警か掃除夫か、あるいは肝試しをしているスカウトの男の子たちだろうと思った。見つかったら大変だ。ぼくはマリファナを根元近くまで吸ってから、押しつぶした吸殻をポケットに突っ込んだ。研究室のトイレで往生したときのように、微動だにせずにいた。声の主が展示室の奥まで覗き込んだりせずにそのまま通り過ぎていくことを願った。

声の主はアニーとエル・サイード博士だった。「ようやくまたふたりきりになれたね」という声を聞いたとたん、ぼくはパニックに襲われた。声がすぐそばで聞こえた。ミイラの声ではなかった。ふたりがなにを話しているのかはわからなかったが、声の調子と、アクセサリーがジャラジャラ鳴る音は聞こえた。身を乗り出してガラスの展示ケースを透かして見ると、すべてがわかった。エル・サイード博士がアニーを腕に抱き、つま先立って彼女にキスをしていたのだ。

最初ぼくはこう思った。アニーが彼を突きとばして平手打ちを食らわすだろう、このちびの男はなにか大きな勘違いをして、アニーに最悪のセクシャルハラスメントをしているのだ、と。しかしそれこそ大きな勘違いだった。アニーはどう見てもキスを返していた。身をこごめて彼の背中に腕を回し、悩ましげなうめき声とあえぎ声を漏らしながら、自分の口を彼の口に夢中で押し付けていた。エル・サイード博士は時間を浪費などせず、さっさと彼女のトーガの中に手を入れ、左の乳房を揉みしだき、指輪をはめた指で乳首をもてあそび、次いで自分の口を——乳首とまったく同じ高さだ——そこに持っていった。

「ああ、ムスタファ！」その声でぼくはすべてを理解した。

そのときだった。煙の臭いがつんと鼻をついた。ポケットの中に突っ込んだ吸殻で衣装に火がついたのだ。叩いて消そうとし、壁に体を押し付けたり、息を吹きかけたりして消そうとしたが、炎を煽るだけだった。炎はゴムとウールの重なったところを舐《な》めるように上ってきて、これでは火傷をしてしまうと思ったときには、すでに火傷はひどい状態になっていた。

ぼくは腕と胸を火に包まれながら、隠れていた場所から飛び出した。好色なアニーとエル・サイード博士のそばを通り過ぎ、宝石展示室を駆け抜け、博物館の中央部へ向かった。消火器を探した。トイレを探した。水飲み器を探した。どれも見つからない。博物館の中央を見下ろせる手すりのところまで来ると、炎はぼくの頭のずっと上にまであがっていて、ぼくは悲鳴を上げた。下でも、スカウトの男の子と父親たちが起き上がり、火に包まれたぼくを見上げて悲鳴を上げた。アニーの悲鳴を聞いて振り向くと、エル・サイード博士が消火器を手にぼくに突進してきた。その後ろにいるアニーの、左の乳房がゆさゆさ揺れていた。祭りの山車のように炎上していたけれど、ぼくはなんとかアニーの表情を読もうとした。心配しているだろうか。後悔しているだろうか。後悔してほしかった。わたしのせいだと思ってほしかった。でもそれよりなにより、この火を消したかった。ぼくはふたりに向かって駆け出した。火に包まれて、頭がおかしくなったように叫びながら。

森の中の女の子たち

ケイト・バーンハイマー

あるところに妻に先立たれた男がふたりの娘と住んでいました。ひょんなことから、とはいえこうなるのは自然の成り行きでしたが、男は再婚しました。美しく優しい継母は、実は子供が大嫌いでした。ひた隠しにしてはいましたが、心のうちでは、子供なんていなければいいのにと思っていたのです。ですから、食べ物をすべて隠してしまおうと思ったのはもっともなことでした。もしかしたら、子供たちが勝手に出ていってくれるかもしれない。あるいは、飢え死にを選ぶかもしれない——最近では、悲しいことだけれど、そうなることもある。それに、あの魔物がそうした悲しいことをするのであれば、子供たちは死ぬかもしれない。継母はそう思いました。

継母はまず初めに、トマトスープの缶詰を隠しました。継母が子供たちを心から毛嫌いしているのと同じくらい、子供たちはトマトスープが心から好きでした。次に継母は鰯《いわし》の缶詰を隠しました。子供たちは、学校から帰ってくるとトーストに鰯を載せて食べるのが大好きでした。その次にジャガイモを隠しました。姉はジャガイモの芽が嫌いでしたので、ジャガイモがなくなってもそれほど悲しくはありませんでした。継母は林檎を隠し、サクランボを隠し、スリム・ジム・ビーフジャーキーを隠し、胡桃《くるみ》を隠し、小麦粉を隠しました。

女の子のお父さんは毎日仕事に出かけていくと、オフィスの外に停まっているトレイラーから卵のサンドイッチを買いました。お父さんの仕事は、窓ガラスの電話セールスでした。毎日夕方には美味しい食料品を買って帰ってきましたが、翌朝になると、その食料品はいつもすべて消えているのです。そういうことが続いて、とうとう女の子たちは飢え死にしそうになりました。

ある夜、お父さんがウィスキーのジンジャーエール割りを何杯か飲んでから、この状況をなんとかできないものだろうか、と考えました。「こんなひどいことをするのはどんな魔物なんだろうね？」お父さんは継母に言いました。「魔物が私たちの子供を飢え死にさせるなんて、どう考えてもおかしいじゃないか」

「魔物は謎めいたことをするものですよ」。継母はそう答えると、紙パックからピンク色のワインを自分のグラスに注ぎ足しました。子供たちは寝巻き姿で二階で眠っていました。

それから継母が言いました。子供たちを森に連れていってそこに置き去りすればいいんですよ、魔物は謎めいたことをするものですから、あの子たちの命を助けて、進む道を教えてくれるでしょう。飢え死にするよりそのほうがはるかにいいんじゃありませんか？　魔物は心が広いですから、わたしたちのことをきっと許してくれますよ。

お父さんはその意見に反対しました。継母は反対する夫の言葉に耳を傾け、夫に快楽を与えました。継母が与えた快楽は嘘偽りのないものだったのです。夫婦は互いにとても満足しました。

ところが次の朝、お父さんが仕事に出かけていきますと、継母は娘たちをベッドから呼び出し、自分の膝の上に抱き上げて、その長くて美しい腕で抱きしめました。その腕は二本よりたくさんあるようでした。姉には、腕が八本あるように思えました。八本もありそうな腕は、女の子たちに、そして継母自身にも、大きな快楽を与えました。不思議なことですが、嘘偽りのない快楽はどのようなときにもあるものなのかもしれません。たとえ悪だくみがおこなわれるときでも。

娘たちは継母をうっとりと見つめました。継母は子供たちにこう言いました。これからあなたたちは冒険に出るんですよ、でも寝巻きを着替える時間はありません、と。痛ましいことに、娘たちは体が衰弱しきっていてまともに歩くことすらできませんでしたが、家を出るときに継母が落とし卵《ポーチドエッグ》を作って食べさせました。妹は、ふわふわとした卵が好きではなかったので口をつけませんでした。

「いまからおとぎ話の魔物を探しにいくんですよ」と継母は娘たちに言いました。

「あたしたち、人食い鬼も魔女も好き」と娘たちは言いました。

「そうでしょう、そうでしょう」と継母は言いました。そして娘の小さな手をしっかり握り締めたのです。継母がこれほど強い不安を感じたのは初めてのことでした。これまで子供たちを毛嫌いしていたのですから、これには継母もびっくりしました。こんなにも気持ちが変わった理由にまったく心当たりがありません。確かに、こうした気持ちの変化はときどき起きるものです。そしてそれがここでも起きたのです。

森の奥に着いたらね、と継母は計画どおりに娘たちに告げました。食べ物になる木の実を探しに行くんですよ、それが昔ながらのやり方で、それが本当の冒険です、あなたたちはとてもお腹が空いていますから、あなたたちがこの物語の主人公ならば、それが素晴らしい贈り物になるでしょう。そう言って継母は女の子たちを送り出しました。子供たちは、人食い鬼と魔女と同じくらいおとぎ話の主人公が好きだったのです。

それでふたりはいつまでも歩き回りました。どこまでも森を進んでいくと、きらきらと輝く美しい窓のある小さな小屋を見つけました。ふたりはこっそり近づいていって扉を叩きました。扉を開けたのは年を取った魔女でした。魔女はにっこり微笑み、「さあ、お入り、お入り」と言いました。ふたりは中に入って魔女に話をしました。母親が飢え死にさせようとしたことと、森に置き去りにして飢え死にさせようとしたことを。

「なんて人でなしなんだろうね」と、この年寄りの魔女は言いました。この魔女は、とても小柄でもありました。

ところが、どうでしょう。魔女は自分が作った檻の中にふたりを閉じ込めて鍵をかけてしまったのです。女の子たちは、魔女が姿の見えないだれかに向かって、あの子たちはすぐに太るだろうから、そうしたら殺して食べよう、と言うのを耳にしました。

「でも、幼い子をひどい目にあわせるだなんて、あなたも人でなしなのね」と言う声がして、声の主が姿を現わしました。それは白いドレスを着て白いボンネットをかぶり、長い編み上げの白いブーツを履いた娘でした。髪も白く、毎年クリスマスの靴下の中に入っている風船ガムのような薔薇色の葉巻をくゆらせていました。子供たちは、こんなにきれいな人を見たことがありませんでした。

魔女は怒鳴りました。「母親にそんな口の利き方をするのはおよし。わたしの喜びはおまえだけなんだから」

それから何年にもわたって毎日毎日、白い髪の娘は子供たちに向かって、両手を檻から出して、指をわたしに触らせなさい、と言いました。母親の魔女が、そうやって子供が太って食べごろになったかどうかを確かめるんだよ、と言ったからです。姉のほうは素直に指を金網から出しましたが、妹が突き出したのは何本かの棒でした。娘の魔女は葉巻を吸いながら姉に向かって言いました。「あらあら、あんたは太ってきたわね」。しかし妹の出した棒に触ると、彼女は身を震わせて「骸骨のお化けだわ」とすっかり信じこんで言いました。そして母親の魔女に、ふたりともまだまだ食べられない、と報告しました。

そんなことが続いたある夜のこと。なんの前触れもなく、というのも善と悪が謎めいたことをする世の中には必然などというものはないわけですから、魔女の娘が姉の手を取って檻から引っ張り出して、台所に連れていったのです。そして、オーヴンの中にお入りと姉に言いました。姉は「いやよ」とあっさり答えました。

魔女の娘は姉に薄青色の葉巻を差し出しました。魔女の娘も姉も十代になっていました。ふたりはオーヴンのそばに並んで腰を下ろしました。そのとき年取った魔女の声が聞こえたので、姉は急いでオーヴンの陰に隠れました。でも火のついた葉巻を両手で覆ったので、手にやけどをしました。

「お母さん、火の様子を見てくれる?」と魔女の娘が言いました。年取った魔女がオーヴンの中に入ったので、娘たちはその扉をバタンと勢いよく閉め、急いで妹を檻から出して森の外れにある光に向かって走り出しました。三人はときどき立ち止まっては、葉巻をふかしたり陽気に笑ったりしました。

ほどなく三人は、ふたりを探しに来ていたお父さんと出会いました。お父さんは木の切り株に三人を座らせました。

お父さんが語ったことによれば、娘たちがいなくなったのを知って、お父さんは「おまえのせいだ」とお母さんを責めたのです。すると継母は、それは違います、と言い張りました。そして何日もスパークリング・ワインを浴びるほど飲んでは泣き続けました。そして警察に連絡さえしたのです。記者会見も開きました。その席で継母は「ああ、神様、愛しい娘たちを返してください。どうかお願いいたします！　この苦しみから救ってください」と訴えました。お父さんは無言で立ち尽くしていました。全国放送のニュース番組にも出演しました。「この世は謎めいたことをするものです」と金髪のアナウンサーは言いました。「おふたりが必死で祈れば、魔物はいつの日かお嬢さんたちを返してくれるでしょう。森の中の女の子たちのために祈りましょう。全員で祈りをあげましょう」

お父さんは毎晩空に向かって両の拳を振り上げ、娘たちを返してください、とお願いしました。

そしてとうとう、いま話をしているこの日に、姉妹が魔女の娘といっしょに森を抜けて走っていたその日に、お父さんは娘たちと再会したのです。

もちろん、娘たちは変わっていました。まあ、少しですが。ふたりはチェーンスモーカーになっていました。パステル調の色合いの葉巻は外国産でした。昔の虹色のおとぎ話の絵本にあるようなさまざまな色からできていました。

お父さんは白い髪の魔女も家に連れて帰りました。そしてその日から、三人の娘が家を支配することになりました。その支配の仕方といったら！

お父さんが言いました。「そういえば、あの魔女にきらきら輝く窓を売ったことがある。おまえたち三人、よく無事に逃げられたものだ」

継母は悔い改めました。

そして夜になるたびに、祈りました。

どうぞお許しください。魔物はわたしなのです。

わたしたちがいるべき場所

ローラ・ヴァンデンバーグ

ビッグフットに追いかけられたいと心から願っている人たちがいる。それを初めて聞いたときはとても信じられなかった。でも本当のことだった。レストランの給仕の仕事ばかりで、ずっと何の役にもつけなかった夏が終わり、八月にロサンジェルスから車で戻ってくるとき、矢印の形をした木の看板を目にした。矢印は未舗装の道路を示していて、「求む、俳優」と白い文字で書いてあった。そこは北カリフォルニアで、ワシントン州まではまだかなりの距離があったが、わたしはその矢印に従って未舗装道路に車を乗り入れ、エアストリーム社の銀色のトレイラーの前で車を停めた。中は暗く、送風機が回っているらしかった。デスクの向こうにいる太った男が、女性を雇ったことはこれまでない、と言った。それからその男は、ビッグフット・レクリエーション公園でどんなことが起きるのか、詳しく話してくれた。人々はビッグフットに会うためにここに来る。その大半は、何年もずっと遭遇の瞬間を待ち望んできた人々だ。あんたはどしんどしんと歩きまわり、雄々しく吠えなければならない、と。できますよ、とわたしは請け合った。お安いご用です、と。そしてそのことをわたしはオーディションで証明した。コスチュームを身に着けて、両腕を振りまわしながら大声を上げてトレイラーのまわりを歩いてから、歩みを止めてビッグフットのマスクを取った。太った男は笑みを浮かべていた。現金払いだ、と言った。

今日わたしは、アルバカーキから来た女性の後をつけている。その女性は小柄で痩せていて、カーキ色の短パンとピンク色のトレーナーを着ている。彼女がここに来ていることを知る人はひとりもいないはずだ。つかの間、この女性は別世界に、つまりビッグフットから逃れることだけが大事な世界に住んでいるのだ。ここに来る人たちは、物事の優先順位を見直したり、生き延びることがなにより必要だと改めて気づいたりするのにこの公園は最適だ、と言う。わたしは密集した茂みの陰から彼女を見つめている。太った男によれば、彼女はビッグフットに待ち伏せされたいと言ったそうだ。驚くにあたらない。たいていの人はショックを味わいたがっている。

コスチュームの内側がわたしの息で温かい。ゴムはかすかに甘いにおいがする。腕をさするとシュッという音がする。わたしはこの人工毛皮の音が好きだ。マスクには覗き穴がついているが、周辺の視野が遮られているので前方しか見えない。太った男は、それがマスクの性能がよくないからこそもたらされる予想外の効果なんだ、と言う。彼によれば、ビッグフットは原始的な動物で、地球外生物やネス湖の怪物のような狡猾さはなく、目の前にあるものに直接反応するだけだという。ここにはもうふたり、ジェフリーとマックという男がビッグフットとして働いているが、三人の勤務時間が重なり合うことはない。太った男の考えでは、それぞれが顔を合わせないでいて、自分が唯一のビッグフットだと信じることが大事なのだという。

わたしは、女性が肩の力を抜いて、結局はモンスターなんかいないのかもしれない、と考え始める瞬間を待っている。その考えがいつ浮かぶか、わたしは正確に把握できる。まず、体から力が抜ける。それから狼狽した表情が安堵したものに変わり、次いで落胆したものになる。待ち伏せでなにより大事なのは、顧客がその状態になるのを待つことだ。わたしはその静かに待っているあいだ、ビッグフットになりきるよう努力する。ついつい自分の人生や心配事などを深く考えてしまいそうになるが、少なくとも一時間ビッグフットの孤独と願いに寄り添っていさえすれば、いざ攻撃というときに怪物らしく行動することができる。

女性があくびをして頬をこすっている。身をかがめて膝を掻く。森を見まわすのをやめる。彼女の期待感が変わりつつある。彼女は腕時計を見る。わたしは十から逆に数えていく。ゼロまで数えて、空き地へのしのしと歩いていき、最初の唸り声を上げる。耳をつんざくような獣の声にはいまも慣れることができない。

ジミーとわたしは裏庭で手足を投げ出して横たわり、梨の木の枝を透かして空を見ている。少し前にわたしは、ジミーが玄関ポーチに座って、鼻血を止めようとしているのを見かけた。それで彼に、頭を反らせたほうがいいと言い、彼の鼻の穴にティッシュを押し当て、その白いティッシュがしだいに深紅に染まっていくのを見ていた。これは愛ではない。少なくとも、わたしが考える愛はこんな感じのものではない。彼のそばにいても離れていても身の置き所がない感じなのだ。

「どんな夢を見る?」とわたしは訊く。

「この世界に水しかない時代のこと」

わたしは手足を大きく広げて、自分が大きなプールに浮かんでいる様子を思い描く。ジミーの住まいは、道路を挟んでわたしのバンガローと向かい合っている。わたしが八月から借りているこの家は細長くて天井が低く、ターコイズブルーに塗られたペンキは剝がれている。初めてここに引っ越してきたとき、ジミーがやってきて手を貸そうかと言った。実際には片付ける荷物などなかったが、とりあえず彼を家の中に招き入れた。ジミーはオレゴンで育ち、高校を出て放浪するうちにカリフォルニアにたどりついたのだ。そこで郵便配達の仕事に就いた。しなやかな体つきに青白い顔、黒髪に緑の目、そして長い睫《まつげ》。わたしの知っているだれとも似ていなかった。わたしはスーツケースからジムビームのボトルを引っ張り出し、彼は結局その夜わたしの家に泊まった。

ジミーがわたしのほうに転がってくると、ぺちゃんこになった草の跡が残る。「きみは？」

「覚えていない」とわたしは言う。「すぐに忘れちゃうのよね」

翼の先が白い鷹が空をよぎる。あの鳥はどこに向かっているのだろう。十月も半ばだ。大気は冷たく、風が吹いている。「冬が来るのを押しとどめられたらいいのにね」と彼に言う。

「ああ。ほんとうに残念だ」

初めて会った日の翌朝、ぼくは病気なんだ、とジミーが言った。わたしたちはリビングルームの床に腰を下ろし、二日酔いを追い払おうと水を飲んでいた。わたしはグラスを持ち上げ、底に溜まった砂を指差した。彼は肩をすくめて、飲料水はいつもそんなふうだよ、と言った。それから彼は、三カ月間風邪が治らなかったこと、レントゲン検査の機械がカチカチいったこと、肺に影が見つかったことを話した。手助けしてくれる人がいるのかと尋ねると、彼は、オレゴンにいる友人たちとは連絡を取っていないし、郵便局では友だちがひとりもできなかった、と言った。父親が亡くなって、母親はカーペットのセールスマンと再婚し、数年前に東部に引っ越していった。病気が進行していることがわかると、母親は看護師を派遣しようとしたが、ジミーは他人を家に入れたくないからと言って断わった。数カ月前に郵便配達の仕事を辞め、就業不能手当てを受け取っていた。

そうしたことをすべて話してから、彼はわたしにこう言った。きみが気にするのはよくわかるから、ただのご近所さんに戻ってもかまわないんだ、と。でもわたしは、ぜんぜん平気よと言った。ジミーには話さなかったけれど、姉のサラはよくてんかんの発作を起こした。子供のころ、姉がテニスコートやローラースケートのリンクや学校の食堂や絨毯敷きの寝室の床に倒れるのを目にした。姉の胸は、恐ろしいものが飛び出そうとしているかのように激しく波打っていた。外出するときはいつでも自転車用の赤いヘルメットを母に被らされた。わたしたちを女手ひとつで育てた母は、ホスピスで夜勤職員として働いていた。ときどき、不意に母の両手から消毒アルコールと軟膏のにおいがしたのを思い出す。

「仕事、どうだった?」ジミーが尋ねた。

「まあまあね」。脚を伸ばすと、茶色くなった梨の実に当たった。夏の終わりには、梨の木に実がたわわになっていたが、九月半ばを過ぎたころから実が腐って地面に落ち始めた。「アルバカーキから来た女の人を震え上がらせてあげた」

「お望みなら唸り声を練習してもいいんだよ。ふたりとも外にいるんだから」とジミーは言った。

「コスチュームを着ているときしかやれない」。腐った梨を蹴ると、ごろんごろんと草の上を転がっていく音がする。「あれを着ていないとビッグフットになれないのよ」

ジミーがさらに近くにきて、顔をわたしの首に押しつける。「すごい女優になっただろうに」。彼がわたしの肌に呟きかける。

ロサンジェルスではどんなふうに暮らしていたのか、とジミーに訊かれると、わたしはいつもこんなふうに答える。生活費を稼ぐのが大変だった、十五ページに及ぶワインリストと三十ドルのデザートを誇りにしているおしゃれなビストロでトレイを運んでいると、自分が場違いなところにいる感じがした。有名になること、雑誌で自分の顔がこちらを見返しているのを見ること、暗い劇場で自分の声が響きわたるのを聞くこと、ひとりぼっちにならないことを夢見ていた。ジミーに演技のことを訊かれると、配役担当の責任者に、あんたには才能がないね、と言われたと答える。責任者たちはわたしの姿と個性をいつも褒めてくれたが、結局は「きみはぼくらの求めている俳優じゃないってだけのことだよ」と、同じことばかり言われていたことはジミーには黙っていたし、この言葉のせいで危険なほどの希望を抱いてしまい、「あんたは美人でもないし、才能もない」と言われるよりはるかに堪《こた》えた、ということも黙っていた。

ジミーの頭の後ろに触れる。髪が湿っている。週末にかけて彼のためにすることを頭の中で羅列する。シーツを洗う、床にモップをかける、腐った梨を全部かき集める。ジミーは寝てしまったのか、と思った瞬間、彼がわたしを見上げて、今夜はいっしょに過ごせる？　と訊く。いいよ、とわたしは言う。彼は顔を伏せ、わたしたちは目を閉じる。黄昏の陽射しがふたりに照りつける。

拡声器のうるさい音で目が覚める。水道会社のトラックが通りをゆっくりと進んでいく。「ただいま検査中です。水道水が赤錆色になっても心配はありません」。このあたりの水道水はまともであったためしがない。住人たちが文句を言うと、水道会社は調査のためにやって来るが、少しも改善される気配はない。

ジミーはまだ寝ている。華奢な腕が頭の上に優雅に伸ばされている。彼が起こしてもらいたいと思っているのをわたしは知っているが、仕事に出かける前には彼を起こさない。すぐにひとりになれるのだが、わたしはいまひとりでいたい。彼のそばにいたいと思うのは帰ってきたときだけだ。濁った水を入れたグラスと彼の薬をベッドサイド・テーブルに置く。彼の頬にキスをして、行ってくるねと囁いても、彼はぴくりともしない。

通りを渡って郵便受けを見ると、母からの手紙が入っている。封筒を開けると、姉が栽培しているピーマンの写真が床に落ちる。姉は建築家と結婚してワシントン州オリンピアで暮らしている。最近は発作を起こすことがない。姉は図書館で働き、家には菜園があって巨大な野菜ができる。キュウリは丸太のように大きく、茄子は形の悪い頭にそっくりで、写真に映っているピーマンはバナナほどの大きさで明るい緑色をしている。手紙で母は、いつまでも若くいられるわけではありませんよ、まともな職業に就かない時間が長くなればなるほど、雇用条件は悪くなる一方です、と書いている。手紙と写真を封筒の中に戻し、たんすの引出しにねじ込むようにして入れる。そこは母と姉が送ってきた手紙類で溢れ返っている。返事を書いても、俳優の仕事をみつけたことと、家を借りたことを一、二行曖昧に書くだけで、乾ききった暑さと道端に生えている青いルピナスのことを付け加えて終わりになる。ふたりはわたしがビッグフットのコスチュームを着ていることも、ジミーのことも知らない。

服を脱いでシャワーを浴びる。水は赤く濁っている。その色を見ていると吐き気がしてきて、シャンプーを全部洗い流しきらないうちに出てしまう。わたしの髪は本来の金色が消えて白っぽくなり、乾燥した気候のせいで膝や肘の皮膚がかさかさになっている。早めに出かけたいが、あと一時間しかない。ビッグフットのコスチュームを着て森の中をどすんどすんと歩くこと以外は、どこにいようと耐えられない、ということが最近ようやくわかってきた。わたしがいつも女優になりたいと思っていたのはそのせいなのだ。役を演じていると、自分の人生のなにもかもが消滅するのだから。

リビングルームに戻り、テレビをつけて『ジェネラル・ホスピタル』を見る。脇役を演じている金色の肌をした長身の女性たちをじっと見つめる。彼女たちが演じているのは、かつてわたしがオーディションを受けた役——看護師、秘書、群衆のひとり——だ。それから現在の役どころを演じるために屈伸運動をする。筋肉を鋭敏かつしなやかにしておくのが大事だ。そうすれば猿のように素早くこっそりと動くことができる。

電話が鳴る。ジミーだ。朝食を食べに来てほしいという。実際にはまだ三十分の余裕があるけれど、わたしは仕事に遅れるので無理だと伝える。リハーサルを済まさなければならないから、と。

「屈伸運動をしているだけだと思った」接続が悪いので、彼の声に雑音が混じる。

「もっと複雑なものなのよ」とわたしは応える。「俳優ならだれでも、家でしっかりリハーサルしておくのが大事って言うと思う」

彼の気持ちが和らいで、仕事の後で彼の家に寄ることをわたしに約束させる。今日はなにをする予定？　とわたしが尋ねると、彼は、クローゼットの中のジャズレコードを整理するつもりだ、と言う。

「高校時代の知り合いに何枚か送ろうと思ってね」

「その人と話をしたくない？　訪ねてみようとか思わない？　わざわざその人の住所を探しあてたのなら」

「いいや。会いたくないな」

わたしは窓辺に行き、通りの向こうを見る。ジミーがリビングルームの窓辺に立って耳に受話器を当てて手を振っている。ボクサーパンツしか穿《は》いていない。窓ガラスの向こうの姿は青白くぼんやりしている。

「そこに来てくれるまでにどれだけ待てばいいんだろうと思ってたよ」

「電話している相手の姿を見てるのって、おかしな感じがしない？　電話で肝心なことって、遠く離れている人とのコミュニケーションにあるんだもの」

「きみと話していても、顔が見えないとまったく違うよ。なにを考えているかわからない」

「顔が見えてるときはそんなにはっきりとわかるの？」

「きみが思っている以上にね」彼は窓ガラスに顔を押し付ける。さらに顔色が白く、目鼻立ちが歪んで見える。

「なるほど」とわたしは言う。「さてと、本当に仕事に遅刻しちゃう」

電話を切ってから、ふたりとも窓辺にしばらく立っている。彼の髪が乱れて垂れ下がり、後ろのほうは黒い藁のように突き出ている。彼が最後にもう一度手を振り、家の奥の暗がりに姿を消す。戻ってくるかもしれないと思ってわたしは待っているが、太陽が上り、そのぎらつく光がわたしの視界を遮る。彼は家の奥の別のところから、秘密の窓を通してわたしを見ているのだと想像する。わたしは、まだここにいることを知らせるために手を振り返す。


太った男が、今日の客はビッグフットを殺したがっている、と言う。ウィスコンシン州から来た男で、ペイントボール銃（無毒性塗料の弾丸を使ったゲーム用銃）を持ってきた。待ち伏せしなくてもいい、客がこっそり近づいて銃を発射したら、あんたはうめいて倒れればいいんだ、と。

「殺されることが契約に入っているとは知りませんでした」とわたしは言う。

太った男は机の向こうに座っている。身を反り返らせて、マッチブックの角で歯からなにかをほじっている。「レクリエーション・パークなんだ。客はやりたいことはなんでもできるのさ」

このパークで働くにあたって、わたしのコスチュームは、足のところを底上げし、体のあちこちに詰め物を入れて、特別に調整しなければならなかった。トレイラーで太った男に採寸してもらったとき、お客はこの場所をどうやって見つけるのかと訊いてみた。すると彼は、ビッグフット・マニア向けの雑誌に広告を載せているし、たまたまカリフォルニアのこのあたりでビッグフットが目撃されることが多くてな、と言った。去年の秋、彼の従兄が家の裏手の森の中で、出しっぱなしのゴミ容器をあさっているビッグフットを見たという。

わたしはクローゼットを開けてコスチュームを取り出す。タグにわたしのイニシャルが黒いマーカーで書いてある。「それで、その客はわたしをペイントボールで撃つつもりなんですね？」

「正直なところ、いささか痛みを感じるだろう。ペイントボール以外の武器は禁止した。以前うちのビッグフットがペレット銃で顔を撃たれてからはな」

「ひどい！」

「しかも至近距離からだった。腫れが引くまで数日かかった」彼は手で頭を撫でた。「万が一、武器がペイントボールではなさそうだったら、身を守る言葉を叫べばいい」

わたしはコスチュームに足を入れる。「身を守る言葉があるんですか？」

「初めてこの仕事に就く相手には、このことを話すのを控えている。むやみに怖がらせちゃいけないからな」

「わたしは平気です」わたしはゴムの皮膚に体を押し込む。「その言葉とは？」

「ジーザスだ」と彼が言う。「利用客のほうがよく使う言葉だが、今回はかなり状況が違っている」

「どうして『ジーザス』がいいと思ったんです？」

「なかにはとても敬虔な人たちがいてびっくりするほどだ。ジーザスと叫べば彼らの注意を引くだろうと、いつも思ってた」

わたしはビッグフットのマスクを頭から被り、甘いゴムのにおいを吸い込む。覗き穴の向こうに見えるのは、太った男と彼の机だけだ。

「今日の客が神を信じていなかったらどうします？」

「それでも驚かすことくらいはできる」

もう一時間以上も、ウィスコンシンの男の存在に気づいていないふりをし続けている。男はヒマラヤ杉の陰に隠れている。背中を幹に押しつけ、ペイントボール銃の鼻先を地面に向けている。サングラスをかけ、野球帽を被っているので、顔や目は見えない。男は二時間分の料金を払った。そして二時間も終わりになろうとしている。最後の最後まで、殺しはとっておくつもりなのだ。

そのあいだ、わたしはビッグフットが実際にしそうなことを黙々とやろうとした。のんびり歩いたり、背中を木に擦《こす》りつけたり、野草をむしり取ったりした。大気の匂いを嗅いだり、とびきりすごい声で二回吠えたりした。でも二時間近くのあいだずっと、わたしは自分がビッグフットの役から抜け出てしまっているのを感じていた。この森で辛いことが起きるのを待っているのはわたしだけだった。ジミーが朝起きるたびに感じているのはこれかもしれない。ひとりぼっちで、やられるのを待っているのだ。

ある夜、まだ夏が終わらないころに、ふたりで湖まで車を飛ばしてピクニックをした。梨とハムのサンドイッチを食べてから、初めて彼の診断が下されて病院で治療を受けたころのことを話し合った。その病院はわたしたちの住まいとビッグフット・パークから車で数時間ほど行ったところにあった。ジミーはまだ若く――三十歳で、わたしより四つ上にすぎない――一度も煙草を吸ったことがない。入院してからようやく、彼はショックから立ち直り、将来のことを考え、これまで自分の身に起きたことや起きなかったことすべてを検討できるようになった。他の患者たちといっしょに座り、化学療法も放射線治療も手術もうまくいかなかったら、彼の言葉を借りれば「打つ手が尽きたら」どうするか、といったことを話した。見知らぬ国を旅したいという人もいれば、別れた恋人を探しだしたいとか、蔑《ないがし》ろにしてきた子供に償いをしたいという人もいた。ジミーは車でグランド・キャニオンに行き、その光景を見飽きるまで滞在したいと言った。どうしてグランド・キャニオンを選んだのかはうまく説明できなかったが、彼の心に最初に浮かんだのがその場所だったのだ。しかし彼はグランド・キャニオンには行かなかったし、その理由も説明できなかった。そんなに大変なことではなかっただろうね、わずかなお金を持って、長時間車の運転をするだけでよかったんだから、と彼はわたしに言った。その夜の後で、わたしは彼がアリゾナまで行かなかった理由をあれこれ考え、結局のところ、怖かったからだろうと思った。その光景が期待外れだった場合を恐れたのだ。あるいは、別の選択をすべきだったと思うには手遅れだと知ることになるのを恐れた。彼にとっては、グランド・キャニオンがどんなものか知らないまま、夢の中の壮大な景色を胸に抱いているほうがよかったのだ。

わたしは待つことと自分の考えに没頭しすぎていて、ビッグフットの気持ちになりきっていなかったため、銃で撃たれたときはすさまじい衝撃を感じた。茶色の胸の真ん中に赤いふたつの飛沫《しぶき》が散る。息が背中からどうと倒れ、毛皮に覆われた腕と脚が空中に持ちあがってから地面にどさりと落ちる。息が肺からどっと吐き出される。マスクの内側で息が止まる。岩が背中にめり込み、額に鋭い痛みを感じる。小枝が踏みしだかれる音と足音。男がわたしを見下ろして立っている。手にはまだ銃がある。木の陰にいたときに見た姿より小柄だ。青白い肌、ごつごつした肘、鼻の先には日焼け止めの白い跡がまだらについている。胸に標的の円が描かれたTシャツと迷彩柄のズボン。

彼はブーツの先でわたしを軽く押す。わたしは死んだふりをするのを忘れ、身をよじって横向きになる。彼は眉根に皺を寄せて銃を上げる。身を守る言葉は覚えているが、口に出さない。口に出すのを思いとどまったのは、この役を完璧に演じていると、この男の望み通りのみごとな死に方をしたいと、もし彼が死にかけているなら、自分の人生に満足して死んでいってほしいと思ったからだと思いたい。しかし現実は違う。胸がカッと熱くなり、目眩《めまい》がし、口を開けて「ジーザス」と言おうとしても声が出てこなかったのだ。

もう一度、男はわたしの首に一発、さらに肩に一発撃つ。わたしは悲鳴を上げ、手を腕に押し当てる。足早に去る音がし、やがてなにも聞こえなくなる。呼吸が元に戻り、立てるようになると、わたしはマスクを剝ぎ取り、首に出来た腫れに触れる。地面には赤いペンキが点々と散っている。男の姿はない。

「自分のやりたいことをする時間は充分にあると思い込んでいる人間のひとりだったんだよ、ぼくは」ジミーはなんの前置きもせずに言う。最近ではいつもこんなふうに話す。わたしはそれを哲学的発作と呼ぶ。

「やりたいことって?」わたしはキッチンのテーブルについて、ウィスキーのコーラ割りを飲んでいる。ジミーはわたしの首にできた打撲傷についてなにも言わない。その傷はレモンくらいの大きさに膨れている。胸の腫れはかなりひいたが、いまも鮮やかなピンク色をしている。帰宅が遅くなったのは、トレイラーのバスルームでコスチュームを洗わなければならなかったからだ。毛皮に引っかかった枯葉を取り除いてから浴槽に入れて、取り外しできるシャワーヘッドで赤いペンキを洗い落とした。

「わからないいな」と彼が言う。「中国の万里の長城を見る。山登りをする。結婚する。子供を持つ」。彼は缶ビールを開けて、わたしのそばにやってくる。「問題は、こんなに差し迫ってるだなんて思ってもいなかったことだよ」

「最後のふたつは、あなたがどうしてもしたいってものじゃないでしょ」

「そうだな」とジミーは答える。「でもさ、ぼくたちがそういったことを自分に言い聞かせる唯一の理由は、自分にはそうする時間がまだあると考えているからじゃないかな」。彼は両腕を広げて掌を上に向ける。手首の肌がトレーシングペイパーのように透けている。ジミーが最後の勤務日がどんなだったか話してくれたことを覚えている。配達用の鞄の重さで肩に痣ができたこと、もう限界だと思うまで運び続けたこと、そして歩道に郵便物をすべて投げ捨てて、山と積まれた郵便物を開けはじめたこと。中身は電話の請求書、カード、更新通知、クレジット・カードの契約申し込み、クーポンの小冊子。彼はこう話した。自分の配達ルートにいる人とはだれとも親しくならなかったのに、突然、彼らの人生にはなにがあるのかどうしても知りたくなったんだ、と。病気のせいということで大きな問題にはならなかったが、一年間の身体傷害補償をつけるから辞職するように説得された。補償を全額支払いきらないうちにぼくが死ぬことを知っていたから、彼らは身体傷害補償を持ち出したんだよ、と小切手が届くたびに彼は言い、わたしに小切手を銀行に持っていって預金させている。

わたしたちはしばらく黙っている。わたしはウィスキーのコーラ割りを飲み終わり、お代わりを作る。今度はグラスにウィスキーだけ注ぐ。天井の照明がちかちか瞬《またた》く。夕方、わたしは皿を洗って床を拭いた。部屋は気だるげで空っぽだ。ビールをもう一本持っていこうか、とジミーに言うと、彼は首を横に振り、缶がへこむまで握りしめる。彼の背中に回って肩に手を置く。彼はわたしがいちばんよくわかっていることをさせてくれる。つまり、黙って従い、世話をし、危機に瀕している命のまわりでわたしの欲望を蠟のように溶かすこと。

「将来のことを考えずにすむのは救いに近いね」と彼が言う。「求めていたことが見つかるのか、落胆するだけなのかと悩まずにすむ。この問題の前ではあらゆるものが意味をなくす」。彼は顔を上向けて、わたしを見る。目が充血している。「だから、きみがぼくを愛していようがいまいが、実はどうでもいいことなんじゃないかな」

「いいえ、とても大切なことよ」とわたしは言う。というのも、そう言うのが正しいと思うからだ。ジミーといっしょにいると、本当のことを言うより正しいことを言うほうが重要に思えてならない。あるいは、そう思えるから彼といっしょにいるのかもしれない。だからといって、彼の身に起きていることを変えられるとは思わないが、ある意味では大切なことなのだ。

「今日の仕事はどうだった?」彼が尋ねる。話題を変えたいのだ。

「殺されちゃった」

「そんなことができるのか?」

「どうやらね」

「首がそんなに腫れてるのはそのせい?」

「そう」わたしは彼の額の髪をそっと払う。「ペイントボール銃で射殺された」

彼はテーブルに覆い被さり、頭《こうべ》を垂れる。わたしが慰めようとすると、彼がいきなり笑い出してわたしはびっくりする。

深夜の二時に、犬の吠え声で目が覚める。カヴァーを蹴って身を起こす。すでに犬の声は聞こえなくなっている。夢のせいで頭がぼんやりしているが、覚えているのは、姉の口の隅についた血が、ロールシャッハ・テストの染みによく似た形に乾いていたことだけ。ジミーはシーツをかぶって丸まっていて、息遣いはほとんど聞き取れない。目を開けているうちに暗闇に慣れてきて、彼の胸がかすかに上下しているのがわかる。顔を枕に押しつけ、唇が少し開いているので、湿った舌の先が見えている。

わたしはベッドから出てキッチンに行く。床を拭くのに使った洗剤のにおいがまだ漂っている。冷蔵庫を開けて冷たい蛍光灯の明かりのついた庫内に頭を突っ込んでいると、その明かりで目がずきずきしてくる。それから体を引きずるようにしてカウンターまで行き、受話器を耳に押し当て、姉の番号にかける。相手を呼び出すうちに、真夜中であることを思い出し、受話器を置こうとすると、サラが電話に出て呟くのが聞こえる。

「庭はどう?」とわたしは尋ねる。「もうカボチャはボーリングのピンみたいな大きさになった?」

「そっちは変わりないの?」姉がベッドサイド・テーブルを手探りしてグラスを探している姿を思い描く。

「なんとかやってる。それで答えになってる?」

「ジーン」姉が言う。「言うことがないのならベッドに戻りたいんだけど」

姉が本当に知りたいのは、いまわたしがカリフォルニアで何をしているか、わたしが送ったはがきに書いてあった配役とは正確にはなんなのか、あとどれくらい経ったらワシントンに戻るのかということ。わたしはそういったことすべてを説明する言い方を考えようとするが、ビッグフットやジミーのことや、ここの水道の赤い色を見ていると、蛇がネズミを飲み込むように子供時代を飲み込んでしまう恐怖のことを思い出す、といったことは説明できない。わかっているのは、いまわたしは自分のいたいところにいるということ、そしてまだ立ち去りたくはないということだ。電話の向こうで、サラの深くて辛抱強い息遣いが聞こえる。姉は逆境に負けない人だ。姉は現実主義者だ。成長しすぎた菜園は、彼女の唯一の過剰な姿。わたしは深夜に電話をかけたことを謝り、それから受話器を置く。

夜になると家が狭くなったように感じられ、不意に外に出たくなる。裏口から出てコンクリートの階段に腰を下ろす。空は暗く、星はない。わたしが着ているのはジミーのボクサーパンツとTシャツだ。ふたつともわたしの体にぴったり。今夜ベッドに入る前にわたしがスペアミントの練歯磨きで歯を磨いていると、ジミーがバスルームに入ってきた。最初はなにも言わず、戸口に立って見つめるだけだった。それから、わたしが口をゆすいでいるときに、ぼくの衣類をもらってくれないかな、と言ったのだ。ジミーが自分の持ち物のことを言い出したのは初めてで、わたしはこれまでその話題に触れずにいられてうれしかった。わたしは緑色の液体をシンクに吐き出し、それが排水口に吸い込まれていくのを見つめていた。「つまり、こういうことをしないようになったらね」。彼は続けた。「すべてが終わったあとで」。わたしはシンクから振り向き、あなたがわたしに持っていてほしいものがあればなんだってもらう、と言った。彼はほかになにも言わず、ただ頷《うなず》いて寝室に向かった。

腐った梨が階段のいちばん下の段に置いてある。手を伸ばして拾い上げる。すっかり腐り果てた梨は、どす黒くべとべとして、まるで剝き出しになった臓物のようだ。腎臓か。あるいはぼろぼろの心臓か。その梨を投げると、木の幹にペシャッと当たり、こもった銃声のような音を立てる。静けさに満ちた庭にしばらく座り、掌を階段に擦りつけ、家の中に戻る。

「泊まっていかなくてもかまわないんだよ」ベッドに戻るとジミーが言う。「寝就かれないようならね」

「ぐっすり寝てたんだけど、なにかの音がして起きただけ」

「だれかと話しているようだったけど」

「電話をかけてたの」。わたしはベッドの自分の場所に入り込む。「姉のこと、あなたに話したことがあったっけ?」

「オリンピアに住んでる人だよね。突然変異の菜園の持ち主の」

「その人が唯一のわたしのきょうだい」。彼の鎖骨のくぼんだところに触れる。「子供の頃、姉がよく発作を起こしていたこと、話した?」

「発作?」

「てんかんの発作。長いあいだ病気だった」

「よくなった?」

「ええ。いまはすっかり」

「裏庭でなにをしていたの?」

梨を見つけたことと、それが木の幹に当たって立てた音のことを話す。子供の頃にソフトボールを初めてやって以来ずっと、的に命中させるのがうまいの、と言う。わたしが力瘤《ちからこぶ》をつくってみせると、ジミーは感心したようなふりをして、わたしの盛り上がった筋肉をぎゅっと掴む。

「明日、それをしてみようかな」と彼が言う。「残りの梨をぜんぶ木にぶつけて潰《つぶ》すんだ」。彼がわたしの手を自分の胸に押し当てる。「パン、パン、パン、パン」

クローゼットのレコードは整理し終えたのか、友人には結局どのレコードを送ったのかと彼に尋ねる。

「ジャンゴ・ラインハルトのレコードを送った」

「どうしてそれを?」

「ジャンゴにはとても興味深いエピソードがあるからだよ。知ってる?」

わたしは首を横に振る。髪が枕に擦れてカサカサいう。

「ジャンゴの最初の奥さんは生活のために造花を作っていた。ある日、造花に火がついて、火事になった。ジャンゴが蠟燭を倒したせいだと言われている。だけど、本当のことはだれにもわからない。ジャンゴは半身にひどい火傷を負った。左手もだ。コードを押さえる方の手に。医者は二度と演奏はできないだろうと思った。しかし彼は演奏した。しかも偉大なギタリストになった」

「その話と友人とどういう関係が?」

「なにもない。この話をだれかと分かち合いたかっただけさ。それに友だちはずいぶん遠くに暮らしているから、わざわざ別れの挨拶をしにここに寄ったりしないしね。信じられないことに、はるか遠くのハワイにいるんだ」

小雨が降ってきた。ふたりとも黙り込む。また犬が吠えている。通りのどちらの先から聞こえてくるのかわからないが、遠くて近い。まもなくジミーの息遣いが静かになり、眠りに押し流されたことがわかる。わたしは彼の胸に手をおいたままだ。彼の骨が皮膚の下でわずかに動く。

翌日仕事に行くと、太った男が「話がある」と言う。わたしは彼の机の前に立ち、両手首を背中で交差させる。首の腫れはまだ大きく、濃い紫色になっている。特別なことを要望する別の客にわたしをあてがうつもりだろうか。

「ジーン」。太った男がそう言う。彼がわたしの下の名を口にしたのは初めてだ。これは新しい任務の話ではない、とすぐにわかる。人がこれまで口にしなかった下の名前を突然言い出すのは、いつだって凶兆だ。「昨日の客はビッグフット体験に満足しなかった」

わたしは彼にこう言う。あんなに長いあいだ待つのは大変だった、ビッグフットの役に入ったり出たりしていた、攻撃する側に慣れていたので、攻撃される側にいるときは同じような集中力を保てなかった、と。攻撃される側の役に取り組み、家の庭で、恐ろしい者に追いかけられることを想像して、感覚を摑む努力をする、と約束する。

太った男は首を横に振る。「いいや、問題はそこじゃない」

「あの客はなんと言ったんです？」

「あんたが小娘みたいだった、と」

そんなことはあり得ない、とわたしは言う。ビッグフットらしく、上半身から先に地面に倒れて、衝撃を和らげようと腕で体重を支えるような真似はしなかった。「倒れ方は完璧でした」とわたしは言う。

「あの客は、あんたが両腕をばたばたさせて悲鳴を上げた、と言ってたよ。倒れた瞬間、女がコスチュームを着ているだけでビッグフットじゃない、と思ったそうだ。それで夢が潰《つい》えた」

わたしは首筋の腫れを指差す。「あの男は地面に倒れたわたしを、二回も余分に撃ったんですよ」

太った男は肩をすくめる。「あいつは女嫌いなのかもな」

わたしはクローゼットを開けてビッグフットのコスチュームを取り出そうと探す。タグにわたしのイニシャルが書かれたいちばん小さなコスチュームを。見つからないので、扉を閉めて口元を引き締める。

「あいつに料金を返さなければならなかった」。太った男は椅子から立ちあがり、わたしのコスチュームを机の下から取り出してよこす。「悪いな、ジーン」

にべもなくわたしを解雇しないだけの優しさは持ち合わせている。わたしのために説明をしてくれた。だから、わたしは彼を困らせたりはしない。ハンガーから他のコスチュームを引っ張り出したりしない。彼の机にあるものを腕でなぎ払ったりしない。マッチを擦《す》ってここに火をつけたりはしない。わたしはコスチュームを受け取り、ドアを開けて出ていく。空は青く晴れ渡り、雲ひとつない。風は高く吹いて、灰色の埃が体にまといつく。まるで嵐の静かな中心に立っているかのように。

二十分歩き続けても、通りにはひとっこひとりいない。パークからわたしの家までは三キロ離れている。腕に抱えたコスチュームは軽く、毛皮は柔らかい。吹きつける風で目に砂が入るので、マスクを被る。解雇された後でも、ちゃんと歩けてよかった。体のあちこちが重たく感じられて、一度腰を下ろしたら立ちあがれそうもない。

ここ何カ月も心に浮かばかなかったことをいつの間にか考えている。わたしはタコマ出身の男と一度結婚した。その男とは、わたしがワシントン州の地元の演劇集団の受付係をしているときに出会った。ふたりで駆落ちしてラスベガスに行き、小さな白いチャペルで結婚した。一年も続かなかった。彼が別の女性と会っているときはいつもわかった。彼はとても真剣な顔つきをしていて、それが魅力的ですらあった。別れた後、姉がこう訊いた。思いつきで結婚したくせに、なにを期待していたの？と。わたしはすでにロサンジェルスに行くと決めていたので、これでわたしの演技に苦痛という厚みが出るってものよ、と冗談を言った。しかしすぐに、本当の苦痛などだれも目にしたくはないのだとわかった。ジミーといるときに目にするような、だれもが一瞬であれ目を背けたくなるような苦痛など、監督も配役係も求めてはいないのだ。

そしてふとこう思った。ジミーが死ぬまでわたしを、わたしだけを愛していくという保証があるから（これほど保証されているものはない）彼が魅力的に見えるのだ、と。彼は死ぬまでわたしを愛していく。もちろん、そもそも他に選択肢がないからだ。他の女性を愛する時間がジミーにはない。しかし、彼を何年か延命させることができるのなら、たとえそのせいで彼が他の女性に走ってわたしを捨てることになっても、それでも、わたしは彼を延命させたい。そのことをある夜、彼に話した。わたしたちは裏庭の木の下にいて、そのときだけは本当のことを話したのだ。するとジミーは、「つまり、きみはぼくを愛しているってことだね」と言った。虚ろな顔に笑みが広がった。それでわたしは、彼の言うとおりなのではないか、と思った。

赤いトラックが走り抜けていき、車道を歩いているわたしの肌に砂利が撥ね当たる。運転手がサイドミラーでわたしを見ている。風の向きが定まる。空はいまも鮮やかな青さで、透明なシートのような雲がかかって陽射しが弱まる。間もなく遠くにジミーの家の低い屋根が見えてくる。

「水に入らなくちゃ」。わたしが彼の家の玄関にたどり着くと、彼がそう言う。わたしはコスチュームを胸に抱え、マスクを被ったままだ。彼の目はぎらつき、決然としている。わたしがビッグフットのマスクを被っているのに気づいていないようだ。いよいよ譫妄状態に入ったのだろうか。医者が彼に伝えたところによれば、末期にはそういうことが起きるという。

「どうかしているんじゃない」とわたしは言う。「庭で梨を拾って疲れてるんでしょ」

「湖に連れてってくれないか」。彼はポーチに出てドアを閉める。

「でも、風邪を引くかもしれない」わたしはマスクを外しながら異を唱える。風邪はジミーの命にかかわる。「そうなったら、病院に逆戻りよ。病院はあなたのいたい場所じゃないでしょ」

「またあの夢を見たんだ」彼はわたしの実際的な懸念をうまく言いくるめる。「水でできている世界。目が覚めたら、今日は絶対に湖に行くべきだってわかった」。彼は通りの向かい側にある、わたしの傷だらけのくすんだ車を一心に見つめている。「それに、この体はぼくのいたい場所じゃないけど、交換することもできないだろ?」

「ガソリンがあまりないし」

彼はポーチを降りていく。「途中にガソリン・スタンドがあるさ」

「泳ぎを習ったことがないって言ってたでしょ?」

「泳ぎ方は知らない。でも、きみは知っている」

彼は通りを横切っていき、助手席に身を落ち着ける。わたしが躊躇《ためら》っているのを見てクラクションを鳴らす。彼はなにもかもをもっと早く終わらせようとして、それでわたしの手を借りようと決めたのではないか。今日はそれが水泳で、明日はスカイダイビングになるのではないか。そう考えて身動きがとれなくなる。キッチンテーブルやポーチで何時間か過ごすだけでも、彼には相当な努力がいる。愛を交わすことはどんどん減ってきているが、それでも愛を交わしたあと、彼は自分の寝る側に戻ってすぐに深い眠りに落ちる。まるで麻酔を打たれたかのように。エンジンがかかる音がする。カップホールダーに入れておいたキイを見つけたのだ。クビになったばかりだから泳ぎに行くような気分じゃない、と言おうか。でも彼は気にもかけないだろう。それに、気にかけるべきじゃない。またクラクションが鳴る。わたしは急いで通りを渡って彼に合流する。

セコイアの木の下に車を停め、グローブボックスにキイを放り込む。夕方の陽射しが窓ガラスを通して射しこみ、ダッシュボードの上に積もった埃をきらめかせる。ここに来るのは夏以来で、湖を囲む森は色を濃くし、さらに密集しているように見える。ジミーが車から出て湖のほうへ、精一杯の速さで歩いていく。ビッグフットのコスチュームとマスクは後ろの座席に、からっぽでぐにゃりとしたまま置いてある。いまでは特別のものには見えない。ゴムと人工毛皮の山にすぎない。

わたしは車から出て湖のほとりのジミーのところに行く。彼は靴とTシャツを脱いで、ジーンズのボタンを外す。きみも服を脱いで、と言う。湖は幹線道路から一キロ半ほど離れていて、木々や茂った灌木で遮られている。囲い地であることで大胆になり、わたしはショートパンツとブラウスを脱ぐ。衣類をたたんで木の根元に置き、ふたりの靴を隣り合わせに揃えて置く。裸になると、ジミーは両腕を広げてバランスをとりながら湖の中に入っていく。わたしは彼の膝が水の中に入るまで待ってから追いかける。水は冷たい。

「ここは浅過ぎる」と彼が言う。「もっと先に行こう」。湖の中央の色の濃いところを指差す。

「あそこはものすごく深いはずよ。足がつかない」

「体の下になんにもないのがいいんだ」。彼はわたしの髪を耳の後ろにかける。彼の冷たい手がわたしの喉元をすべり、鎖骨のところで止まる。「体の浮かし方を教えてくれる？」

「最善を尽くす」。わたしは心からそう言う。「でもまずは浅いところで始めなくちゃ」

彼は頷く。体の力を抜いて、とわたしは言う。彼は少し力を抜くが十分ではない。体を沈めていって、と彼に言う。そして、水が肩のところまで来たら、わたしは両手を彼の背中に当てて体を水平にさせる。この一連の動きを、プログラムの練習をしているシンクロ選手のようにふたりで優雅におこなおうとする。

「コツは、手足をだらりとさせて、背中を動かさないこと」

「それならできる」

わたしは手を離す。彼がしばらくのあいだ自力で浮いているのを見てから、彼の二の腕を摑んで深い方へ泳いでいく。わたしは彼に「目を閉じて、水面に浮こうとは考えないで、わたしの手がまだ背骨に押し当てられていると思って」と言う。ジミーの体を支えながら進んでいくので太腿の筋肉が燃えるようだ。彼の黒髪は艶やかで、睫は長く反り返っている。涙のような形の頬骨と、顔に浮かぶ緑色と紫色の静脈が見える。いまにも壊れてしまいそうで、すぐにでも岸辺へ引き返したくなる。しかし、それだけはしないほうがいいことはわかる。湖の中央にたどり着くと、わたしは彼の腕を放す。水中での彼の姿勢は変わらない。わたしは少し離れて、目を開けるよう彼に言う。

「空が回っている」彼が言う。

わたしは顔を仰向ける。水が髪の先端を飲み込む。肌の感覚がなくなる。山脈の形に似た大きな雲を見て、ジミーがグランド・キャニオンに行きたがっていたことを思い出す。もしかしたら、グランド・キャニオンに行けなかったせいで、彼は今日、頑固になっているのかもしれない。そういったものを夢の中でしか見られないことに嫌気がさしたのかもしれない。

「どのあたりにいるの？」

「真ん中あたり」とわたしは言う。「でも確かめようとしないで。バランスが崩れるから」。今回だけはわたしの言うことをきく。

太陽が傾きかけている。明るいオレンジ色の円盤が水に揺れている。ジミーは仰向けで浮きながら、空を見つめている。唇が真っ青だが、わたしはなにも言わない。これほど速く体を浮かせることを身につけた人を見たことがない。でも、残された時間がない人は、速く習得できるものなのかもしれない。時間。わたしはその言葉を忌み嫌いながら大人になった。時間のことをよく考える。時間をいかに浪費しているか、時間を数えないでいられたらどれほど楽になるか。ジミーを見る。黒い水のせいで肌が異様に白く見える。この人は時間を気にしなくなったのだろうか、残りの日がなくなるまで、日々が過ぎ去るのに身を任せるつもりなのだろうか。家で彼が言ったことを思い出す。いまの体は自分のいたい場所ではない、と。わたしたちふたりとも、望んだ場所にはいないのだ。でも、この瞬間はともかく、いたい場所にいる。

「ぼくのために叫び声を上げてくれないか？」と彼が言う。

わたしが水中を動くとさざ波が立ち、彼の体を少し遠くへと押しやる。

「きみのビッグフットの叫び」彼は続けて言う。「その響きを聞きたい」

「できない」

「どうしてできない？」

「今日、クビになったの」わたしは首筋の腫れに触れる。

ジミーはしばらく黙っている。水面でぴくりともしない。わたしは集中を切らさない彼を誇らしく見る。「それはたいしたことじゃない」とようやく彼が言う。「きみはいまもビッグフットさ」

「コスチュームを着ていないとその気になれないの。前にも言ったでしょう」

「じゃあ、想像してみて。女優なんだからできる。そうだろ？」

わたしは目を閉じ、重い足取りで森を歩くビッグフットを思い描く。どんな人間でも想像できないほどの孤独の中にいる。その孤独の大きさを思い描く。わたしは口を開けて肺の中に空気をたくさん取り込み、それから背中を丸めて空気を吐き出す。体から出てくる声は、これまで聞いたどの声とも違っている。それは力の衰えた枝と秋の大気を貫き、雲に向かって煙のように昇っていく。こだまが長く尾を引く。振動が電流のようにわたしの肌を伝わっていく。目を開けると、湖と木の頂が群青色に染まっている。

ジミーはわたしの手の届かないところで浮いているが、わたしは彼のそばにいかない。三日月がはっきり見えるようになる頃、彼が車まで連れ帰ってくれ、と言う。わたしは彼を支えながら岸までいく。乾いた岸にたどり着くと、彼が蹲《うずくま》って激しく震えだす。わたしは、タオルや毛布を持ってこなかった自分を責め、せめて彼に服を着せようとする。けれどもジミーは首を横に振って、いっしょに震えがやむまで待ってくれと言う。もうすぐやむから、と彼が言う。わたしは試されているのだ。わたしが他人《ひと》の苦しみにどれくらい長く耐えられるかを。わたしはかがみ込んで彼の肩甲骨のあいだに手を押し当てる。健康な体なら隠れているはずの細い靭帯と骨に触れる。月明かりに照らされた湖は、まるで巨大な黒い真珠のようだ。わたしのお腹の柔らかなところに鳥肌が立つ。夜は静かで、ジミーの荒い息遣いだけが聞こえる。彼の横に跪《ひざまず》くと、湿った葉が膝に当たる。ジミーの太腿の青白い肌のあちこちに汚れがついている。それを払い落とす。じめじめして冷たい泥。手を唇に持っていき、指先についた泥を溶かす。苦味のある金属のような味。月が動き、目の前の草は銀色に光り、光はわたしたちを通りすぎて消えていく。

著者紹介

〈 〉は新聞・雑誌。

◆B・J・ホラーズ　B. J. Hollars――「序として」
著書に *Thirteen Loops: Race, Violence and the Last Lynching in America* など。本書を含め、これまで三冊の編者として新しい視点から表現を探っている。ウィスコンシン大学オークレア校准教授。

◆ジョン・マクナリー　John McNally――「クリーチャー・フィーチャー」
著書に *The Book of Ralph*、*America's Report Card*、*After the Workshop*。短篇集 *Troublemakers*、*Ghosts of Chicago*。また *The Creative Writer's Survival Guide* という、書くことをめぐる本もある。ノースカロライナ州ウィンストン・セーラム在住。

◆ウェンデル・メイヨー　Wendell Mayo――「B・ホラー」
著書に短篇集 *Centaur of the North*、*B. Horror and Other Stories*、連作短篇集 *In Lithuanian Wood* がある。〈イェール・レビュー〉〈ハーバード・レビュー〉〈ミズーリ・レビュー〉〈インディアナ・レビュー〉〈シカゴ・レビュー〉など多くの雑誌に作品を発表している。オハイオ州のボウリング・グリーン州立大学創作学科で教えている。

◆ボニー・ジョー・キャンベル　Bonnie Jo Campbell――「ゴリラ・ガール」
短篇集*American Salvage*は二〇〇九年全米図書賞・全米批評家協会賞の最終候補作。著書に*Once Upon a River*（二〇一一年グッゲンハイム・フェロー）、*Q Road*、*Women & Other Animals*。AWP賞短篇賞、プシュカート賞、ユードラ・ウェルティ賞などの受賞歴がある。サーカス団と各地を巡った経験があるという。

◆ケヴィン・ウィルソン　Kevin Wilson――「いちばん大切な美徳」
短篇集*Tunneling to the Center of the Earth*（二〇〇九年シャーリイ・ジャクスン賞受賞）、長篇*The Family Fang*がある。テネシー州のサウス大学で教えている。

◆ブライアン・ボールディ　Brian Baldi――「彼女が東京を救う」
〈マサチューセッツ・レビュー〉〈デンバー・クォータリー〉を始め、多くの雑誌に記事を書いている。アンソロジー*Brothers and Beasts*や*Best of the* ***WEB 2010***に短篇が収録されている。〈アグネス・フォックス・プレス〉の編集者でもある。マサチューセッツ州ノーサンプトン在住。

◆エイミー・ベンダー　Aimee Bender――「わたしたちのなかに」
長篇『燃えるスカートの少女』『私自身の見えない徴』『わがままなやつら』（以上、菅敬次郎訳、角川書店）など四作の著書がある。〈グランタ〉〈ハーパーズ〉〈パリス・レビュー〉など多くの雑誌に短篇を発表。ロサンジェルス在住。

◆ジェディディア・ベリー　Jedediah Berry——「受け継がれたもの」

著書に *The Manual of Detection*（クロフォード・ファンタジイ賞、ハメット賞受賞）。〈コンジャンクションズ〉〈ナインス・レター〉〈シカゴ・レビュー〉〈フェアリー・テイル・レビュー〉を始めとする多くの雑誌に短篇を発表。アンソロジー *Best New American Voices* や *Best American Fantasy* に作品が収録されている。マサチューセッツ大学創作学科で教えている。

◆オースティン・バン　Austin Bunn——「瓶詰め仔猫」

〈アトランティック・マンスリー〉〈ニューヨークタイムズ・マガジン〉〈ゾーエトロープ〉にフィクション、ノンフィクションを発表、舞台や映画の脚本も手がけている。*The Pushcart Prize Anthology*、*Best American Science and Nature Writing* 他に短篇が収録されている。ミシガン州のグランドヴァレー州立大学創作学科で教えている。

◆ケリー・リンク　Kelly Link——「モンスター」

短篇集に『スペシャリストの帽子』（金子ゆき子・佐田千織訳、早川書房）『マジック・フォー・ビギナーズ』『プリティ・モンスターズ』（以上、柴田元幸訳、早川書房）がある。これまでにネビュラ賞を三度受賞、ヒューゴー賞、ローカス賞、世界ファンタジイ賞を受賞。夫と共に出版社 Small Beer Press を経営。マサチューセッツ州ノーサンプトン在住。

◆ベンジャミン・パーシー　Benjamin Percy――「泥人間《マッドマン》」

著書に『森の奥へ』（古屋美登里訳、早川書房）、*Red Moon*。短篇集 *The Language of Elk*、*Refresh, Refresh*。〈エスクァイア〉〈GQ〉〈メンズ・ジャーナル〉〈アウトサイド〉〈ウォールストリート・ジャーナル〉〈パリス・レビュー〉などにフィクション、ノンフィクションを発表。これまでにホワイティング・ライターズ賞、プリンプトン賞、プシュカート賞の受賞歴がある。*Best American Short Stories* にも短篇が収録された。

◆アリッサ・ナッティング　Alissa Nutting――「ダニエル」

著書に *Unclean Jobs for Women and Girls*。各種文学賞で最終候補に残るなど、これからが楽しみな作家。〈ティン・ハウス〉〈ボム〉他に短篇、ノンフィクションが掲載された。オハイオ州のジョン・キャロル大学創作学科准教授。

◆ジェイク・スェアリンジェン　Jake Swearingen――「ゾンビ日記」

〈マクスウィーニーズ〉〈ワイアード〉〈SFウィークリー〉他に作品を発表している。アンソロジー *The Best American Nonrequired Reading 2008*、*Created in Darkness by Troubled Americans*、*The McSweeney's Joke Book of Book Jokes*、*Humor Me* に作品が収録されている。編集者、ジャーナリスト、ウェブ編集者の顔も持つ。サンフランシスコ在住。

◆マイク・シズニージュウスキー　Mike Czyzniejewski――「フランケンシュタイン、ミイラに会う」
短篇集に *Elephants in Our Bedroom*、*Chicago Stories* がある。オハイオ州のボウリング・グリーン州立大学で教えており、文芸誌 *Mid-American Review* の編集長を務めている。

◆ケイト・バーンハイマー　Kate Bernheimer――「森の中の女の子たち」
アンソロジー『女友だちの賞味期限』（糸井恵訳、プレジデント社）に「母親失格――子供が産めない私とめでたく産んだ彼女たち」が収録されている。絵本『さみしかった本』（福本友美子訳、岩崎書店）。短篇集 *Horse, Flower, Bird*。世界ファンタジイ賞受賞の *My Mother She Killed Me, My Father He Ate Me* など三冊のアンソロジーを編纂。ルイジアナ大学准教授。

◆ローラ・ヴァンデンバーグ　Laura van den Berg――「わたしたちがいるべき場所」
デビュー短篇集 *What the World will Look Like When All the Water Leaves Us* はバーンズ＆ノーブルの新人部門候補作、フランク・オコナー国際賞の最終候補作になった。〈プラウシャーズ〉〈ワン・ストーリー〉〈コンジャンクションズ〉に作品を発表。*The Best American Nonrequired Reading 2008*、*Best New American Voices 2010*、*The Pushcart Prize XXIV* に短篇が収録されている。ボルティモア在住。

◆ジェレミー・ティンダー　Jeremy Tinder――「モスマン」

漫画家、画家、おもちゃデザイナー。アーティスト集団Paintallicaとカートゥーンコミック・グループTrubble Clubのメンバー。シカゴ美術館附属美術大学ほかでコミック、イラストを教えている。イリノイ州シカゴ在住。

訳者あとがき

二〇一二年にアメリカでひっそりと出版されたアンソロジー、*Monsters: A Collection of Literary Sightings* edited by B. J. Hollars（Pressgang）は、受賞歴なし、無名の編纂者、小さな出版元、そして収録作家の半数以上が無名という、いわば「ないないづくし」の本である。「ないないづくし」とは、大きな可能性をたくさん秘めているとも考えられる。それで二年前に取り寄せて読んでみたところ、心《しん》から驚いた。傑作ぞろいだったのである。これを埋もれさせてしまうのはあまりにも惜しい、いや、こうした面白い本こそ紹介すべきではないか、と訳者魂（そんなものがあるとして）に火がついた。

版元のプレスギャングは、インディアナ州のバトラー大学創作学科の創作学修士たちが手がける小さな出版局で、二〇〇九年にスタートした。出版した本はいまのところ二冊だけ。別の言い方をすれば、若い院生がエネルギーを注ぎこんで作りあげた稀有な版元だ。

編者のB・J・ホラーズは、現在ウィスコンシン大学オークレア校創作学科の准教授で、さまざまな媒体に作品を発表している。ことのほかモンスターが好きなようで、二〇一一年にはモンスターにまつわるエッセイ集 *In Defense of Monsters* を上梓した。

「序として」で触れているように、ホラーズはモンスターの登場する作品を探し求めて雑誌やアンソロジーを丹念に読み、これは面白いと思った短篇を集めて本書『モンスターズ』を編纂したのだが、アリッサ・ナッティングの「ダニエル」、ケイト・バーンハイマーの「森の中の女の子たち」、ジェレミー・ティンダーの「モスマン」の三篇は本書が初出である（「モスマン」はあとがきの後ろに掲載されています。二九七ページからお読みください）。つまり、彼の依頼は作家たちを大いにその気にさせたわけで、なんとも頼もしい編集者魂ではないか。

そして原書は絵本のような装本で、モーリス・センダックの『かいじゅうたちのいるところ（*Where the Wild Things Are*）』を連想させるようなイラストがついている。そう、本書には、大人のための「Wild Things」がたくさん詰まっている。

フランケンシュタインの怪物、吸血鬼、ゾンビ、ゴジラといった映画でおなじみの面々から、泥人間や蛾男、おかしな「生き物」といった独創的なモンスター、さらには怪物のような人間や、心の中にモンスターを棲まわせている者まで登場する。しかもさまざまな趣向が凝らされていて読み手を飽きさせず、同じ傾向の作品がふたつとない。

ジョン・マクナリーの「クリーチャー・フィーチャー」の主人公は、日常をすべてホラー風に解釈し、ペットの犬や鳥にホラー映画の主人公の名をつけているモンスター狂の少年だ。この愛すべき少年の目を通して描かれる七〇年代の大人の世界と恋のときめき、生命の誕生をフランケンシュタインの怪物の誕生に重ね合わせた腕の冴えには舌を巻く。

ベンジャミン・パーシーの「泥人間《マッドマン》」は、土から生まれた働き者の「泥人間」が、いつの間にか主人公の家庭の中に入り込み、妻や子供から重宝され、主人公の生存理由が揺らいでいく様子を滑稽に、そして不気味に描いている。静かな暴力ともいえる「泥人間」の描き方にパーシーならではの凄みがある。

ケリー・リンク「モンスター」では、キャンプで浮かれ騒ぐ男の子たちの様子や仲間はずれにされた男の子の悲しみが鮮やかに描かれる。しかし天候がいきなり変わり、恐ろしいモンスターの登場で男の子たちの運命が暗転する。しかもそのモンスターはフレンドリーでウィットに富み、ブラックユーモアの持ち主という食えない奴なのだ。足元に忍び寄ってくる恐怖と笑いは群を抜いている。

ジェディディア・ベリー「受け継がれたもの」に登場する得体の知れない生き物は、こちらの神経をじわじわと潰してくるような存在感を放っている。しかもこの生き物には、ある種の人間を虜《とりこ》にしてしまう不思議な力が備わっているようだ。それによって夫婦のあいだの亀裂と不安とが鮮やかに浮かび上がる。

「瓶詰め仔猫」は、自動車事故で瀕死の重傷を負って「怪物」になった「ぼく」が、ある計画を実行しようとする物語だが、衝撃的な書き出しから最後まで気を抜くことができない。ハロウィーンで賑わう町の中、主人公のひりひりした孤独が胸をつく。オースティン・バンの作品を読んだのはこれが初めてだったが、今後が注目される作家である。来年には短篇集が刊行されるという。

短いコラムを連ねたようなエイミー・ベンダーの「わたしたちのなかに」は、読後に胸の中がざわつくような作品だ。日常に潜むゾンビ的なものをさらりと書いていてとても怖い。

モンスターがどこか物悲しいのは、彼らが異端であることの悲しみを存在そのものに宿しているからかもしれない。では、異端である人間はどんな生き方ができるのだろう。

アリッサ・ナッティングの「ダニエル」は、吸血鬼に魅了されて自分の歯を牙に替え、夜に活動するようになった少年の話だ。だが、親に愛されない子供と子供を愛せない母親の話として読むと恐ろしさが倍増する。

幻想的でエネルギーが横溢しているボニー・ジョー・キャンベルの「ゴリラ・ガール」は、自分の本来の姿を求めてさすらう主人公の強さが抜きん出ている。

また、ローラ・ヴァンデンバーグの「わたしたちのいるべき場所」は、居場所のない男女の切ない愛を描いていて、愛することの寂しさと森を彷徨《さまよ》うビッグフットの孤独が重ね合わされる。

ホラーありファンタジーありミステリーありSFあり、そして人間の深部を抉《えぐ》る文学的な作品あり、とアメリカの多様性が一堂に会したような作品が並ぶ。ジャンルにこだわらずに「モンスター」というひとつのテーマでまとめられたものは珍しい。そのせいか、あるいは弱小版元のせいなのか、残念なことに本書はアメリカの主だった書評欄で取り上げられることはなかった。だが、炊き合わせや鍋料理に違和感を抱かない日本の読者には大いに楽しめる内容だと思う。

最後を飾る「モスマン」も細部にいたるまでじっくり味わっていただきたい。そしてロック・ファンは涙を絞り出していただきたい。

なお、原書は「序として」を除く十八の短篇から成っているが、諸事情により本書には十六篇を収録した。また、原書では作家名のアルファベット順に作品が掲載されている。

冒頭にも述べたとおり、本書は賞にこそ縁がないが、心に深く染み入る作品が揃っている。こうした目立たないけれど読み応えのある本はアメリカにはたくさんあって、そうした本を紹介することも翻訳者の務めである。この小さな冒険が、読者のみなさんに楽しい読書体験をもたらすことを願ってやまない。

私の小さな冒険の後押しをしてくださったのは、フリーの編集者・鹿児島有里さんである。作品の収録順の決定から細かなチェック、資料集めまで、さまざまに手を貸してくださった。鹿児島さんがいなければこの本はこうして日の目を見ることなく、私の本棚で日に晒されていたことだろう。

そして白水社の藤波健さんは、本書を出版するという英断を下してくださった。おふたりには心から感謝している。ありがとうございました。

二〇一四年七月

古屋美登里

THE END

70年代と80年代は
アメリカのロック・ラジオの
全盛期で モスマンの生涯で
いちばん幸せな時期だった
しかし時が流れるに
つれて大企業が
地元のラジオ局を
買収
その結果 広告主が
受け入れやすい
「ライト・ロック」の
局になった
モスマンは大好きな局の
周波数を探せなくなった
それで
彼は最後の遠出をし
ありったけの電池を
集めた
ハード・ロック・ラジオ局の
いちばん強い電波を
探しに出かけた
いつの間にか
アパラチア山脈の
山頂にあるラジオ塔の
真下にいた
そしてモスマンは誓った
もしこの局の編成が変わったら
あるいは
ラジオの電池を使いきったら
いずれにせよ……
この山から身を投げようと。

道路沿いを低く飛びながら
近くの街まで電池を盗みにいった
この遠出がきっかけで
モスマンを目撃したという
初めての報告がなされた
モスマンの目撃を近隣で起きた悲惨な出来事と
結び付けようとした人が大勢いた
それはあくまでも
偶然の一致だ
次のような出来事は
モスマンのせいではないし
モスマンが予想も
しなかったことだ
BATTERY CENTER
橋の崩壊
地震
崖崩れ
竜巻

ロックンロールだ
最初に夢中になったのは
ビートルズ
それからストーンズ
しかし　レッド・ツェッペリンには
骨の髄までガツンとやられた
いや外骨格の髄か
いずれにせよ……
FMラジオを夢中で聴いて
いたので時間の感覚を
すっかりなくしてしまった
聴き始めてから数週間
食べることすら忘れた
痩せ細ってしまった
音楽がいきなり止んで
ようやく恍惚状態から覚めた
電池が切れたせいだ
とすぐさまわかった
ユッサ！
ユッサ！
ロードハウスで　バッテリーのあがった車を
再始動させたり　懐中電灯を使ったりするのを
たくさん見てきたので
電池切れだとわかったのだ
HHHHHH
モスマンは勘がいい

それで確かめに行った
カサカサ
すると……
HHHHHH
きゃああ!
逃げろ!
こんな形では
なかったかも
しれない
こんなだったかも
しれない
あるいはこれ
しかし確かなのは　これがすべてを　変えたこと
HHHHHH
HHHHHHH
いまではどこにいても　好きなときに
音楽が聴けるようになった
それに新しい発見も……

モスマンは仰向けになって星空を見ながら
ブルースやジャズやフォークを聴いていた
昼間に野生動物を探して食べる
そして夜は　音楽に耳を傾ける
こうやって何年も過ごしてきた
何年も
ところがある日　音楽が早めに
始まったように思えた

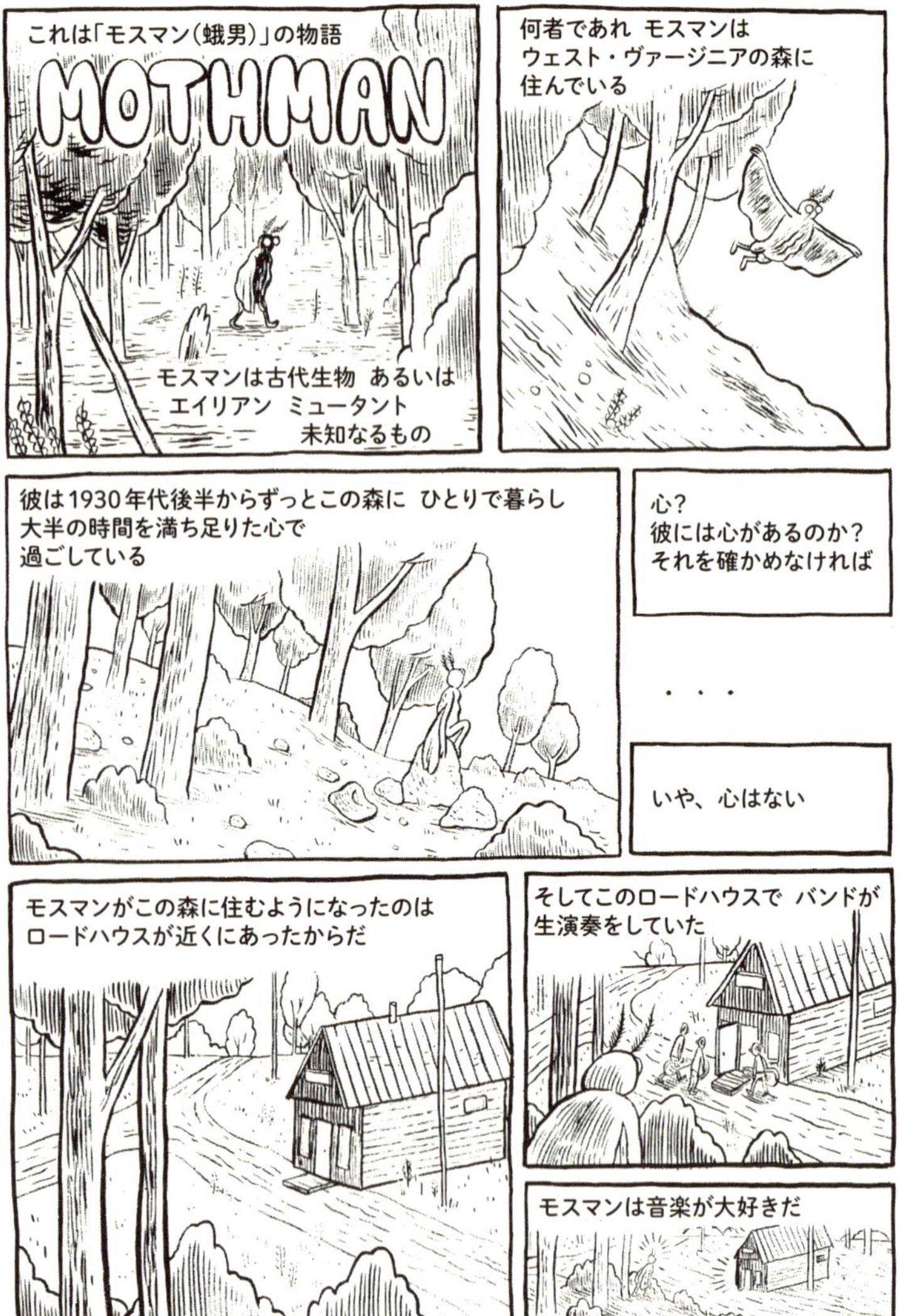
これは「モスマン(蛾男)」の物語
MOTHMAN
モスマンは古代生物 あるいは
エイリアン ミュータント
未知なるもの
何者であれ モスマンは
ウェスト・ヴァージニアの森に
住んでいる
彼は1930年代後半からずっとこの森に ひとりで暮らし
大半の時間を満ち足りた心で
過ごしている
心?
彼には心があるのか?
それを確かめなければ
・・・
いや、心はない
モスマンがこの森に住むようになったのは
ロードハウスが近くにあったからだ
そしてこのロードハウスで バンドが
生演奏をしていた
モスマンは音楽が大好きだ

モスマン

ジェレミー・ティンダー

装丁・装画　北砂ヒツジ

訳者略歴
早稲田大学教育学部卒業
翻訳家、エッセイスト
主要訳書
E・ケアリー『望楼館追想』(文春文庫)『アルヴァとイルヴァ』(文藝春秋)
D・タメット『ぼくには数字が風景に見える』(講談社文庫)、『天才が語る　サヴァン、アスペルガー、共感覚の世界』、『ぼくと数字のふしぎな世界』(以上、講談社)
R・K・ゲリッセン、H・D・マカダム『レナの約束』(中公文庫)
A・ヘイズリット『あなたはひとりぼっちじゃない』(新潮クレスト・ブックス)
E・クラウス『いつかわたしに会いにきて』(ハヤカワepi文庫)
R・ラープチャルーンサップ『観光』(ハヤカワepi文庫)
E・パールマン『双眼鏡からの眺め』
B・パーシー『森の奥へ』(以上、早川書房)

モンスターズ
現代アメリカ傑作短篇集

二〇一四年八月一〇日　印刷
二〇一四年八月三〇日　発行

編　者　B・J・ホラーズ
訳　者 ©　古《ふる》屋《や》美《み》登《ど》里《り》
発行者　及川直志
印刷所　株式会社三陽社
発行所　株式会社白水社

東京都千代田区神田小川町三の二四
電話　営業部〇三(三二九一)七八一一
　　　編集部〇三(三二九一)七八二一
振替　〇〇一九〇-五-三三二二八
郵便番号　一〇一-〇〇五二
http://www.hakusuisha.co.jp
乱丁・落丁本は、送料小社負担にてお取り替えいたします。

誠製本株式会社

ISBN978-4-560-08382-6

Printed in Japan